牡丹绮情

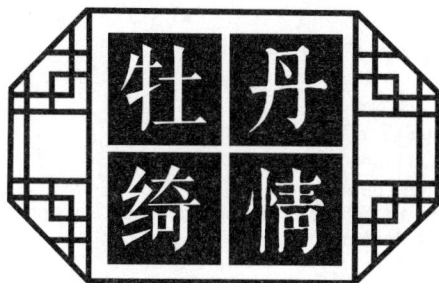

〔美〕邝丽莎 著　李乃清 译

百花洲文艺出版社
BAIHUAZHOU LITERATURE AND ART PRESS

图书在版编目（CIP）数据

牡丹绮情/（美）邝丽莎著；李乃清译 .—南昌：
百花洲文艺出版社，2015.9
ISBN 978-7-5500-1519-7

Ⅰ.①牡… Ⅱ.①邝… ②李… Ⅲ.①长篇小说-美
国-现代 Ⅳ.① I712.45

中国版本图书馆 CIP 数据核字（2015）第 216473 号

江西省版权局著作权登记号：14-2015-0213

PEONY IN LOVE by Lisa See
Copyright © 2008 by Lisa See
Simplified Chinese translation copyright © 2015
By Shanghai 99 Culture Consulting Co., Ltd.
Published by arrangement with the author through Sandra Dijkstra Literary Agency,
Inc. in association with Bardon-Chinese Media Agency
ALL RIGHTS RESERVED

牡丹绮情
〔美〕邝丽莎 著 李乃清 译

出 版 人	姚雪雪	
责任编辑	游灵通	
特约策划	潘丽萍	
封面设计	汪佳诗	
出版发行	百花洲文艺出版社	
社 址	南昌市红谷滩新区世贸路 898 号博能中心 A 座 20 楼	
邮 编	330038	
经 销	全国新华书店	
印 刷	山东德州新华印务有限责任公司	
开 本	890mm×1240mm 1/32	
印 张	9.25	
版 次	2015 年 8 月第 1 版第 1 次印刷	
字 数	180 千字	
书 号	ISBN 978-7-5500-1519-7	
定 价	38.00 元	

赣版权登字：05-2015-370

网址 http://www.bhzwy.com
图书若有印装错误，影响阅读，可向承印厂联系调换。

作者自序

明朝亡于公元 1644 年，满人统领的大清王朝继而崛起。明末清初三十年间，整个中国处于动乱时期。身处乱世，有些女人被迫与家人离散，有些女人则主动选择出走。这段时期，数千位文学女性的诗文付梓，那些怀春少女的著作则颇为风行，其中有二十多部作品得以流传至今。

我依照传统中国年代纪元呈现故事发生时日。清帝康熙于 1662 年至 1722 年在位。汤显祖的戏曲《牡丹亭》创作后于 1598 年出版。陈同（这本小说中化名牡丹）生于 1649 年，谈则生于 1656 年，钱宜生于 1671 年。1694 年，她们合著的《吴吴山三妇合评牡丹亭还魂记》出版，这是世界上第一部女性批评文学著作。

情不知所起，一往而深。生者可以死，死可以生。生而不可与死，死而不可复生者，皆非情之至也。梦中之情，何必非真？天下岂少梦中之人耶！必因荐枕而成亲，待挂冠而为密者，皆形骸之论也。

——《牡丹亭》题辞

汤显祖　　万历戊戌秋（公元 1598 年）

目　录

一、肃苑

二、飘游

一、肃苑

御 风

　　再过两天，便是我十六岁生日。清晨醒得挺早，丫环柳儿还在我床脚下酣眠。我本该斥骂她两句，可我没有，我只想在自己的兴奋劲儿中多耽溺一会儿。今晚，我将看到全本《牡丹亭》在我家后花园上演。我痴迷于此剧，在它的十三种不同版本中我竟搜集到了十一种。平日里，我总爱躺床上慵懒地翻览，沉迷于杜丽娘与她的梦中情人历尽曲折、终成眷属的情缘中。按理说，这戏是禁止闺中女子观看的，但自今晚始，一连三个晚上，我将目睹整出戏演到七夕直达高潮。七夕是牛郎织女相聚的情人节，也正巧是我的生日。爹爹邀请了几户人家一起过节，安排了庆典和盛宴，真令人期盼！

　　柳儿坐起身，揉了揉眼睛，见我在看她，慌忙从地上爬起，向我请安。因我心中惦着那庆典，柳儿伺候薰衣沐浴、套上丝袍、梳理发髻时，我格外挑剔，我要让自己看起来完美无瑕，我要我的举止动静都无可挑剔。

　　二八少女都知道自己有多美，凝睇着镜中人，我更确信无疑。我的发丝乌黑闪亮，柔顺如缎，柳儿给我梳头时，我可以感到梳子从头顶沿着脊背一直顺溜下滑；我的眼俏如竹叶；眉毛犹如书家的精致笔触；脸颊上有一抹淡淡的红晕，一如牡丹花瓣。我的父母总称我人如其名，因我的名儿就叫牡丹。我这妙龄少女，也正尽力让自己的外貌与名字相符。我的唇丰润柔嫩，蛮腰纤细，胸已发育完全，期待着夫婿的轻抚。我并不矫情：我只是个花季少女，我知道自己长得美，但也深知花红易衰、年华如逝水的道理。

　　父母视我如掌上明珠，让我接受精良的教育。我生活在锦衣玉食中，侍弄花草，对镜梳妆，在家宴上浅吟低唱。我是如此被宠爱，以至于连我的贴身丫环都一律裹小脚。小时候，我一直以为大家七夕举办的宴会纯是为我庆生，从来没人指正过我的误解，皆因家中集三千宠爱于我一身。我深吸了一口气，缓缓吐出——真是何等惬意！这将是我出嫁前在家里度过的最后一个生日，我该好好享受每一刻。

离开闺房，我走进祠堂，向祖母的牌位上香。因早上在打扮上花时太多，我匆匆祭拜了事，急急赶往饭厅。我不想早膳迟到，但小脚莲步让我走不快，幸好我瞥见父母尚在角亭中向园内闲眺，我放慢了步子，娘那么悠闲，我急啥呢？

"大家闺秀不该抛头露面。"我听见娘这样说，"我甚至担心几个表姐妹，你知道，我从来不赞成女人家外出。这次为了这出戏竟还让外人进到内院……"她声音渐悄。我本该匆匆赶往餐厅，但事关今晚之戏，我不禁停步，闪身躲入一株紫藤后面。

"不会有抛头露面的事发生，"爹说，"女人不会坐到男人席间去，你们全藏在屏风后面。"

"可是外人进来，他们可能看见我们露在屏风下的鞋袜，闻出我们衣上和发鬓间的香味。还有，你什么戏不好选，偏偏挑了个未出嫁的闺女不宜听的情戏！"

我娘是个很传统的女性，凡事都循规蹈矩。满清入关后，社会动荡，明朝流传下来的许多规矩都遭破坏，不少名门淑媛离开绣楼，搭乘画舫，快意游湖，写下见闻，还将文稿付样。我娘不甚赞同她们的行为。她忠于已覆亡的明室，极为固执。当长江下游众妇女对"妇德、妇言、妇容、妇工"四德作重新诠解时，娘亲对我耳提面命，要我牢记四德原旨本意。"永远缄默。"她总如是说，"如果非说不可，切记等到适当时机才启口，切勿冲撞任何人。"

我娘很注重这些，她是个受情支配的人，敏感、冲动、有爱心，

4

这一切合成充沛之力，完全由衷地发自内心；相对地，爹则是个被"理"支配的人，他能控制情绪，凡事以理性思考，因此他对娘如此忧虑陌生人的到来，有点嗤之以鼻。

"我诗社的那些朋友来访，也没见你这么啰嗦。"

"他们来时，我女儿、侄女又不在后花园里！根本不会有何违礼之事。还有，你干吗邀请另外那几家人？"

"你知道我为什么邀请他们。"爹失去了耐性，扯高嗓音吼了起来。"谈大人现在对我很重要。够了，这件事不要再说了！"

我看不见他们的脸，但我可以想象，因爹那声厉斥，娘一定脸色发白，她立即沉默了。

我娘掌理府内大大小小的事务。在她的裙褶里挂了好几把鱼形锁钥。举凡小妾犯了家规须关禁闭，或是染坊送来府上用的丝绸，需要另辟储藏室，又或是临时需要一房暂存食品，娘就会找间空房，将门关锁起来。另外，要是有仆人缺钱用，拿他们的东西质押贷款，娘也会另辟专房置放。娘的戒律严明，被罚的人都心悦诚服。可是娘有个毛病，只要心里一不痛快，她的指头就会习惯性地抚摸那几个锁头，就像刚才那会儿。

"他们看不到我们的女儿，也看不到我们那几个侄女。"父亲消了消怒气，转为一贯的安抚语气，"一切都会按照礼数来。再说，这件事很重要，我会着意处置。我们这次大开欢迎之门，说不定别人的门也会跟着打开。"

"你一定得为我们这个家打算。"娘默许道。

听到这里，我便匆匆走离亭台。他们这段谈话，我不甚理解，不过也无所谓。我只想确定今晚的戏会照演，而我跟几个堂妹会是杭城首次看到这出戏的姑娘家。当然，我们不会跟那些男人坐在一起。就跟爹说的一样，我们会坐在外人看不见的屏风后。

等娘进到怡春轩跟大家一起用早膳时，她已恢复了平日的镇定。

"有教养的女孩子，吃饭绝不会狼吞虎咽。"经过我跟堂姊妹们的饭桌时，娘向我们训示道，"要知道将来你们嫁入夫家，你们的婆婆绝不喜欢你们吃起饭来像池中的饿鱼，嘴张得老大。好了，客人快来了，我们得准备一下，好去迎接他们。"

我们大伙儿匆匆进餐，同时得保持大家闺秀的端庄。

待仆人收拾杯盘时，我走近娘的身边："我能到前门去吗？"我想去迎接客人。

"行，待你出嫁的日子。"娘笑着应道，一如我平日里发出傻问题时，笑里满含怜爱。

我耐心地等，心想这会儿客人的轿子该已进了陈府大门，被迎至偏厅奉茶。稍坐片刻，仆人会带他们到渊雅厅，父亲将在那里接待来宾；而女眷们，会被直接引进后厅，以免被男人瞅见。

终于听到了莺莺燕燕的声响，是我娘的两个姊妹与她们的女儿，我提醒自己迎客时举止言谈得恭谨。接着抵达的，是我几位婶婶的姊妹，以及她们的女儿，然后是我爹的几个朋友及家眷。这些女客中以谈夫人最尊贵：就是先前我爹娘争执中提及的谈大人的夫人。这位谈大人最近才升了官，担任清廷内务府掌仪司的主事。谈夫人高高瘦瘦的，她的小女儿谈则却满脸好奇，一直在左顾右盼。一丝妒意向我袭来——长这么大，我从未越出陈府大院一步，而她小小年纪却能跑出来，谈大人是不是经常让他的女儿随意出门？

相互寒暄致礼，其中有新鲜的无花果、几瓶绍兴米酒以及茉莉花茶。奉茶后，我们将客人带到她们的房间，她们卸下行李，脱下行装，一番梳洗后换上洁净的衣服。欢腾喧笑间，大伙儿来到了盛莲阁，这是我们家女眷聚会、活动的厅堂。盛莲阁有着高高的天花板，其形如鱼尾，由几根黑漆圆柱支撑着。棂格镂花门窗一边可以看到内花园，另一边望出去则是满池的莲花。室内居中有张供桌，上面放了一个小屏风和一只花瓶。"屏"跟"瓶"皆取"平安"之意。坐在屋内，我们这些女人都心神宁帖，由衷地觉着平安。

大家落座后，我那三寸金莲矜谨地轻轻悬点在冰凉的石地上，我打量四周，很高兴自己先前精心打扮了一番，因为在座的女子个个都身着上好的丝绸衣裳，上面都绣着雅致的花卉图案。细细端详，我觉着最美的还数我的堂妹莲儿。其实，她一向都很美。事实上，每个女孩都因期待家里接下来的这场盛会而显得光彩照人，即便是我那肥嘟嘟的堂妹彗儿，瞧去也比平时亮丽。

仆人端上甜点，我娘宣布开始刺绣比赛：这是她为三天演出安排的首项活动。我们将自己的女红放在一张条案上，由我母亲一一检视，评鉴谁的花样最精致，谁的手艺最工巧。走到我的女红前，她给了我中肯的评语。

"我女儿的刺绣进步了。看看她是怎么绣菊花的，"娘顿了顿，"这绣的是菊花吧？"我点点头。"绣得不赖。"她在我的额头点下一记轻吻。只是，谁都可以看出我赢不了这场刺绣比赛。此次赢不了，日后也依然赢不了。

薄暮时分，大家品茗、赛诗，消消停停，期盼着夜的降临，全有点心神不宁。娘的眼睛扫视屋内，掠过那些不安分的孩子和他们的母亲：四婶跺着脚，彗儿不时扯着她紧扣的衣领。娘的目光落在我身上，我尽力端坐如仪，两手叠放在腿上——但我的心在飞扬，真想跳起来，挥舞双臂，喊出我的喜乐。

娘清了清喉咙，有几个女人回头瞧她，但那股昂扬的骚动依然回荡在室内。她再次咳了一声，手指甲在桌上扣了数下，便启唇吐出她清亮的嗓音：

"从前某日，灶神的七个女儿在一个池子里沐浴，有个牛郎牵着他

7

的牛来到了水边。"

一听到这个耳熟能详的开场白，室内顿时安静了下来。我向母亲颔首示意，钦佩她的机智，用故事来转移大家的注意力。我们听着她叙述那个无赖的牛郎，如何偷走最可爱的天女——织女的衣裳，害她困在池子里。

"夜晚的林子寒气逼人，织女没有办法，只好强忍着羞窘去牛郎家，要回衣裳。织女私忖只有一个办法能挽救自己的名誉，她决定嫁给牛郎。你们猜此后发生了什么事？"

"他们相爱了。"谈夫人的小女儿谈则兴声抢答。

这个故事出人意表之处即在于：没人想到天女竟会爱上一个凡夫俗子。在人间，父母即使费尽心机安排子女的姻缘，儿女们也未见得能成为爱侣。

"他们子孙满堂，阖家欢乐。"谈则又说。

"然后？"我娘提示，她希望别的女孩回应。

"然后天上的神愈来愈厌腻，"仍是谈则接话，有点拂我娘的意，"想念织女巧手织成的云锦和五彩的霓裳，他们盼她回去。"

我娘皱了皱眉。这孩子实在太失礼了，简直有点狂妄。我猜她至多不过九岁，我瞥了一眼她的脚，记得方才进门时，她无需人搀扶——两年后她将裹成小脚——她的盛气也许因她尚能独自行走，不过她那样子实在太欠淑女风范了！

"快说呀，快说下去嘛。"谈则催促。

娘略顿了顿，继续说下去，仿佛此间未曾发生过有违四德的事儿。"王母娘娘降下懿旨，将织女与牛郎召至天界，然后她取下发钗，划下一道银河将他俩隔开，这样织女又重上织机勤勉编织，王母娘娘又有锦衣华服穿戴了。每逢七月七日，王母允许人间的喜鹊用翅膀在银河上搭出鹊桥，让牛郎跟织女得以会面。三日后，要是你们到了深夜仍未入眠，在葡萄棚下遥望碧海青天和月牙儿，你们会听到这对夫妻互诉别离哀怨的哭声。"

这是个挺浪漫的遐想，让我们感受到一种暖意，只是为安全起见，那夜我们不会有人单独去葡萄棚下，至少，我便不会去。我一颗心只为《牡丹亭》在颤动，到底还要我等多久呀？

捱到晚餐时间，大家回到怡春轩用膳。分桌时，自家姐妹一桌，表姐妹一桌，可是谈夫人与她女儿和在座众人无亲缘关系，谈则却大剌剌在我身旁坐下。我这一桌是闺女桌，她这一坐，仿佛自己已不是小孩，而是个年已及笄、待字闺中的少女。我知道如果我多招呼这位小娇客，娘会很高兴，可是当我表现出我的好意后，我又立即后悔了。

"我要什么我爹都会买给我。"谈则骄傲地向我和同席者炫耀，她们家比我们陈家富有。

我们刚吃完饭，就听见外面鼓声喧天，示意大家该到花园去了。我想显得仪态从容，慢慢地走出去，可事实上我却是第一个跨出门的人。自怡春轩至长乐亭，有临池游廊相衔，一路灯光波影闪烁摇曳。信步穿过月洞门，月洞门掩映在挺立的丛竹间，修剪得姿态优雅的盆兰摆在另一边。丝竹声渐起，我迫使自己放缓脚步，我得小心，绝不能让男客看到我。一旦被陌生男人瞧见，我非但要被责骂，随之品行也被视作染了污点。只是小心缓行实非易事——那戏就要开演了，而我不想错失哪怕一秒钟。

到了女眷隔离区，我走向其中一个屏风，并在近处，挑了其中一个坐垫坐下，在那儿可以从屏风的缝隙望出去。虽所见有限，但我已心满意足。在我身后进来的妇人小孩也纷纷落座，我如此兴奋，以至于未发现谈则就坐在我身边。

为了筹演这出戏，父亲花了很多时间。他与戏子们混在一起，先是找了一个跑码头的八人戏班，班中全是男角，他们全都落拓不羁，娘心中快快，因戏子是沉沦底层的贱民。除了在外筹措戏班，他还找家丁、家奴、家婢担任戏里的不同角色，柳儿即是其中之一。

"你的这出戏有五十五场，四百零三个唱段！"柳儿一脸敬畏道，仿佛我不知道似的。上演全本的《牡丹亭》起码得花十个时辰。可是无论我如何软磨硬缠，柳儿就是不肯告诉我我爹究竟删了哪几场戏。

"老爷交待不能说。"柳儿拿着鸡毛当令箭。

彩排进入紧锣密鼓之时，府内麻烦事接踵而来，时而叔父寻不到仆人装填烟丝，时而姨母沐浴无仆人置备热水。我也时感不便，因柳儿这当儿正忙，她在戏中饰演一个相当吃重的角色——丫环春香。

音乐奏起，末角登场略述戏文梗概，强调杜丽娘跟柳梦梅是历经三生情缘，方始修成美满眷属。接着主角小生上场，自报家门，某柳氏，一介书生，出生清寒，进京赶考，因某日梦中，睹一丽人，立于梅下，私心悦之，醒后遂改名"梦梅"。梅树枝繁叶茂，硕果累累，充满生机，正契合于某对梅下丽人的一往深情。我专注地听戏，可我的心已飞向丽娘，热切地盼着她亮相。

丽娘在第三折《训女》中方始登场。她穿了一件绣着红花的金丝长袍，梳着高高的发髻，头上簪着蔷薇花球与蝶形头饰，每行一步，那些头饰便轻轻颤摇。

"娇养她掌上明珠，"杜夫人对她的丈夫唱道，继而转向她女儿。"你休要恃宠瞎胡闹。"丽娘的父亲杜太守回应道，"古今贤淑，无不通礼，倘刺绣余闲，有架上图书，可以寓目。"

但单单训诫未必能改变丽娘的举止行态，不久，杜太守为女儿延请了一位私塾老先生。这一折戏演的是《春香闹学》。这位教书先生十分严厉，授课冗长而令人烦腻，课堂上总是要学生背诵教条。而那些教条我也耳熟能详。

"凡为女子，鸡初鸣，咸盥、漱、栉、笄，问安于父母。"

每日里，我净被这些教条搅扰，此外，尚有笑不露齿，走路得缓慢稳重，看起来得清纯美丽，对长上必须孝敬，长袍的衣摆有绽线须用剪子剪去等。

受不了这些课程的春香，要求老师放她离开去上厕所。当柳儿弯着腰，蠕动着，两手作出出恭的样子时，隔屏的男士们哧哧笑起来。她的表演让我发窘，但她也只是照爹爹的指示在做而已。（令我惊讶的是，爹爹怎会知道这种事？）

由于不自在，我将目光从戏台移往别处，我看到了男人。他们大多背对着我，仅有几人因角度的关系，可以看到他们的侧脸。我是个未出嫁的姑娘，依礼是不能细看的，然而我看了，这会被人耻笑的。十五年来，我一向循规蹈矩，未曾犯有一桩不孝行径。

我看到一位扭头去跟邻座说话的公子。他颧骨甚高，眼睛大而温和，头发黑黝，且依满清的律令剃发，长长的发辫垂搭于单肩上。他穿了件样式简单的藏青长袍，伸出一手遮在嘴边小声地说话。仅仅那样一个小动作，便令我遐思翩翩：一个儒雅斯文、细心体贴，倾心于诗文的人；他笑了，露出一口完美的皓齿，眼睛绽着愉快的光芒；他的优雅书卷气和略显慵倦的神态让我联想到猫：颀长、优雅、精于修饰、富有教养，又那么雍容自在；他的俊美是一种充满男子气概的英挺。当他转回头去目注戏台时，我这才惊觉自己竟是敛神屏息在凝望。

我慢慢地舒了口气，试着把注意力放回戏台上。这时春香小解完毕回到台上，并向她家小姐禀告自己发现了一座园子。

当我阅读这一段故事的时候，对丽娘十分同情。她的生活是如此封闭，封闭到连自己家里有座花园都不知道，终年困在阁中恹恹度日。此刻春香正在怂恿她的小姐去花园看名花异草，看亭台楼阁。丽娘非常好奇，可是她却狡黠地掩饰自己的想法，不让丫环知道。

静谧的气氛被响亮的号声吹破，宣布接下来进入另一个折子——《劝农》。这一折演的是杜太守去乡间探访民情，劝农夫、村妇、桑妇、茶娘要不误农时，丑角上场做出翻滚、打跌、喝酒的动作，有人扮农夫四处锄呀犁呀，家奴、家婢们唱着，舞着，欢庆乡间的丰收。看到戏台上的表演，我对外界男人的世界也有了概略的印象：他们讲话时肢体动作都很大，脸上尽是夸张的表情。还有，外面世界一片喧嚷。

　　我闭上眼睛，不去听那嘈杂的锣鼓声，试图进入书卷中的世界。我的心静了下来。当我睁开眼，我一眼自屏风的缝隙看见先前看到的那位公子，他的眼也是闭着的。他该不会感受到我所感受的吧？

　　有人拉扯我的袖子。我转脸向右，看见谈则绷着一张脸，正盯着我看。

　　"你在看那位公子？"她细声地问。

　　我连眨了几下眼睛，又数度调整呼吸，才勉强收敛心神。

　　"我也在看他。"她大言不惭道，显得太过成熟。"我看你该已定了亲。可我爹还没替我定亲。"她犀利的双眼盯着我。"他总说现在世道很乱，婚姻这种终身大事不能太早决定，因为谁家会兴旺、谁家会中落实在难说，他说要是把女儿嫁错郎，那可糟糕透了。"

　　如何让这个女孩的嘴闭上？我不怎么友善地想。

　　谈则眯着眼从屏风的缝隙看出去。"我会让我爹去打听一下那位公子的家世。"

　　说得简直像她真的可以挑选夫家似的！不知怎的，我的心中涌起忌妒和愤怒，气她居然想将那位公子据为己有。诚如谈则所说，我是个已有婚配的姑娘家，跟那位公子当然是不可能了，可是在这部戏上演的三晚里我也想做做梦——像丽娘那样绮丽浪漫、有情人终成眷属的佳梦。

我把注意力从谈则身上转移开，让自己回到台上的《惊梦》。这个折子演的是丽娘终于冒险进入了她的——也是我们的——花园，这是她有生以来第一次欣赏到花团锦簇的美景，看到如此美景竟藏于无人造访之地，她感到惋惜，同时哀叹自己就像那座花园：姹紫嫣红开遍，却无人欣赏。我完全了解她的感受，每当我读到那些唱词时，都能从字里行间体会到她的感受，我们是灵犀相通的。

丽娘回到她的闺房，换上一件绣了牡丹的袍子，然后坐在镜前，打量着自己的花容月貌，一如早上的我一样。"可惜妾身颜色如花，岂料命如一叶乎。"她唱着，表达春色恼人，韶华易逝之伤春情怀。"常观诗词乐府，古之女子，因春感情，遇秋成恨，诚不谬矣……忽慕春情，怎得蟾宫之客？……想幽梦谁边？这衷怀那处言！"

接着，杜丽娘睡着了。在梦里，她来到牡丹亭，在那里遇见了柳梦梅，他穿了一件绣着杨柳图案的长袍，手执柳枝，用柳叶轻触杜丽娘。两人情话绵绵，柳梦梅希望杜丽娘为他手中的柳枝赋一首诗。他们一起翩翩起舞，丽娘的动作轻情优雅，柔婉缠绵，美得好似濒死的春蚕。

柳梦梅拉着她，将她引入我家花园的假山后，他们消失在观众的视线内，我所能听到的，只有柳梦梅充满诱惑的声音："转过这芍药栏前，紧靠着湖山石边。和你把领扣松，衣带宽，袖梢儿搵着牙儿苫也，则待你忍耐温存一晌眠……"

我在床上寻思，想象不出他们在牡丹亭旁的假山后做了什么，甚至花神解说："单则是混阳蒸变，看他似虫儿般蠢动把风情搧……"也无济于事。我是个未出嫁的姑娘家，虽然有人告诉过我云雨之事，可是并没有人清楚地向我说明那到底是怎么回事。

戏演至高潮，自假山顶上洒下一阵牡丹花瓣雨，丽娘吟唱出她跟她的梦中情人共同发现的喜悦。

等丽娘从梦中醒来,她知道自己找到了真爱。春香奉杜老夫人之命劝丽娘进食,可是她怎么吃得下?没有期盼和爱的日子,一日三餐,真是食之无味。于是丽娘遣走丫坏,独自入园寻梦。她看见满地残红落英,山楂枝勾住了她的裙子,止住了她的脚步,教她忆起早先的梦境:"……他倚太湖石,立着咱玉婵娟……"记起他如何将她轻推在地上,又是如何将她的长裙展开,"……敢席着地,怕天瞧见。"直到让她进入销魂境界。

她步履踯躅来到一棵结满果实的梅树下。这不是普通的梅树,它生机勃勃,象征丽娘神秘的梦中情人,她唱道:"这梅树依依可人,我杜丽娘若死后,得葬于此,幸矣。"

打从我小的时候,娘就训练我心绪不可外露,但是当我读《牡丹亭》时,我触碰到了真实的情感:我感到爱,感到悲伤,感到快乐。而今,看到戏台上的表演,想象着丽娘跟那书生在假山后所做的一切,还有那位家人以外的陌生男子……有生以来,我第一次被如此汹涌的情感浪潮所冲击:丽娘的骚动不安也成了我自己的。我必须离开一阵子,独处一下。

我慢慢起身,小心翼翼地移离垫子,沿着花园的曲径走,丽娘的话语久久在我脑中萦回,我试着将目光放在林园的景致上,以平复心境:我家的花园里没有花,放眼尽是翠绿,给人的感觉就如饮了一杯凉茶,令人宁静恬适。我走上横跨在莲花池上的曲桥,步入御风亭。池上的这座亭子,原意是让人在炎夏的傍晚,可以迎着习习凉风消散暑意,吹去心头的焦躁烦郁。于是我坐了下来,希望这座亭子能发挥作用。我一直期待着看这出戏,可我完全没料到,它会带给我如此巨大的冲击。

晚风送来戏台那边的歌声,捎来杜夫人对女儿神思恍惚的忧心。杜夫人还没看出她的女儿罹患了相思病。我深深吸了口气,闭上眼睛,青春萌动的一切情景滴沥入心。

而后我听见有个回响的呼吸声近在身边，令人惴惴不安。我连忙睁开眼，眼前竟是我透过屏风缝隙看到的那位年轻公子。

我"呀"地失声低呼起来，居然未及控制自己的情绪。孤男寡女独处是该避讳的，更糟的是，他不是亲戚，而是个完全陌生的男子。

"失礼了。"他双手抱拳，连连作揖。

我心跳如擂鼓，既害怕又兴奋，因这一切全然出乎意料。这位公子肯定是爹的朋友，我必须展现大家闺秀的风范，但同时又必须合于礼教。"我不该离开戏台，是我的错。"我嗫嚅着。

"我也不该。"他趋近一步，我反射性地后倾。"可是那两人的爱……"他摇了摇头。"想到他们二人找到了真爱……"

"我想过好多次。"话甫脱口，我追悔莫及。

这样的话怎能对男子说呢？无论是对陌生男子，甚或对自己的丈夫都不宜啊！我明明知道，却还脱口而出，我当下急忙掩口，免得又说漏不该说的话。

"我也是。"他又朝我跨近一步。"不过丽娘跟梦梅是在梦中相遇相识而坠入爱河的。"

"公子也许对这出戏曲不怎么熟稔。他们二人固然是在梦中相遇，但丽娘追逐梦梅实际上是在化为鬼魂之后。"

"这出戏我很熟，可我不同意小姐的说法。柳梦梅必也克服了对鬼魂的恐惧——"

"这恐惧在她引诱他之后才萌生。"天哪，这种话我怎会说出口？

"请原谅，我只是个无知的小女子，恕我失陪，我该回去了。"

"别，等等，请别走。"

我回头看着暮色中戏台的方向，我仿佛此生都在等待这样一出戏，我可以听见丽娘唱道："……怯衣单，花枝红泪弹……"患了相思病的丽娘，人变得非常消瘦，虚弱憔悴，她决定在丝绸上绘下自画像，以防三长两短，万一她死了，至少能留下她的梦影，她的未圆满的渴望。这画像将显示一个鲜活少女患上相思之疾后，自忖必赴黄泉路的凄怆印迹。画像的线条优美，她刻意让画中人手持一细条梅枝，是希望梦中情人一旦看到这幅画，就能认出她来。最后，她在画上题了一首诗："近睹分明似俨然，远观自在若飞仙；他年得傍蟾宫客，不在梅边在柳边"，暗示自己想嫁一个柳姓男子。

我是个大家闺秀，岂能随随便便离开观戏的地方？竟跟一名陌生男子独处？如果我曾往深处想，便会明白何以世人认为《牡丹亭》这出戏会诱使女孩子做出不当行为了。

他必定看出了我的犹豫迟疑——他怎会看不出呢？

因为他说："我不会告诉任何人的，所以请留步。我从没机会听姑娘家说她们对这出戏的感想。"

姑娘家？情况愈来愈糟。我绕过他，谨慎得很，不让衣裙有任何地方碰到他。

"我认为作者想要挑起女子对爱的情感。我从故事里感觉得到，可是我不知道我的感觉对不对。"他在我擦身经过时说道。

我们近在咫尺，我转过脸，注视着他。他的五官十分俊秀，借着朦胧的月光，我可以看见他高高的颧骨、温柔的眸子和他饱满的双唇。

"我……"在他的注视下，我有些失声。清了清喉咙后，我又试了一次，"一个养在深闺、足不出户的大家闺秀——"

"就像你这样。"

"可以自选夫婿？对我来说，这是不可能的；对她，更是如此。"

"你认为你比作者更了解丽娘？"

"我是个姑娘家。我跟她同龄。我认为子女当行孝道，所以我会谨遵父命。但是，所有的姑娘都会做梦，即使命运已定。"

"这么说，你也有跟丽娘一样的梦想？"

"我可不是西湖上那些画舫里的歌女！"

突然间，我羞愧难当，我说多了。我瞪着地面，与他的绣花缎靴对比，我的三寸金莲显得如此纤小。我可以感觉到他看我的目光，我想抬头看他，可我没那个勇气。我垂着头，无言地迈步走出亭子。

"明天见？"他轻问。随即，他的声音更强硬了些。"明晚见。来这里。"

我没回答，更没有回头。步入花园后，我走到原位坐下，然后偷偷看了看四周，希望没人注意到我先前的离开。我试着把心神放在戏曲上，却发现自己的心神很难集中。未几，我注意到那位公子也回到了他的座位。我闭上眼，告诫自己不能看他。我把眼睛闭得紧紧的，乐声和唱词攫住了我。

丽娘因相思成疾已奄奄一息。延来的推命师傅为她开了护身符，却无甚效用。至中秋元夜，丽娘已并入膏肓，浑身麻木，骨头被秋寒冻得直打颤。冷雨敲打着幽窗，哀雁穿过天际。杜夫人来探望时，丽娘为不能终尽孝道深表歉意，欲叩头谢罪，却匍匐着直不起身。心知时日不多，她求父母将自己葬于后园梅树下，又秘嘱春香，将那自画像藏于她与柳郎幽会的假山石洞中。

我又忆起适才遇见的那位公子。他并没有触碰到我，但坐在屏风后的女眷之中，我不得不承认内心有那份企望。外面台上，丽娘死了，众哀悼者聚集吊丧，她的父母痛哭流涕。随之突然一个转场，信使携来谕旨，我并不喜欢这段插曲。杜太守晋升了，隆重的欢庆开始，现在看来，这奢华的场面堪称奇观，可谓终止无眠之夜的妙作。但是，若杜家真如他们所言深爱他们的丽娘，这一家人怎可以这么快就淡忘了丧女之痛？杜太守甚至忘记了为她的牌位上香，岂不知这会扰乱她在冥界的安宁？

我躺卧床上，心中为深切的渴望所填满，以致呼吸促急。

漆　笼

隔日清晨，祖母不断在我脑海里浮现，我感到两股强大的力量在撕扯：今晚再见那位陌生公子的渴望，与自小就深植于心的礼教的约束。梳洗完毕，穿好衣裳，我往祠堂走去。那段路很长，我细细观赏一路景物，好像多年来我从未好好看过它们。

我们陈家庄园占地阔远，崇楼广院和亭台绵延至西湖畔。那些粗犷嶙峋的假山，提醒我生活中要忍耐与坚强。映入眼帘的，还有人工营造的宽广的湖和蜿蜒的溪流，还感受到茂林修竹的意境。

我经过聚美阁，此处甚高，可让府内待嫁女子看见园内访客而不被发现。从这里，我曾听到外间的各种声音，一阵轻颤的笛声，仿若飘过湖面、推开水波、悄悄翻越高墙进入我们府内。我甚至听到外面的人声：小贩兜售炊具的叫卖，船火儿的争吵，画舫女子轻浪的笑声……但我只是听到些声音，却从没见过这些人。

我走进存放祖先牌位的祠堂。这些牌位悬挂墙上，木片上刻有列祖列宗的名字，每个字都是镀金而成。这里有我的祖父祖母，姑老爷和姑姥姥，以及无数表兄妹，代代相传，出生、居住并死在陈家。过世时，他们的魂魄分成三路：去地府新家、随葬入墓穴、寄身于祠堂牌位。看见这些牌位，我不仅能追溯九代之前的祖宗，还可以向这些居住其间的魂灵寻求庇护和帮助。

点香后，我跪在蒲团上，仰望供桌上两幅先祖巨大的画像。左边是我的祖父，一位在京城考取功名的大学士，为我们带来尊严、富贵与保障，光耀了陈家的门楣。画中，他身穿长袍，两腿张开，手执羽扇，神情凝重，他的眼角布满皱纹，透出他的睿智与忧思。他去世时我才四岁，记忆中他总是要求我缄默，对我娘和家中其他女眷都不怎么宽容。

供桌右边另一幅长卷画的是我的祖母，她也是一脸肃穆。祖母在我们家以及全国都有崇高的地位，因为她是扬州大屠杀中的烈士。明朝末年，祖父在扬州制造局里当差，祖母离开此处杭州的陈家大院，搭船坐轿整整两天到达扬州，随侍在祖父身旁。我爹娘去扬州时，全然不知灾祸将至，他们到达后没多久，清军就攻入城里，烧杀抢掠。

每次我跟我娘问起这段往事，她总说："你毋须知道这些。"五岁那年，我壮胆问起我娘是否亲眼看到祖母死去，她一掌把我捆倒在地。"别再跟我提那天的事！"我娘从没打过我，即使在我裹小脚哭闹不停的时候，而我，打那以后再也不敢提有关祖母的事了。

有些事似乎天天在提醒着我娘。女人当以不事二夫的贞节烈妇为榜样，即使一辈子守寡，也要以此为最高目标。但我的祖母更了不起，她宁死也不肯受辱于清兵，成为儒家所谓女子守节的典范，连清廷也将她的事迹纳入烈妇的故事集中，希望他们的妻女都以这些高风亮节的妇女为榜样，发扬忠孝的道统。满人仍是我们的仇敌，但他们为我的祖母和那些在灾难中英勇牺牲的烈女们著书立牌坊，以此笼络我们汉人，收揽民心，同时，企图重塑妇德。

我在祖母的祭坛前供上无瑕的白桃。

"我可以去见他吗？"我默念，希冀她给我指引。

"帮帮我，祖母，帮帮我。"我以额触地向她膜拜，仰起脸，希望她能看到我的真心祈求，接着弯身再次磕头。我起身，抚平罗裙，离开了祠堂，我的祈愿随着那缕清烟飘向祖母所在的天界，但我走时仍不知所措，比来时更踌躇。

柳儿在祠堂门外等候。

"夫人说您早膳要迟到了，"她道，"来，小姐，我扶您去怡春轩。"

她是我的仆人，可是我得听她的。

这会儿廊道上人声喧腾。我们陈府上上下下近百口人：嫡系的有二十一人；小妾和她们的孩子——全是女的，共三十三人；厨子、园丁、奶妈、保姆、婢女等下人，约有四十人。如今时逢七夕，加上访客，人更多了。府内这么多人，把他们安置在合宜的地方尤为重要。因此，今早——事实上每天早膳，那十个偏房小妾和她们二十三个女儿们全在自己屋里用膳。三位表妹，正值她们缠足的紧要关头，也被限制在自己房里。其余女眷都在怡春轩，依次落座。我娘是陈家长房的正室，所以坐主位，同桌有她四个妯娌；五个年轻堂妹在旁桌由她们的奶妈服侍；年龄跟我相仿的三个堂姊妹则与我同桌。客人也依年龄与位阶区分，角落里奶妈跟保姆照顾那些年龄小于五岁的孩童与女娃。

我轻移莲步，穿过桌席，身躯就像微风中轻颤的花朵。我就座后，同桌几个堂妹对我视若无睹，故意冷落我。平时我不会太在意，我告诉自己，我已定了亲，只需忍受她们五个月。然而，因昨晚御风亭的邂逅，我对自己的未来产生了疑虑。

我爹跟我未婚夫的父亲是总角之交，当他们各自成婚，便约定将来要做儿女亲家。吴家很快生了两个男孩，但我出世比较晚，而送过府的八字，他家很快有了回音，说跟他们家二公子较合。我爹娘很开心，但我兴奋不起来，尤其是现在。我从没见过吴人，也不知他到底大我两岁还是十岁。他也许是个麻子脸、凶狠的矮个儿，但有关他的事，爹娘什么也未透露。嫁个陌生人就是我的命，至于幸福与否，非我所能予夺。

"咱们玉女今儿穿了玉一般的颜色呢！"说话的人是我二叔的女儿彗儿。她跟陈家所有女孩一样，原也有个花名，可没人用那名字，因她生在一个彗星最强的黑煞日，这意味着无论她嫁给谁，都会将夫家的好运扫光。二婶心软，结果让她吃得像个滚圆的产妇，其他婶婶，还有娘，都设法让她少吃点，希望把她早点嫁出去，将坏运扫出家门。

"我觉着这颜色和你肤色不太配，"三婶长女莲儿又嗲声嗲气道，"这话玉女听了会不开心吧。"

她们的话语字字如刺，但我脸上依旧挂着笑。爹常说我是玉女，未婚夫是个金童，暗喻两家门当户对。我不该想昨夜邂逅的那位公子，可我又想到了他，好奇爹会不会对他满意。

"不过，我听说那位金童有点名声不佳唉！"莲儿同情似的说，"牡丹，那是不是真的？"

每当她说这类话，我都会还击，否则等于示弱，我把昨晚那公子暂搁一边。

"吴公子生不逢时，否则他会跟他爹一样成为大学士的。不过，我爹说了，吴公子自小天资聪颖，"我夸赞道，信心满满地说，"他会是一位东床佳婿。"

"但愿堂姐找了个有担当的丈夫，"彗儿对莲儿道，"毕竟她公公已死，而那位吴家公子也只是二公子，她婆婆定会凌驾于她。"

这话太毒了。

"吴公子的爹死于扬州大屠杀，"我反驳道，"我婆婆则是一位令人敬佩的节妇。"

我瞪着她们，看她们还敢再胡言乱语。

吴家的大家长身亡后，莫非他们家道没落了？

爹替我准备了一大笔嫁妆，有土地、丝厂、牲口，还有超乎寻常的金银、绫罗、珍馐等。但嫁妆丰厚的婚姻往往不美满：丈夫会因妻家太有钱而惧内，妻子则趾高气扬，渐渐成了嘴巴狠毒的妒妇。难道爹要我过那样的生活？我为何不能像丽娘那样有段绮美的爱情？

"别大言不惭地说你那门亲事是天作之合，"彗儿自鸣得意，"其实，大家心底都有数。"

我轻声叹了口气，把整盘水饺推过去。"你再吃一个吧。"

彗儿偷偷瞄了娘她们那桌，夹起一只水饺，整个儿送入她的大嘴中。另两个堂妹满眼恶意地看着我，我奈何不得她们。她们几个一起刺绣、午餐，在我背后叽叽喳喳。虽然她们比我小，我却鲜有回击之力，但我有自己的小伎俩：我炫耀自己好看的衣裳、发簪和珠宝……我承认这很幼稚，但这些孩子气的举动是为了保护我自己。我没有想到的是，其实堂妹们和我一样，都像是被圈养在竹漆笼里的蛐蛐，同样没有自由。

在她们几个未嫁姑娘的冷嘲和数落中，我默默地吃着剩余的早餐，她们料想我已习惯于承受这种阴损。但我没有，我突然觉着自己一无是处。从某方面说，我比彗儿更令人失望。我生在扬州大屠杀四年后的那个七月，恰逢中元节，是个不祥的鬼月。况且我是个女孩，所有人家都想生男传承香火，遑论我们这样的大户人家，在此前灾难中已损失惨重。我爹是家中长子，都巴望他生儿子将来领导陈家子嗣在祠堂祭祖，好让先祖保佑我们富康永续，但偏偏他生了个毫无用处的女儿。或许堂妹们是对的，爹把我嫁给家道中落的吴公子，旨在惩罚我?！

我抬眼，看到桌对面彗儿在跟莲儿咬耳朵。她俩瞥了我一眼，掩嘴窃笑。我的那些疑虑倏忽间蒸发，并暗自感谢她们，因为我有个天大的秘密，一旦她们发现，就再也不会嫉羡我了。

用毕早膳，大家来到盛莲阁，我娘正召集姑娘们比赛古筝。轮到我时，我跟其他姊妹一样在筝前就座，我原本就不擅长，这回一想到昨晚邂逅的那位公子，我就拨错弦。我一弹完，娘便劝我到花园里散散步。

终于走出那间满屋子都是女人的厢阁！我沿着回廊疾步赶往爹的书斋。爹是陈家第九代在殿试中考取进士的，这是科举考试的最高级，在明室官拜副织造。后因明室倾覆，爹不愿在满人手下效力，便辞官回家，拾起文人的雅好来：赋诗、弈棋、品茗、焚香，如今还张罗起了戏班导起戏来。和现世许多男人一样，他在很多方面开始转向我们女人内修的哲学。再没什么能比在篆烟中展开画轴，或沏上一壶茶与他最宠爱的小妾对弈来得更惬意了。

爹内心依然忠于明室，为人性伦理所困。他拒绝效忠清廷，却不得不屈服于律令削发留辫。他这样解释自己的投降："男人跟女人家不一样，我们在外头必须按满清律例行事，否则会遭杀头之祸。若我死了，这一大家子、家业、地土、奴仆如何存活得了？我们已失去太多了。"

我步入爹的书斋。门口侍立着待命仆从。在我左右两侧的墙壁上，挂有玉石山水刻画——片片云石雕刻出缭绕山色与朦胧天空。屋里即使开着窗户，也氤氲着笔、墨、纸、砚文房四宝的气息。书桌、地上、书柜里随处可见书卷，这是九代读书人的心血积累，爹爹在这里增入他收藏的百余本明朝才女著述及上千册扬州屠城以来当代女作家的集子。他说，这年头，男人要从不寻常处发掘才智。

这日清晨，爹爹不在桌后伏案，而是斜卧弥勒榻，望着窗外湖面上冉冉升起的薄雾。他的榻下置有一个连体双托盘，上面放着他让仆人从地窖里挖出来存贮的大冰块，用来消暑。他身后的墙上挂有一副对联：

虚谷名若忘，卓杰人共仰。

"牡丹，"爹爹唤我道，"来这里坐。"

我穿过屋子，走近窗户以便凝望窗外的西湖及背后的孤山远影。我本不该张望墙外的世界，但今日爹爹默许了。我坐在他桌前一张椅子上，以便于他垂询。

"你今来这儿又逃学了？"他问。

多年来，我家为我延聘名师——皆为博学的女史——但打四岁起，爹爹就把我抱在膝上亲自教我识字、阅读、品评。他教导我，生命就如同艺术：经由阅读，我能进入完全不同的世界中；提笔习字，这将锻炼我的智慧及想象力。我视他为最好的老师。

"我今天没课呀。"我羞怯地提醒他道。

难道他忘记昨儿个是我生日了吗？一般来说，除非是过五十大寿，否则是不过生日的。但他不正因为宠我、视我为掌上明珠才特意预备了这出戏曲吗？

他笑呵呵道："当然，当然。"随即敛起笑容严肃道："她们又在厢阁里说东道西了？"

我摇摇头。

"那，你是来告诉我，你娘张罗的那几个比赛，你赢了头魁？"

"唉，爹呀。"我撒娇道，他明知我不擅那些。

"是呀，你大了，爹不能再笑话你了。"他拍着大腿大笑道，"明日十六岁了，你不会忘了这个大日子吧？"

我回笑道："你已给了我一份大礼咯。"

他疑惑地偏过头来，又该取笑我了。

"我猜您费心张罗这出戏，肯定是为了某人。"

多年来，爹爹一直鼓励我畅所欲言，但今日却并没夸我聪慧机敏，"是，是，是，"他只是虚应道，"确实如此。"

他坐直身，两脚伸出床榻，站起后，他理了理身上那件长衫，这衣裳仿满清骑服样式，上衣束腰收身，直扣到领子。"但我还有件礼物要给你，相信你更喜欢。"

他走向一只樟木箱，打了开来，取出一件绣有柳枝花纹的丝绸包裹的东西。当他递给我时，我发现那是一本书。我暗自希望那是汤显祖自己出版的《牡丹亭》。

我慢慢解开丝绸包裹，那是我还没有的一个版本，但不是我期盼的那一版。

纵使如此，我紧抓着那本书贴近胸前，因它的独特而欣喜。没有爹爹的帮助，我再有能耐，也不可能遂愿。

"爹，你对我真是太好了。"

"快打开啊。"他催促道。

我爱书，喜爱它们在我手中那种沉甸甸的感觉。我也爱墨香和宣纸的质感。

"看书时，切勿折页做标记，"爹爹提醒道，"勿用指甲在字上划印痕，也勿要舔手指翻页，还有，万不可把书当枕头垫。"

他到底要叮嘱我多少次呀？

"我不会的，爹。"我承诺道。

我的目光落在叙述者开篇那几行字上。昨晚看戏时，我听到扮演作者的一位男演员念到丽娘和梦梅经历三生情缘，才在牡丹亭圆梦。

我拿着书，指给爹爹看那几行字："爹，这出自何处？是汤显祖自己写的还是引自其他诗作或传说呢？"

爹爹笑了，就像平日里为我的好奇而感到高兴。"翻看墙上第三架，找到那里最古旧的一本，你会发现答案的。"

我把刚到手的新版《牡丹亭》放在床榻上，走向爹爹指示的书架。我带着那书回来，迅速翻着书页，直至找到关于那三生的出处。原来，唐朝时，一个姑娘爱上了一位僧人，他们历经三世磨难才修得有情人终成眷属。我沉思着：这世上有如此坚定的真爱，不仅超越死亡，还历经三世？

我再次拾起《牡丹亭》，细细翻阅着书页。我在找梦梅，想借此重温昨夜与那陌生男子的邂逅。我翻到了柳梦梅的出场：

……绍接诗书一脉香。能凿壁，会悬梁，偷天妙手绣文章。……

"你在看什么呀？"爹爹问。

我一惊，双颊泛起红晕来："我……我……"

"书里有些事你女孩子家可能不明白。你可以去问你娘——"

我的脸更红了。"不是那些。"我结巴道，然后给他念那几行，它们看上去清白无邪得很。

"原来这里的出处你也想知道呀。"我点头，他起身，走向其中一只书柜，取出一册书，带到床榻边。"这里记载了不少学士名流的事迹，要我讲解给你听吗？"

"爹，我自己看就行了。"

"我知道你行。"他说着将那册书递给了我。

意识到爹爹的目光注视着我，我迅速翻着书页找到匡衡的条目，他因家贫买不起灯油，为了学习凿壁借光于邻居。

"再翻几页，"爹爹鼓励道，"你会翻到孙敬的故事，他怕睡去影响读书，把发髻悬在横梁上。"

我慎重地点点头，心想：不知昨晚遇见的那位公子是否也和这些古人一样勤奋？

"你若是个儿子，"爹爹继续道，"定能成为翰林学士，很可能是我们陈家最出类拔萃的。"他这般称赞，我受之无愧，却也从他语气中听到了憾意——我不是儿子，且永远不会是。

"如果你还要待在这儿，"他补充道，兴许意识到自己说漏了嘴，"那就来帮忙吧。"

我们重回他的书桌坐了下来。他理了理长衫，将辫子甩至肩后。他摸了摸削发的额头——那是他的习惯，就像身着满服的习惯一样，提醒他为了保护整个家族所做的忍辱负重的选择——随后他打开一个抽屉，从中取出几串银钱。

他拽出一串到桌上："我得送些钱到乡下去，你帮我数一下。"

在离这儿不远的古荡地区，我们拥有上千棵桑树，整个村子靠我们家养活。爹爹关心那些植树人家，他们采集桑叶、喂养桑蚕、从蚕茧中缫丝后织成锦缎。爹告诉我每户需多少银两，然后我来加总。

"你今天不太对劲，有何心事吗？"

我不能告诉他昨夜遇见那位公子的事，也不可告诉他其实我正困扰着是否要去御风亭和他再次相见，但若爹爹能帮我理解祖母和她当年的选择，或许我就知道今晚怎么拿主意了。

"我在想祖母的事，她一向如此勇敢吗？有没有犹豫的时候呢？"

"我们讨论过那段历史——"

"那段历史，是的，但没提多少祖母个人的故事，她是个怎样的人呢？"

爹爹非常了解我，我和其他女儿们不同，我也非常了解他。多年来我学着识别那些表情：当我问起这个或那个女诗人，他便抬起眉毛表示惊讶；当他考我历史我却答错时，他会沉下脸来；当我问起《牡丹亭》的某个问题而他不知答案时，他会拉长下巴陷入思考。

但此刻，他注视我的神情充满了评估的意味。

"满人入关后，攻城掠地势如破竹，"爹爹终于开口了，"但他们知道若是抵达江宁一带，将会遭遇顽强抵抗。他们本可以选择我们如今居住的杭州，但后来选择了扬州，也就是你祖父任官的地方，满人在那里杀鸡儆猴。"

这些我已经听了好多次，正思忖，他还会不会告诉我些别的。

"满清将领此前对士兵还很严格，而那天却下了解禁令，他们手下的士兵烧杀淫掠，为所欲为——女人、金银、丝绸、古董以及牲畜，都成了他们的战利品。"爹爹顿了顿，又用那评估的神情看了看我，

"你明白我所说的……关于那些女人？"

尽管我不太清楚，但还是点了点头。

"短短五日，满城血流成河。"他继续道，一脸疲惫的样子，"烈火烧毁了家园、厅堂和庙宇。成千上万的人死去。"

"你怕吗？"

"所有人都吓坏了，但我娘教导我们要勇敢——许多方面我们都要学会坚强面对。"他又一次端详我，思忖着是否要继续。他一定是发现了我的懵懂，拣出一串银钱，继续数算起来，话题也就此打住。他的眼睛没有离开那些银钱，总结道："如今你知道我为什么只关注诗词歌赋、书法戏曲这些深具美感的东西了。"

但他未对我提及祖母的任何事情！他所说的，没能帮我做出今晚的抉择，也无法帮我理解那些感受。

"爹……"我怯怯地开了口。

"嗯？"他应道，头也没抬。

"我一直在想那出戏，还有丽娘的相思病。"我一下脱口而出，"您觉得这事可能在现实生活中发生吗？"

"当然，你听说过小青的事，不是吗？"

我当然知道，她是千古以来相思成病最厉害的一位少女了。

"她死得好早，这和她样貌美丽有关？"

"她在很多方面和你很像，"爹爹答，"她天生丽质，优雅贤淑，但她爹娘虽出身名门却家道中落。她娘沦落到以教席为生，在她的教导下，小青饱读诗书，或许就是书读得太多了。"

"但读书哪会嫌多呢？"我问道，心想爹对我的好读诗书不就欢欣不已吗？

"小青儿时，遇见过一个尼姑。"爹道，"一席间，小青就学会了一字不漏地背诵心经。但那位尼姑见此，就知小青命不好，若是她不碰诗书，兴许还能活到三十岁，但是……"

"但她怎会死于相思病呢？"

"她十六岁那年，一杭州商人纳她为妾，"爹爹手指向窗外，"金屋藏娇于孤山，防止他那爱嫉妒的大老婆发现。小青只身一人，形影相吊，唯以读《牡丹亭》自遣，聊得安慰。就像你一样，她反复读这出剧，沉迷其中，染上了相思病，日渐憔悴。病中，她写下诗句，自比丽娘。"爹的声音愈发温柔，两颊染上了红晕。"她死时只有十七岁。"

我和几位堂姊妹有时会聊起小青，猜测着"幕天席地，承欢雨露"是什么意思。但就爹爹的说法，小青的娇柔散逸令其神思飞越。很多男人为小青写诗，而且有二十多出剧目写她的故事。如今我意识到，小青的身世和她的死中，必有某些部分十分吸引男性。我那陌生的相公是否有同感？

"我常想，小青生命临到尽头的那些日子……"爹补充道，他的声音变得恍惚起来，"她每天只喝一杯梨汁，你能想象吗？"

我开始感觉不自在起来。

他是我爹爹呀，我不敢想象他也会有我昨晚遇见那位公子时感受到的那份悸动。毕竟，我一直告诉自己，他和娘相敬如宾，而他那些妻妾也未曾给过他真正的快乐。

"和丽娘一样，小青想留下自己的画像。"爹爹继续，完全没注意到我的不安，"画师前后试了三次才能精准地描绘出她的样貌，小青变得日益感伤，但不忘将自己好好装扮一番，每天早晨，她都理好云鬓穿上最好的丝裳。她死时人是坐着的，望去是如许完美，以至于那些观瞻过她遗容的人相信她还活着。而那可怕的大妇，烧毁了她所有诗作和画像，只有一张画像得以幸免。"

爹爹盯着窗外的孤山，双眼呆滞，充满了……怜惜？欲望？还是渴慕？

"爹，也没有烧得精光呀。"我打破了沉沉的静默，"小青死前，将一些首饰包裹在废纸中送给了她丫鬟的女儿。当那姑娘打开包裹时，发现纸上留有十一首诗。"

"诵一首给爹爹听好吗，牡丹？"

爹爹没为我解开情感的困惑，但我感受到了那陌生公子期待我走向他时，可能正在经历的一丝浪漫情怀。我深吸一口气，开始背诵。

"冷雨幽窗不可听——"

"住嘴！"

娘一声令下，她的出现令我惊愕，她是从不来书斋的，她在外听了多久我们的谈话？

她转向爹爹："你跟我们女儿聊小青，但你很清楚，读《牡丹亭》害相思病而死的不止她一个。"

"这些故事告诉我们该如何活，前车之鉴嘛。"爹爹轻松应对，掩饰了他对娘突然出现的惊讶。

"小青的故事能成为我们闺女的借鉴？"娘质问道。

"牡丹出生杭州名门，那姑娘就是瘦马，像物品一般被买卖。一个冰清玉洁，另一个……"

"我知道小青是做啥出生的，"爹爹打断道，"不用你来提醒我。但我和闺女提及小青，因为她和这出戏有关，我想让她对这出戏有更深的领悟，这又没什么害处。"

"无害？你有没有想过闺女的命运会和杜丽娘一样？"

我偷偷瞄了一眼门外仆从，他会不会乐滋滋地把这些传到别的仆从的耳朵里，然后传得人尽皆知？

"是的，牡丹可以从她身上学到些东西。"爹爹平静道，"丽娘是美丽、善良、纯洁的姑娘，她有远见，意志坚定，且有真性情。"

"什么！"娘应道，"那女子在爱里执迷不悟！还要死多少姑娘，你才会看到这出戏有多可怕？"

夜深人静时，我和堂姊妹们常对这些令人扼腕的悲剧窃窃私语。我们聊起俞二娘，她十三岁时沉迷此剧，十七岁便香消玉殒，手边放着本《牡丹亭》。汤显祖闻之，心碎不已，赋诗哀悼。但不久后，越来越多的姑娘家，读了故事后和丽娘一样害上了相思病，日渐憔悴、香消玉殒，期盼真爱会找到她们，令其死而复生。

"我们牡丹是凤凰，我要见着她嫁给龙，而不是乌鸦。"爹的回答没能让娘满意。看得出来，娘快乐时，能化寒冬为暖春，她悲伤或生气时，就像现在这样，能化乌云为蜇人的蜂群。

"女子有才多薄命。"我娘宣告，"我们不该让牡丹读太多书，这些没完没了的书本，能赐予她美满婚姻？兴许反让她对婚姻失望而恹恹欲绝？"

"我早和你说过了，牡丹不会因文字而死。"

爹娘似乎忘记我还在屋内，我一动不动，唯恐他们发现我。就在昨天，我还听到他们为此争论不休。我很少看到爹娘在一起。如果我发现他们在一起，通常是在祠堂过节或祭祖，那里一切都按部就班。如今我在思量，他们会不会一直这样？

"要是她老来这边，将来怎能成为贤妻良母？"娘询问道。

"怎么不能？"爹爹反问，语气里毫不在意。更让我吃惊、令我娘反感的是，他随意引了一句杜太守描述自己女儿的话："古今贤淑，多晓诗书。他日嫁一书生，不枉了谈吐相称。牡丹的角色不就是要维护德操吗？那你就该为她不爱华服新饰、不喜梳妆而高兴。她的美浑然天成，映射出她内在的德行和才华。终有一天，她会用诗书来安慰她的夫婿，最终，她会成为一位不折不扣的好母亲，她会教她的女儿们写诗，以及女孩子家该学的所有技能。最重要的，她能辅导我们外孙的学业，直到他成人离开女子厢房。当他学有所成时，也是她得享荣耀之时。"

我娘不能在这点上争辩，只得默许。"只要她的阅读不会让她越界。你也不想她变得难管教吧？如果你一定要给女儿讲故事，为什么不给她讲些神话传说？"当爹不赞同时，娘的目光就落在了我身上。她对爹说："你还要留她在这里多久？"

"就一小会儿。"

就像来时悄无声息一样，娘消失了。我想这回该是爹爹得了理，至少他仍是一派平静，在账册上写下数字，放下毛笔，起身远眺窗外孤山。

一个仆人进来了，向爹爹作揖，呈上一张红色火漆封口的信。爹爹若有所思地摩挲着，仿佛知道里头写了什么。看得出他不想当我的面打开，我起身，再次谢谢他送我的《牡丹亭》，离开了书斋。

欲　念

又一个温良熏人的夜晚。我们众女眷在闺阁内享受着佳宴：陈皮蒸春豆，邻近水域出产的七月红蟹有鸡蛋般大小，且仅在每年此时特供。已婚妇女那几桌添增了几道助孕菜式，已有身孕或有可能怀孕的那几桌，则谨遵禁忌，不上兔肉跟羊肉：大家迷信，妇女吃兔肉后会生下兔唇小孩，吃羊肉则会影响新生儿的健康。面对一桌丰盛佳肴，我却没什么饥饿感，我的整颗心已飞到了御风亭。

铙钹锣鼓响起，宣告戏曲即将上演，我们随着声响步向花园，我磨磨蹭蹭走在后面，尽量保持步态优雅。一路上，我时而跟婶婶和几位小妾谈天，时而跟爹爹友人的妻子们闲聊，让自己走在最后的一群人中。到了后花园女客赏戏区，外围只剩下最后几个坐垫空着，我择一而坐，悄悄环顾四周，以确定自己的选择是正确的。事实证明，我的做法是正确的：娘作为女主人，正端坐中间位。除我以外，其他未婚女子都坐在一起。谈则——不知是她妥协，或是我娘坚持——她也跟同龄女孩们坐在了一起。

今晚，爹再度选择以重头戏《旅寄》开场：杜丽娘死后三年，柳梦梅上京赶考，途中受寒生病，被丽娘的塾师陈最良置于梅花观中照顾。下一出戏的乐声响起，我得知剧情已由《旅寄》发展到《冥判》，因为今晚我坐得远而看不到演员，只能听着唱白想象剧情：那判官定是一脸肃穆地叙述转世投胎的情景，阎罗十殿上，只要他在簿上一点，那些魂魄就像爆竹上的火星子四散而去。这些魂魄被分发到四万八千界中，有的有形，有的无形，或被推入二百四十二层地狱①的某一

---

① 疑为十八层地狱。

层……丽娘上场，判官见她脸色娇嫩、面泛桃花，便盘问道：瞧你貌美年轻，因什么病患来到冥界？丽娘喊冤恳求判官，说她还没嫁人，也没饮酒，自己还年轻，只因做了一个情梦，患上相思病而丢了性命。

"世有一梦而亡之理？！"判官厉声喝呼，叫来花神质问。花神说明原委，判官调来丽娘的断肠簿跟姻缘簿，两相对照查考后，发现杜丽娘命定跟柳梦梅有三世姻缘，加上她神主牌还没有点主，便放了丽娘出枉死城，让她去寻找有缘人，并命花神保护丽娘尸身。丽娘出了枉死城，回到埋葬处，寄身梅树旁。看顾丽娘坟墓的石道姑，打点饭菜在梅下供桌祭祀时，丽娘感动得撒下一片花瓣雨以示答谢。

在梅花观养病的柳梦梅康复后情思恍惚，遂起身四处走动，恰好步入花园——仿佛命运安排——他拾到一只匣子，里面恰恰存有卷起的丽娘的那幅自画像。他以为是观音像，就把画卷带回房间，焚香膜拜。他爱画中女子柔如薄雾的秀发，形似蔷薇花蕾的樱唇，以及紧蹙的双眉间那股殷殷萌动的春情，但他越是近前端详，就越觉得画中女子不可能是女神——观音该是缥缈云间，但罗裙下却伸出一双三寸金莲。直到柳梦梅发现画上题写的诗句，才确定这是一幅尘寰中少女的自画像。"他年得傍蟾宫客，不在梅边在柳边。"吟咏着画上题句，他想到自己姓柳名梦梅，而画中美人捧拥梅枝的样子，仿佛捧着的不是春梅，而是梦梅他自己。于是他和诗一首，邀请画中女子下来一晤。

剧情发展至《魂游》，杜丽娘从墓中走出，轻敲柳梦梅的翠竹窗，他询问她是谁。这时我悄悄起身离座，心境恰如丽娘在那边召唤柳生："你为俺催花连夜发。"接着，我又听见她含羞戏弄柳生唱道："妾千金之躯，一旦付于郎矣，勿负奴心。每夜得共枕席，平生之愿足矣。"我虽未婚，但我明白丽娘所思所愿，柳梦梅欣然接受她的献身。他一再询问丽娘芳名，她却屡屡推诿，对她这样的女鬼而言，献身反而比透露身份来得容易。

接近通往御风亭的曲桥时，我的脚步放缓了。我想象着自己罗裙下的纤足正莲步生尘，我抚整了一下衫裙，手指轻触发梢，确保头钗一一如位；我将掌心覆在胸口，试着平复剧烈的心跳。我得提醒自己：我们陈家祖上出有九代进士，我是这个书香世家的独生女，且已有了婚约。万一发生什么事，我那三寸金莲可跑不快，我也不可能像丽娘那样，鬼魂一闪就能变得无影无踪。若是被人瞧见我跟那个陌生公子私会，我会被退婚。虽说一个女孩子家再没比被人退婚更令家门蒙羞了，可我已满脑子被某种渴望拽着走，心已变得愚蒙。

我重重地揉搓了一下双眼，在这疼痛中想到了我娘。如果我还有理智，我就会想到娘发现了会对我有多失望！如果我还有知觉，我就该意识到她的怒气会带来严重的后果，可我脑海里浮现的却是她的尊贵、美丽和雍容气质，是的，这是我的家、我的花园、我的亭、我的夜、我的月、我的人生。

我穿过曲桥步入御风亭，而他就站在那里等我。起初，我们谁也没有开口说话。或许他很诧异我会来，毕竟这对我的品性不是什么很好的佐证；或许他跟我一样害怕被人逮到我们私会；但也可能，他跟我一样，正尽力呼吸着对方，将对方摄入自己的肺，自己的眼，自己的心。

他先开口了。"我认为那不只是丽娘的一幅自画像而已，"他的语气沉稳，像是以此避免我们做出错事。"它对柳梦梅和她的未来都很关键，丽娘手中的梅花和画上题字都暗示着她的邀请，言明她将委身柳姓之人，柳梦梅才发现绸画上的女子将是他的人生伴侣。"

这并非我渴望听到的浪漫话语，但我毕竟是姑娘家，我顺从他的带领。

"我喜欢梅花。"我应道，"这部戏里，梅花一再出现，你有没有看见丽娘将梅花花瓣撒在树下供桌上的那一幕？"他点头后，我继续道，

"丽娘以她的情感撒下的花瓣雨跟随风吹落的花瓣雨有何不同？"

他没有应答，反将话题扯开，声音沉厚，道："我们一起赏月吧。"

我心已被丽娘的勇气所占据，慢慢穿过亭子走到他的身边。明儿初七，今宵一枚上弦月低挂空中。湖边吹来一阵微风，凉意袭上我那发烫的脸庞，几缕发丝垂落下来，拂触肌肤，我不由得一颤。

"你冷吗？"他转到我的身后，将双手搭在我的肩上。

我想转过头，想面对他，想直视他的眼睛，想……？丽娘引逗了她的秀才郎，可我不知道此刻自己该做什么。

他将双手缩回，我感到一阵眩晕——我没有跑开或是昏倒，只因我能感受到他的体温，可见此刻我俩站得多近。我一动不动地站定在那里。

远处传来戏曲声。丽娘跟柳梦梅夜复一夜地见面，柳梦梅一再问起她姓名，可她一再拒绝告诉他。柳梦梅问起丽娘："姐姐，你来的脚踪儿恁轻，是怎的？"丽娘承认，自己的脚步总是轻得连地上都不会留下足迹。两情缱绻终有时。某晚，可怜的丽娘惴惴不安地来到柳梦梅这里，她终于决定表明身世，告诉他自己是鬼不是人。

此刻的御风亭内，我们俩一动不动，忐忑不安，我们害怕得不敢动，也不敢说话，更不敢逃离现场。我能感到那位公子的呼吸正轻拂我的颈背。

花园那头传来柳梦梅的询问吟唱："姐姐敢定了人家？"

我还没听到丽娘回答，耳畔就响起一声低问："你跟人定亲了吗？"

"我幼时就已定了人家。"我几乎认不出自己的声音，仿佛只听得见耳边血脉贲张的声响。

他在我身后叹了口气。"我家也替我定了门亲。"

"那我们不该见面的。"

"我可以离开，可，那是你想要的吗？"

戏台那边，丽娘向柳生道明她的忧虑。两人云雨后已有肌肤之亲，她猜想柳梦梅不会娶她为妻，只会纳她为妾了。闻听此言，我心头一阵愤怒。我不是在场唯一有违礼教的人，我决定转身面对他。

"这是你未婚妻所期待的婚姻吗？她能接受公子你背着她见别的姑娘？"

他笑了笑，显得不好意思。但我心里思忖，你本该跟我爹、我叔伯、谈大人以及其他男宾一起看戏，为何乘机偷偷溜出来见我？

"饮食男女，人之大欲存焉。"他随口说了句俗语，并补充道，"我希望有的不仅是个贤内助，更是个枕畔好伴侣。"

"原来公子尚未成婚就已在寻思小妾了。"我毫不客气道。

在婚姻大事不能自主的情况下，小妾是所有正室的梦魇。男人宠爱小妾，他们虽然无法自己挑选妻子，但可以挑选自己心仪的女子为妾，尽情享受她们的陪伴，又无需承担什么责任。男人娶妻则多半出于责任，为了绵延子嗣，光宗耀祖。

"如果我娶的是你，我永远不要纳妾。"

我垂下眼，心里莫名欢喜。

有人或许会说这一切太荒唐，有人或许认为这事不可能发生，或说这都是我的幻想，正因我太过沉溺幻想，才执着于写作，最终没落得个好结果。甚至有人会说，如果世事真如我所叙述的那样，那我活该报应，落得个比死还惨的结局也是自找的。但是，这一刻我真心感到快乐。

"咱俩命中注定要相识。"他说道，"昨晚我并不知你会出现在这里，可你出现了。既是命数，我们就不能违逆，而应该承接上苍赐下的这份良缘。"

我羞得只能望向别处。

后花园里《牡丹亭》一直在演着。我对这出戏非常熟悉，即使与这位陌生公子交谈让我分了心，我的一部分知觉都意识得到整个剧情发展。终于，丽娘向她的情郎承认自己是被困在阴阳两界的游魂，柳梦梅闻言，惊呼起来，声音大得传到了御风亭，我不禁又打了个冷颤。

他清了清喉咙。"看来你对这出戏曲很是熟稔。"

"我这样的女流之辈，想法不重要。"束于礼教，我的回答尽量谦虚，但那情景显得有点傻。

他望着我，神情疑惑道："小姐的美貌令我惊艳，不过，这里面的想法。"他没有碰我，用指尖指指我的心口——那是一切情思所生的灵府，"是我想了解的。"

我的胸口因他几近触碰而灼烧。此时我俩真是放肆而大胆，丽娘跟她的情人虽然离经叛道，但他们得了个终成眷属的美满结局，我则是一个活生生的人，如若真的仿效丽娘，代价不堪设想。

花园那头，柳梦梅克服了他对鬼的恐惧，誓表忠贞，并承诺娶丽娘为妻，他替丽娘的神主牌点了主——杜太守走马上任新职，走得匆忙，都没替女儿的神主牌点主。刘梦梅挖开坟墓，取出丽娘入葬时口含的玉石，让她得以复生。

"我得走了。"

"你明天能再来见我吗？"

"不行。她们会找我。"

我思忖着，连着两夜都没人来找我，已是奇迹，我怎能再冒第三次险？

"明天再见，但别在这里，"他似乎没听到我的话，"有别处吗？离花园更远的地方？"

"湖边有座赏月亭。"我知道那地方，但从没去过。就算有爹陪着，我也不能去。"那里是府中离厅堂花园最偏远的地方了。"

"那，我在那里等你。"

我渴望他触碰我，但我害怕。

"你定要来见我啊。"

我大约是凭着惊人的意志力挪步的，沿曲桥往花园方向回去的路上，我能感到背后他那双眼睛正跟随着我。

没有姑娘家——即使是被宠坏的谈则——胆敢这样私会自己未来的丈夫，更遑论是个出于她自己意愿选择的陌生男子，恐怕难逃非议与谴责。我沉溺于丽娘的故事而无法自拔，但她并非现实人物，无需承担任何后果。

春恹

　　每个姑娘家都会思忖她们的婚事。我们思虑未来的夫婿会否冷漠、平庸，对自己不够关切，甚至完全忽略自己，但我们依然期盼事情会美妙与遂人心愿。世道已如此艰辛，我们怎能不幻想一下呢？于是，当夜幕下垂，夜莺歌唱之际，我开始憧憬我的婚礼：我未来的夫婿在他房里静静等候，一切都指引着我们集合的那一刻——只是，我脑海中浮现了那位俊朗的陌生公子，而并非那素未谋面的未婚夫。

　　我梦想着彩礼最后进门，金光闪亮、沉甸甸的各样首饰：发簪、耳环、戒指、手镯堆垛在一起。我想到了质地上乘如我爹坊内织造的苏州丝绸；我还想到了牲畜中最后那一整头猪，我想象着它被肢解，然后我将猪头和猪尾包裹起来带去吴家作为回礼。和这只猪一起送去的回礼中还包括辟邪的艾草、预示繁殖力的石榴、寓意早生贵子的枣，以及象征子嗣繁荣的七种谷物，因为"籽"字音形皆似"子"。

　　我梦想着花轿来接我的盛况，想象着初次拜见婆婆的情景：她将指点云雨之事的春宵秘籍亲手交予我。我想象着和那位陌生公子床上的初夜，祈盼着我们未来不为钱权束缚、衣食无忧的日子。我们享受着日与夜，享受着微笑、蜜语、亲吻和眼神。种种绮思幻想，都似白日做梦。

　　清晨到来——今天是我的生日和七夕节——我却没什么胃口。我的脑海中充溢着关于那位年轻公子的回忆：他在我脸颊边的呼吸和低语。我意识到，这莫名的兴奋就是所谓的相思病吧。

　　今天我可以随心所欲——从早上起来直到我去赏月亭见他。我让柳儿帮我把裹足布解开，她用手掌托住我的右脚踝，看着它并用纤纤手指绕出一圈圈缚带，她那舒缓的动作仿佛催眠一般。她将我的三寸金莲放入浸着柚叶的脚盆中清洗，这些柚叶能使我的皮肉松软而易于缠裹，且能在清洗中去除死皮。接着，她为我敷上枸杞根皮磨成的粉末，抚摩脚上粗糙的部分，在我趾间洒上矾粉以防传染糜烂，最后再扑上诱人的香粉。

我的三寸金莲形状缠裹得极美，我也以此为傲。通常我对柳儿的要求都很严格，让她仔细清洗我脚掌和脚跟间的缝隙，剔除所有老茧，磨平刺穿皮肤的任何隆起的折骨，将脚趾甲修剪得愈短愈好。这一回，我饶有兴味地体验着自己的皮肤在温水和清凉空气里的锐敏感受。女人的脚是她最大的秘密和礼物。如果奇迹发生，我得以嫁给那位陌生公子，我会秘密地护养这双小脚，敷上香粉增强它们的气味，一次次缠裹让它们显得尽可能玲珑小巧。

我让柳儿将盛满绣鞋的箱笼端来，我若有所思地望着它们：哪一双会合他的心意？是品红丝绸上绣有蝴蝶的这双，还是缀满纤小蜻蜓的那双暗绿色绣鞋？

柳儿拿来一袭绸衣，我看了看衣裳，思忖着他会不会喜欢。柳儿为我穿上衣裳，梳理发鬓，清洗面庞并敷上香粉，在我双颊抹上胭脂。

我身不由己地陷于爱的幻想中，但在七夕我还得去祭祖。今晨我不是家中第一个去祠堂的，我们都祈愿荣华富贵、子孙满堂，而供桌上已放好了相应的求子食物。我看到一整盘象征子嗣繁荣的芋头，可见我那些姊姊和几个侍妾已经来过了，祈求先祖为家里传承香火。祖父的几个侍妾摆上了几碟新鲜枇杷和荔枝，她们似乎有些过于铺张了，自知死后还是我祖父的人，求告祖母在祖父那里给她们多说几句好话。我的叔叔供上米饭祈求平安富足，我爹则供上一盘热乎乎的肉，祈求更多财富且蚕桑有成。供桌上还备有碗筷，可让先祖安闲享用。

听闻娘在唤我，我移步前往怡春轩食用早膳。循着她的声音，我来到稚女们的房间。进门时，一股乳香、杏仁等掺杂的特殊香味袭来，里面还有白桑的气味，那是我的老姆妈为所有陈家姑娘缠足时用的。我看到二婶正握着她最小闺女兰儿的脚，把它们放在她的大腿上，我娘在她俩面前跪着，这房里的其他姑娘都还不满七岁，她们全簇拥在兰儿的脚前。

"牡丹，"娘见着我了，"快来帮下我。"

我听娘说给兰儿缠足不太顺利，因为二婶心太软。娘将小姑娘的一只脚轻握手中，几根骨头都已经折断了，但还没把它们绑成更好看的形，我眼前所见就像一只章鱼的残骸，浑身插满折骨和参差不齐的小枝。换句话说，一团无用的、丑陋的、黄紫淤青的肉块。

"你知道，我们家的男人们都很软弱。"娘向二婶抱怨道，"扬州大屠杀后，他们辞了官回到家中，他们拒绝为清廷服务，所以也失去了实权。他们被迫剃去前额的头发，他们也不再骑马，而更喜欢乘坐舒适的轿子。在战争、骑猎、争竞之地，他们收集精致的瓷器和绸画，他们倒退了，甚至变得更……像女人一样。"她顿了顿继续道，"既然如此，我们须比从前更加懂得奉行妇道。"

言至此，她摇了摇兰儿的脚。兰儿呜咽着，二婶双颊淌下泪珠儿，我娘却视若无睹。

"我们必须遵守'三从四德'，谨记：未嫁从父，既嫁从夫，夫死从子，丈夫即天。"她援引《女诫》，"你知道，我所说的句句是真理。"

二婶沉默不语，但这些话语吓着我了。作为我们家的长女，我清楚地记得每次堂妹们缠足的情景。我的几个婶婶通常都心慈手软，我娘为此会亲自给堂妹们重新缠足，任由姑娘和她母亲在一旁痛哭流涕。

"这是艰难时刻，"我娘向那一对泪人儿厉声道，"但缠足把我们打造得更柔、更顺服，也更纤小。"她顿了顿，语气柔和些但又不乏坚定地补充道，"我会向你演示如何来做，希望四天后你能自己给你女儿缠足，每四天，越缠越紧，向你女儿显示你为母的爱，懂了吗？"

二婶的眼泪顺着她的双颊流下，一直淌入她女儿的发丝。我们这一屋子的人都知道，四天后她不可能比现在更坚强，而眼前这一幕只会变着法儿重新上演。

娘又将注意力转向了我。"过来坐我边上。"我们四目相接，她给了我一个温柔的母亲的笑容。"这会是你出嫁前最后几次给我们家姑娘缠足。我希望你嫁人后有一天用这娴熟的技巧给你自己的女儿缠足。"

身旁那些女孩用羡慕的眼光看着我，期待他们的娘也会这样教导她们。

"不幸的是，"我娘道，"我们首先得矫正先前疏忽的部分"。她算是原谅了二婶，继而柔声道，"每个母亲面临这项任务时都很软弱，我曾经也像你现在这样怯懦。我们想缠得不那么紧，但这就是个陷阱，接下去发生什么？孩子走路时骨头会移位。二婶你不晓得，当你自以为是在帮孩子，其实只是延长她的折磨期，徒增她的痛苦。你必须知道，长相普通是老天决定的，但一双没缠好的脚显示了母亲的失职和女儿的懒惰。要是亲家发觉了他们会怎么想？姑娘家就该像花儿一样精巧，她们行走时须凌波微步，优雅温文，显出极佳的教养，这样她们才会被视如珍宝。"

转向我时，娘的声调变得严厉。

"我们必须强硬些，问题出现就要及时纠正。现在，用你的左手握住你堂妹的脚踝。"

我照她说的做。

娘将手覆了上来，捏压起来。"你要握得非常紧，因为……"她瞥了一眼兰儿决定先不多说，转向我继续道："牡丹，我们不做洗衣活，但你肯定看过柳儿或其他丫鬟给你清洗你的衣服和布帕吧？"

我点了点头。

"好，所以你知道，当她们清洗后会尽可能地扭拧衣物，为了把剩余的水都挤出来。我们现在要做的和这个差不多，你照着我指示的来做。"

"母爱"这个词包含了两个元素：爱和痛。我从前一直以为这个词传递了女儿对母亲的感受，她们通过给我们缠足，强加给我们那种痛苦，但当我看到二婶的眼泪和娘的勇气后，我意识到这种情感是属于她们的。一个母亲，要遭受生产的痛、缠足的痛，还有女儿出嫁后向她道别的分离的痛。我希望自己能够向我的女儿显示自己有多爱她，但我看到眼前情景就感到反胃——我同情我的堂妹，也担心自己将来不能做一名合格的母亲。

"为娘的，握紧一点，"我娘向二婶指使道。随后她转向我，点头示意，"用一只手包裹住脚，然后把你另一只手放上来……就像拧衣服一样。"

我才将手放上去，兰儿就害怕得扭动身子，二婶也把她抱得更紧了。

"我希望我们速战速决，"娘继续道，"但会变成现在这样，就是因为急躁和软心肠。"

她左手紧握兰儿的脚踝，右手慢慢向脚趾方向拉扯，我那堂妹失声尖叫起来。

我感到一阵头晕，但又莫名亢奋——我娘正向我显示她的母爱。

我跟随她的动作，兰儿的尖叫愈发剧烈。

"很好，当你感到指下的骨头都拉直到位后，任由它们松垂，你可以放开手去。"

我的手从那些脚趾间松开。兰儿的脚还是一副可怕的变形模样，但和先前肉上四处是奇怪的隆起相比，她那一双脚现在就像两根瘦长的辣椒，兰儿在我上面蜷身抽泣，痛得喘不过气来。

"下一步会比较痛。"娘四下张望，面向站她右边的一位堂妹，"去，找下邵妈。她到底去哪儿了？不管怎样，把她带来，要快！"

小堂妹带着我的奶娘邵妈而来。她曾来自大户人家，但因过早守寡而来我们家帮忙。我越长大就越不喜欢她，因为她是如此严苛，且缺乏宽谅之心。

"握住小孩的脚别动。"娘命令道，"除了我和小姐双手的动作，我不希望看到膝盖以下部分有任何移动，懂吗？"

这样的情况邵妈遇到过多次，她知道该如何处理。

娘瞥了一眼周围簇拥的女孩们："退后，给我们腾些空儿。"

尽管女孩们像老鼠一样好奇，娘仍是我们这家女人里的头，她们只得遵命。

"牡丹，缠足时回想下你自己的脚。你知道如何盘压几个脚趾并将中趾折盖其上吧？我们操作这一步，将骨头卷脚底就像你卷袜子那样，你可以做吗？"

"我想我能行。"

"为娘的，"母亲问二婶，"你准备好了吗？"

二婶的脸原本就煞白，这会儿都快呈半透明的了，好像丢了魂似的。

娘又朝向我："再来一次，你只要跟着我做。"

我照做，将下面的骨头卷起，由于太过专注，我甚至没有意识到兰儿在尖叫。邵妈关节突出的手将兰儿的脚箍得死紧，以至于她的指关节都变白了。兰儿痛得呕吐起来。馊臭的秽物从她的嘴里喷了出来，溅在我娘的衣裙和脸上。二婶连连道歉，语调中满是羞惭。我感到一阵又一阵反胃，但娘却毫无犹疑迟缓，继续着她的步骤。

终于我们完成了。娘看了看我的成果，轻拍了下我的双颊。"你做得很好，兴许你在这方面很有天赋。你会成为一名贤妻良母的。"

娘从没对我所做的任何事有过如此嘉许。

娘先是给刚才那只脚缠上布条，她做了二婶做不了的事，而且她缠裹得很紧实。兰儿这会儿已哭不出声了，房内只有我娘的说话声和她缠足拉扯布条时发出的轻响，她一圈又一圈地缠裹，直到整整八九尺的布条被包扎在那只纤弱的小脚上。

"在我们国家历史上，现在跟从前比有更多女孩缠足。"娘解释道，"满清鞑子以为我们妇道人家是在走回头路！他们看得见我们的丈夫和我们的担忧，但他们看不见我们女人的深闺。我们给女儿缠足，是为了反抗外族。看看四周；即使是我们的丫鬟奴婢都裹小脚，就连老人和穷苦孱弱的都裹小脚。我们有我们女人的方式。这使我们获得价值，得以出嫁。他们阻止不了我们！"

娘缝合上布条，将兰儿一只脚放在垫子上，又开始缝我刚缠好的那只，完成后，她将那只脚也放上垫子。她拉下二婶放在兰儿还湿漉漉的小脸上表示安慰的几根手指，最后若有所思道："通过缠足我们在两方面取得胜利。我们这些弱女子打败了满清。他们的政策彻底失败，到如今满清女子也开始仿效我们。如果你走出去，会看到鞑子女人丑陋的大鞋底下安嵌了一个小脚似的跟，为了走路时像我们缠足后那样摇曳生姿。哈！他们没法跟我们竞争，也无法阻止我们珍视自己的文化传统。更重要的是，我们缠足一直以来都对我们的丈夫具有魅力，而一个好丈夫会给你带来快乐。"

我想我明白娘所说的，自从认识那位陌生公子，他撩拨起我心中的情思。但奇怪的是，我从未见过爹娘彼此触碰——是爹还是娘的缘故呢？我爹向来疼我，无论在回廊相遇或是我去他书房，他都会抱抱我或亲亲我。看来爹娘身体触碰的问题出在我娘身上。莫非她当年出嫁时也像我现在一样对洞房之事忧心忡忡？是不是这个原因我爹才纳了几位小妾？

娘起身，整了整腿上沾湿的衣裙。"我要去换下衣裳，牡丹，你直接去怡春轩吧。二婶，把你女儿留在这里，你和牡丹一起去。我们还有宾客，我想她们一定在等我们了，请她们先用早膳，不必等我。"她又朝向邵妈，"我会派人给这孩子送些粥，确保她吃下，然后给她些草药缓解疼痛，她今天可以休息一下，这后面四天我就指望你了，好好看着她，有何情况及时告诉我。我们不能让今天的事再发生了，这对孩子不公平，而且还惊吓到了更年幼的女孩们。"

娘走后，我起身。片刻，房内暗了下来。我的头脑总算清醒，但我的胃还在翻腾，难以平静。

"二婶，不着急，您缓一缓。"我试图说些什么，"我到外头回廊等您。"

我急忙赶回自己房间，才关上门，就掀开便盆盖子呕吐起来。幸好柳儿不在，若被她见着，我都不知该如何解释。我起身，漱了漱口，走回长廊，二婶刚好从那里出来。

我终于做了件让我娘真正骄傲的事，但这事却让我自己感到恶心。尽管我渴望像丽娘那样坚强，但我和二婶一样心肠柔软。我不会像我娘那样向女儿显示这种母爱。如果给她缠足，对我来说简直是灾难。我希望我娘永远不知道我的软弱。我婆婆可能也不允许把我的失职这种家丑传出吴家，就像我娘不想让外人知道二婶总是那么软弱。这会打破万勿令家族蒙羞的训诫，而吴家——如果他们是和善宽容的——也会尽可能将这秘密守在深院之内。

我料想怡春轩此时大概有人在窃窃私语，因为院内每个女人肯定都听到了兰儿的尖叫哭喊，但当二婶和我步入房内时，三婶已借机扮起了女主人的角色，餐盘已摆放妥帖，女人们忙着边吃边聊，好像陈家大院这个七夕之晨并没发生什么异常。

我忘了武装自己，以对付那几个堂妹早膳时可能说出口的冷嘲热讽，但非常奇怪，她们今早的话语就像柳儿拿软石替我磨去脚上的死皮一样不痛不痒。我啥也吃不下，即使是娘吩咐厨子为我庆生特意准备的汤圆。当我的胃还在为刚才的缠足、内心隐秘的幸福和今晚怕被逮住的担忧而剧烈翻腾时，我怎能把食物送入口中并吞咽下去呢？

用完早膳，我回到自己闺房，歇了一会儿，听闻其他女眷们离开自己房间前往盛莲阁的轻柔碎步声，我便起身，用丝绸卷起自己的一幅画作用以应对今日竞赛，我深吸一口气，迈出闺房步入回廊中。

当我抵达盛莲阁，我朝娘那边走去，她径直从我身边走过，今早对我的热情似乎已蒸发了，但我也不太在意，我猜想她今日必定特别忙碌，周旋于宾客、赛事和庆典之间。

我们从赛画开始。如果说我的刺绣和古筝都只是马马虎虎，那我的绘画水平就更逊了。赛事的第一项是画牡丹，当所有画卷都展开时，众人都将目光聚焦在我身上。

"牡丹，哪一幅是你画的牡丹？"一位宾客问道。

"她只是名叫牡丹，但她从不画这种花。"三婶向其他人泄密道。

赛事继续进行：菊花、梅花、兰花。我将自己的画卷悄悄摊在桌上，我画的兰花死气沉沉，所以别的女孩赢了比赛。接着画蝴蝶，最后是将蝴蝶和花卉放在一起，这两项我都没有入围。

总是同样的花卉和蝴蝶，我暗自思忖。但我们又能画什么呢？我们的画就是描摹我们在园中所见：蝴蝶和花卉。伫立园中，张望四周浓妆艳抹的几位婶婶、堂妹和众女眷，我可以看出她们强烈的渴念。但当我看着她们时，她们也在观察我。我的恍惚并没逃过其他女眷们的眼睛，她们都被训练得格外敏锐，能随时发现别人的软肋。

"你们家牡丹好像患了夏日相思病呢！"四婶评头论足道。

"是呀，我们都发现她双颊绯红呢！"三婶补了一句，"她有何心事呢？"

"明日我要抓些草药给她煮杯茶去去这相思病。"四婶帮忙似的提议。

"夏日思春？"娘回应道，"牡丹可是非常实际的。"

"我们喜欢你闺女的这一面，"二婶说，"兴许她会和其他女孩吐露心底秘密。她们都向往浪漫之事。每个姑娘在十六岁生日时都该像她这样好看，还有五个月她就要出嫁了，我想大家都觉得她已经做好准备了。"

我尽可能维持脸上的平静，希冀它像潮润夏夜的池塘一样深不可测，但我失败了，一些长辈嗤笑起我的少女羞窘来。

"她快出嫁了总是好事。"娘佯装轻快地应和道，"但二婶你兴许是对的，她该和你闺女聊聊，我想彗儿将来的夫婿一定会为洞房花烛夜进展顺利而由衷感谢的。"她轻拍了下手掌，"好啦，现在，来吧！让我们去花园参加最后几项赛事吧。"

其他女人纷纷往屋外走，我感到娘的目光落在我身上——她的眼神似乎在掂量该说什么好。她什么也没说，而我也避免和她四目相对。我们就像屋内伫立的两座石雕。我感谢她的保护，但那样说似是默认……我患了相思病？我前两晚在御风亭私会了某人？我今晚还要去赏月亭和他碰面，明知那地方我们是被禁足前往的？突然间，我意识到自己发生了某种根本性的转变。不是月事也不是订婚或什么新技能让我由女孩转变为女人——而是爱情，它让我从女孩变为了女人。

我想起了祖母的镇定自若和高贵尊严，我抬起头，一句话也没说就迈出了门，走向花园。

我找到一个瓷制大花盆坐了下来。花园甚美，为最后一回合赛事提供了丰富的绘画素材———一如往常——由眼前所见来描绘。我的几位堂妹和婶婶背诵了诸多著名女诗人的诗歌：吟咏梅花、菊花、兰花和牡丹。关于这些诱人的繁花有太多佳美词藻了，但我脑中浮现的却是一首悲戚的诗，那是扬州大屠杀时一个无名女子刻写在墙上的作品。待她们诵咏完各自的诗句，我开口了，试想用原作者那种悲伤的语调来诵读：

> 枯枝伫立，悲鸿宵鸣，血泪渐浸桃蕊，春已逝，予心空，万念俱如死灰，须臾千行泪。

这首诗被视作扬州大屠杀期间创作的最悲怆的一首作品，深深触动在场每个人的心。二婶仍在担忧她女儿的缠足，再一次淌下眼泪，但她不是唯一流泪的人。整个花园里情意充盈，我们都沉浸在这位大约已香消玉殒的女诗人的哀婉悲叹之中。

接着我感到娘正直勾勾地盯着我，她脸上全无了血色，两颊的胭脂仿若两道伤痕。她的嗓音压低到几乎难以辨听："如此良辰美景，小女却吟了这么一首悲情的诗，让大家难受了。"

我不知道娘为何不悦。

"我闺女有些不适，"娘向周围其他几位母亲解释，"我担心她忘了礼数。"她回看我，"你该回房，今儿就在床上歇息吧！"

娘企图控制我，但就因为我背诵了一首哀诗，她就禁止我看戏了吗？我的眼里盈满了泪水，我眨着眼尽力不让它们掉落下来。

"我没生病。"我回了一句，满是委屈。

"柳儿可不是这么对我说的。"

我因生气和失望脸涨得通红。柳儿清理便盆时，她一定见到了我的呕吐物转而告诉了娘。如今娘知道我失败了——又一次——即将为人妻、为人母的失败，但这些不会击垮我，反倒使我坚定了意志。我不能让她阻止我今晚去赏月亭。我伸出食指，抵着颊骨，微侧脑袋，摆出杭州少女特有的纤弱、纯真和无辜。

"哦，娘，我想大概就像婶婶们说的那样。七夕这样的节日我们纪念织女，我的思绪也飘向了今晚即将为这对恋人相会而搭的鹊桥，我可能有一瞬被春情所袭，但我可没相思成疾，也没什么疼痛或是其他不适。我的失误可能就是少女心事，为赋新词强说愁罢了，没别的什么。"

我显得如此无辜，其他女客们投来包容同情的目光，娘一时无法撵我走了。

隔了片刻，她问道："谁能给芙蓉诵诗一首？"

每件事——我们女人每天所履行的各项职责——似乎都是一种测试，而每项测试都让我深感自卑。我什么也不擅长——缠足、刺绣、书画、琴艺，甚至诵诗也不行。我怎能现在心里深爱着别人就这样嫁人呢？我怎会成为未来夫婿所需求的妻子呢？我娘遵守所有的礼节，但她却没法给我爹生下儿子。如果我娘都不是合格的妻子，我又怎能成功？兴许我的丈夫会遗弃我，在我婆婆面前羞辱我，去画舫女子那里寻欢作乐，或者纳几个小妾。

我想起娘经常说的那句话："纳妾是人生中避不开的现实。重要的是你得先你夫婿去搞定此事，而且懂得如何调教她们。别自己动手打她们，让你的丈夫打就是了。"

但这不是我要的生活。

今天是我的十六岁生日。今晚，织女和牛郎将在天上重聚。在我们的花园里，丽娘会被梦梅的爱唤醒而复活。而在赏月亭，我要去见那位陌生公子。我或许不是全杭州最完美的姑娘，但在他的眼中我想我是完美的。

浊 履

子曰：敬鬼神而远之。但在七夕这天，众人忘却了鬼神和先祖，只想尽情享受节日庆典——从恣意戏耍到戏曲表演。我换上一袭羽纱外衣，上面绣有一对在夏花中飞舞的鸟雀，让我不禁联想到和那位陌生公子共处时的愉悦。我下身搭配了一条丝裙，裙摆绣有盛开的雪白海棠花，衬托出我脚上那双紫红色的绣鞋。金耳环在我耳下垂荡，我的腕上也戴上了沉甸甸的金镶玉手镯，这些都是多年来家人留给我的。我这番妆扮也算不上特显眼，放眼望去，每个女人都穿金戴银的，当她们踩着莲步在房内走动招呼宾客时，身上的佩饰叮当作响。

盛莲阁的供桌上摆放着一只青铜三角香炉，炉内插着几支香，房内香烟缭绕，熏气氤氲。桌上堆放着各种水果——橘子、西瓜、香蕉、杨桃和龙眼——全都盛放在景泰蓝的盆碟中。桌角摆放着一只白瓷碗，里面盛满了水，漂着几片文旦叶，象征着七仙女的浴池；供桌中央摆放着径长约三尺的大圆盘，四周分割成六片区域。圆盘正中绘有织女和牛郎，一只水牛从附近的溪水边淌过，暗示仙女们的藏身之地。圆盘四周六片区域绘有织女的六位姐姐，娘邀请未嫁的姑娘给每位仙女奉献供品。

典礼过后，我们落座，享用盛宴。每道菜都含特殊意蕴，我们吃了被视作能带来子嗣的"送子龙蹄"——那是十种祖传秘方慢火炖煮而成的猪腿肉。仆人给每桌都呈上一盘叫化鸡，随着一下重击，"啪！"的一声，鸡块外层包裹的厚实泥土碎裂开来，姜香、酒香融合着蘑菇的香味在房内四散溢开。菜肴一道道呈上，各种口味迎合了不同人的需求：重口味的、轻淡的、柔香的、刺激的、甜的、酸的、咸的、苦的……点心是糯米、红豆、核桃和草叶制成的麦芽糕，助消化、减肥，还能延年益寿。这是一顿丰奢的晚宴，但我却紧张得吃不下。

晚宴之后是末项赛事。所有灯笼都被熄灭了，每个未嫁姑娘要在一炷香的微光下穿针引线。若能成功，就意味着那个姑娘将来出嫁后能生个儿子。席间大家都喝了不少绍兴酒，每次线头穿引失败都引来一阵哄笑。

我尽力融入众人的笑声，但私下已在盘算如何去会见那位陌生公子而不被发现。我须得精心谋划一下，千万别让内心的隐秘想法在脸上显露，就像跟爹下棋那样，我得精心算计每一步。

我不想像第一晚那样看戏时坐第一排最靠近戏台的位置，坐在每个女人的目光之下。我也不能像昨晚那样落在后头。如果那样，定会引起娘的疑心，她知道我因太爱看戏从不愿迟到。在今天下午发生那事后，我不得不学乖讨她欢心。当我脑子里搜找各种可能的点子时，我看到了谈则。我开始出招了，是的，我可以借这个孩子让自己脱身。

莲儿成功将线头穿过针眼，众人拍手叫好，我向谈则那边挪动，她坐在椅子朝外的边沿上，巴望着我娘会选她做这个游戏，但她一直没被选上，谈则还未到待婚年龄，她还是个小女孩，婚配对象都还没着落呢。

我拍了拍她的肩头。

"跟我来，我给你瞧样东西。"

她滑下座椅，我就牵起她的手，刻意让娘看到我们在一起。

"你知道我已经订婚了。"我边说边带着她走向我的房间。

这小女孩点点头，神情颇为严肃。

"你想不想看看夫家送我的聘礼？"

谈则欢呼起来，我内心也一阵窃喜，只是原因不同。

我打开皮箱，向她展示已经送来的成匹衣料：轻柔的薄纱、光滑的缎子以及沉实的织锦。

花园里钹鼓敲响召唤大家开戏了，我房外的女人们都聚向走廊，谈则也双脚着地准备往外跑。

"你该瞧瞧我的嫁衣，"我赶忙说，"你定会喜欢我的头饰。"

小女孩又坐了回去，急切地扭着她的小屁股挪向我的床榻。

我拿出自己那件红绸绣花百褶裙。我爹雇来的绣工精于针黹，嫁衣上各种花卉、云朵和吉祥纹样被完美地缝合为一体，只要我出嫁那日不是迈步过大，这设计完美的裙服绝不会损坏。束腰上衣同样精巧至极。除了颈项、胸前、腋下缝合的四个盘扣，绣工们还设计了无数小盘扣，这让我的夫婿在洞房花烛夜得花上好一阵子才能悉数解开；头饰的设计简洁雅致：一簇纤薄的金叶，它们会随着我的走动而轻颤，在灯火下光芒闪烁，头饰前的红帕子会遮住我的脸，所以直到我的夫婿掀开盖头我才会看见他长什么模样。我一直很喜欢这套嫁衣，但此刻内心烦郁，真有点情绪低落：如果你对将嫁的那人无甚感情，将自己盛装打扮得像件金贵礼物一样呈上，这又有何意义呢？

"这衣裳真美，但我爹答应我将来出嫁所戴的头饰上会缀有珍珠翡翠。"谈则炫耀起来。

我几乎没在听她说话，因为我得留心房外动静。钹鼓喧天呼唤着观众，但走廊里很安静。我放下嫁衣，牵起谈则的手离开了我的房间。

我们一起晃悠到了花园。我看见堂妹们聚在屏风后。难以置信地，她们居然给我留了个座位。莲儿向我挥手，示意加入她们，我报以微笑，弯下腰在谈则耳边小声道：

"瞧！那群姐姐们要你和她们坐一块儿呢！"

"真的吗？"

她甚至都没等我多催促两句，迫不及待穿过垫子向前奔去，一坐下就和我的堂妹们不停聊起天来。她们难得向我表示善意，这也算是我的小小回馈。

我刻意四下张望，做出找寻前排或中间垫椅的样子，但这会儿当然都已没有空位了。我假装挤出一脸失望，然后在女眷区后排边缘一个垫子上悄悄落座。

今夜开场这出戏是我想观赏的，但我坐在后排只能听一下。在这出《婚走》中，丽娘和梦梅私奔了——这在我们的文化里简直闻所未闻。他们很快成亲了，丽娘坦诚自己还是处女身——尽管她此前已和梦梅幽媾。但作为鬼魂，她在坟中的处女之身被完好地保存下来。这出戏以丽娘和梦梅离开并前往杭州作为收尾，柳梦梅将在那里完成学业并准备参加殿试。

我对这出戏最后三分之一的部分不太感兴趣，因为大多是讲丽娘花园外发生的故事——且都是武戏，戏台上每个人都在舞刀动枪——但我这边的观众完全被迷住了。我四周的女眷已被故事深深吸引，我等啊等，直到按耐不住心跳加速，我慢慢起身，敛了敛裙裾，佯装自然地向女眷厢房那头走回去。

但我并未回自己的闺房，半路转向，沿着我们院落的南墙快步走着，穿过小池和亭台，直至湖边小径。我之前从没走过这条小径，也不确定该怎样前行。很快我看到了赏月亭，感到那位陌生公子已在那儿等候了。夜空中只有一弯新月，靠着那熹微的光亮，我在黑暗中摸索着最终找到了他。他倚着亭子最外沿的栏杆，双眼没在看亭外的湖面，而是望着我。意识到这一点，我的胸口止不住上下起伏。小径镶嵌着鹅卵石，它们形状各异，排列成各种图案：象征福气的蝙蝠、代表长寿的龟甲以及表示财富的钱币，这样，走在上头，每一步都会带来福、禄、寿。我的先人们设计这些鹅卵石步道，还兼顾了健康因素。随着他们年纪渐增，这些鹅卵石还可以按摩足底让他们延年益寿。我发现自己那双缠足在这碎石路表面行走颇为艰难，想必从前这小径的设计是为了禁止女人涉足花园。我小心翼翼地踏着每一步，确保在每块鹅卵石上站稳，平衡好身子再继续前行，这样挪动更使我足下莲步生姿。

踏入赏月亭前我犹豫了，勇气渐消。这片区域是我的禁地，因为它三面环水。从构造上说，它已经超出了我们家的花园。想到丽娘的决心，我深吸一口气，步入亭子正中，随后止步。他穿一袭藏青丝绸长袍，身旁的栏杆上有一朵牡丹和一根柳枝。他没有起身，却只是盯着我看，我尽可能让自己站着不动。

"我发现你们家这个是三观亭，我家也有一座，只是我们家那座建在池塘上，而不是湖上。"

他定是见我有些困惑，于是解释道："从这里你能欣赏到月亮的三种样貌：悬在空中、映在水上，还有从湖面折射到镜子里的。"

他举起手，慵懒地指向一面镜子，它悬于这座亭中唯一的家具之上，那是一张雕花木榻。

"哦！"我失声轻呼。这一刻之前我还从没想过亭子里的床榻除了供人休憩还能有何功用。但此时，一想到床榻、镜子和慵懒醉人的夜晚，我就不免发颤，我希望自己在他的那座赏月亭中。

他微微一笑。是我的窘态让他觉得好笑，还是他和我此刻想到一块去了？我惴惴不安了好一阵子，他起身向我这边走来。"来，让我们一起看看外头的景致。"

当我们倚上栏杆时，我抱着亭柱以使自己站稳。

"这真是个美丽的夜晚。"他望着波光透亮的水面说道，接着转向我，"但你远比这夜色美丽。"

我感到一阵惊喜，接着是一阵窘羞和害怕。

他盯着我的脸疑惑道："怎么啦？"

我的眼里噙满泪水，但我强忍着："也许你只是看到自己想象的一面。"

"我看到的是眼前这个我想为她吻去泪水的真实女孩。"

两颗泪珠夺眶而出，顺着我的双颊流淌而下。

"这以后我怎能成为一名贤妻呢？"我手足无措道。

"你又没做错什么。"

我当然错了！我竟出现在这个地方和一名陌生男子私会，不是吗？但我不想再说了。我收起步子，双手交叠胸前，以尽可能平静的声调回答他："弹奏古筝时，我总弹漏音符。"

"我不在意古筝的事。"

"但你不会成为我的夫婿。"我回击道。他的脸上显出痛苦的表情，我想我伤到了他。

"我的针黹也粗陋。"我又脱口而出。

"我娘也不是整日坐在闺房里忙女红的。如果你是我的妻，你们俩可以一起做其他的事。"

"我也不擅绘画。"

"你都画些什么呢？"

"花卉——很普通的。"

"你不是普通的女子，也不该画普通的事物。如果你可以随心所欲地画，你想画什么？"

从没有人问过我这个问题，事实上，从没有人这样问过我。如果仔细思量，如果想合乎礼节，我应该回答继续练习画我的花卉，但我没有细想。

"我会画眼前这些风景：这片湖，这轮月，还有这座亭。"

"那就是山水画了。"

一幅写实的风景画，而非爹爹书斋里藏于大理石板后的作品。这个念头让我着迷。

"我的家在湖对岸那座山的高处，"他继续道，"每间房望出去都有很好的景致。如果我们结婚，我们会成为良伴，可以一起徒步游山玩水——去湖河之上，或者去观潮。"

他说的每件事都让我既喜又忧，因我如此向往这终不可得的生活。

"但你不必担心。"他继续道，"我相信你的夫婿也不是完美的人。看着我，自宋代以来，每个年轻男子都以仕途为志，但我从未参加过科举考试，对官场也无甚兴趣。"

但理该如此啊！今天的男人——只要是忠于明室的——都会选择过一种居家生活，而非去官场侍奉新建的清廷。他为什么要这样说呢？他以为我思想过于保守，或只是无知愚钝？或者他以为我希望他去从商吗？商贾只懂赚钱，未免低俗了些。

"我是个诗人。"他说。

我微微一笑。在屏风后见他第一眼时我就有这直觉："所有行当中最佳的便是过一种文人的生活。"

"我希望自己的婚姻有个契合的伴侣——生活在一起还能分享诗作。"他呐呐细语道，"如果成为夫妻，我们能共同收揽书籍，一起阅读、品茗。正如我之前跟你说的，我希望你是关注这里的人。"

再一次，他指了指我心口的位置，但我的反应在身体更下面的位置。

"那么，和我说说这出戏吧！"停顿良久，他又开口了，"没能看到丽娘和她母亲重逢的那出，你会不会有些遗憾？我知道姑娘们都爱团圆的那一出。"

事实确实如此，我很喜欢那一出。当官兵和乱贼打得不可开交之时，杜老太太和春香在杭州找到一家客店避难。杜老太太看到了女儿的鬼魂很是惊讶——甚至被吓到了。不过当然，这会儿丽娘魂魄的三部分已经复合为一，她又成了个鲜活的有血有肉的人儿。

"每个女孩都希望她的娘依然认她并爱她，即使她已死去，即使她变成了鬼，甚至已和人私奔。"我说。

"是的，这是一出'情'戏。"我的诗人表示赞同，"它向我们展现了母爱，至于今晚另外几出……"他伸了伸下巴漠然道，"我对政治不感兴趣，太多的'理'，你觉得呢？我更欣赏花园里的那几出折子。"

他这是在调戏我吗？

"梦梅以情让丽娘复活，"他继续道，"他深信她会变回活生生的人。"

他对《牡丹亭》的理解与我如此相近，以至于我鼓起勇气问道："你愿意那样待我吗？"

"我当然会！"

他将脸凑向我这边。他的呼吸中充溢着兰草和麝香的气味。我们对彼此的欲念使周身的空气也变得暖热起来。我觉得他可能会吻我，而我也期盼着他的双唇和我的贴近。我全身的热血和情感都在奔涌。我一动不动，因为我不知道应该做什么，或者他希望我如何。事实也不全然如此，我不该做任何动作，但当他后退，用他那双乌黑深邃的眸子凝视我时，我是如此渴望，以致身体都轻颤起来。

他看上去没比我大很多，但他是在外生活的男人。就我所知，他定是认识不少茶楼里的女子，有时我听到她们的声音从湖对岸飘来。对他而言，我定是瞧去像个孩子，故而他与我交谈也用相似的方式，他的退避三舍也许就为了让我能镇定自若。

"我一直不确定这出戏是否算是圆满收场。"他说。

他的话语让我吃惊。从我溜出到现在是不是已经过了很久？他定是感到了我的警觉，随之补充道："别担心，后面还有好几个折子戏。"他捡起带来的那朵牡丹，将花朵放在一只手的掌心上。"柳梦梅金榜题名中了状元。"

我的身心已游离到这出戏外，我得让自己专注些，这大概也是他所期望的。

"但当他告诉杜太守自己是他的女婿时，他却被抓了起来。"我回应道。他笑了，我想我没有说错话。

"杜太守下令搜查柳梦梅的行囊，然后……"

"护卫发现了丽娘的自画像。"我接替他说道，"杜太守严刑拷打柳梦梅，认定他盗了自家女儿的墓。"

"柳梦梅坚称自己让丽娘起死回生且已和她成婚。"他继续道，"杜太守怒不可遏，下令要将柳梦梅定罪。"

他掌中的牡丹香气熏得我头脑昏沉。我忆起昨晚我想做的好多事情。拾起栏杆上的那枝柳条，我开始绕着他缓步移转，一面用柔声低语安抚他。

"故事会以悲剧收尾吗？"我问道。"所有人都被带到金銮宝殿，向皇上陈述自己的境遇。"

绕完一圈，我停了下来，抬眼直视他的双眼。然后又绕着他轻步移走，只是这一次我边走用柳枝轻拂着他的身躯。

"丽娘被带到她爹面前，"他低声道，"但他无法相信她还活着，即使她就站在他的面前。"

"从这里就可看出汤显祖的厉害，他借此表明了男人是如何受到'理'的限制。"我压低自己的声音，为了让我的诗人细心聆听。"奇迹发生时，人们不能再那么理性了。"他轻叹一声，而我微笑道，"杜太守坚持己见，要丽娘通过各种考验……"

"当她被带到花荫底下时，她留下了影子和足印。"

"是的，"我低语道，"而且她还回答了何谓'七情'——喜、怒、哀、惧、爱、恨、欲。"

"你自己也经历过这些情感吗？"

我伫立在他面前，"并非全部。"我坦承道。

"喜？"他将手中的牡丹举至我的双颊前。

"正如今早我醒来。"

"怒？"

"我和你说过我并不完美。"我回答他时花瓣轻触我的下颌。

"哀？"

"每逢我祖母的忌典。"

"但你并没真正经历自己的感受。"他说着，将花朵从我脸上移开并沿着我手臂轻拂。"惧？"

我想到了自己冒险来到这里的惧怕，但我却说："从未有过。"

"好。"他继续移动着花枝，滑向我手腕内侧，"那爱呢？"我没有作答，但花枝在我皮肤上的轻抚让我发颤，他笑了起来，"还有恨？"

我摇了摇头。我们都知道我还太年轻，涉世未深，还没什么人可恨。

"那只有一个了。"他将牡丹沿着我的手臂向上回移，收回，又点向我耳垂下方，接着让花朵慢慢地滑向我的颈下领口上方，直达喉咙，"欲？"

我屏息而立。

"我从你脸上看到了答案。"他说。

他将双唇贴向我的耳朵。

"如果我们成婚，"他低语道，"我们就不必浪费时间在品茗和聊天上了。"他退后望向湖对岸，"我希望……"他的声音在发颤，我感到了他的羞窘，他和我一样深刻地体验着此时此刻。他清了清喉咙，艰难地吞咽了一下，待他再次开口，我们之间仿佛什么也没有发生过，而我自己却再次陷落在这种迷情中。

"我希望你能来看看我的家，它就在湖对岸的吴山上。"

"就在那儿吗？"我问道，指向湖对岸的那座山。

"正是那一座，是的，但孤山挡住了我们的房屋，虽然它也很美。我家就在孤山角落后面，我真希望你能看到，这样你就可以望穿水面想到我。"

"或许我从爹的书斋可以望到。"

"对啊！你爹和我多次在那里谈论政治。我从那里的窗棂望出去可以看到我家。但即使你能看到吴山，又怎知哪座房屋是我家呢？"

我的思绪这会儿一片迷蒙，完全理不出头绪如何回应。

"我要指给你看我的房屋，这样你就能找到它了。我会每天在那儿伫立遥望，如果你也在找寻我的话。"

我默应。他引我走到亭子右边靠近湖岸的位置。他将我手中的柳枝和那朵牡丹花一起搁在栏杆上。当他挨着它们坐下，双腿跨过栏杆时，我知道他示意我做相同的动作。他跳下，站在一块岩石上，将双臂伸向我。

"把你的手给我。"

"不行。"我真的不可以。今晚我已经做了太多越规的事情，我不能再顺从他。我从没踏出过陈家大院，这事爹娘绝不会允许。

"那离这儿不是很远。"

"我从没出过我家花园，我娘说……"

"娘当然重要，但是……"

"我不能这样做。"

"你刚才的许诺呢？"

我的意志动摇了，我真软弱，就像彗儿看到那盘饺子一样经不起诱惑。

"你不会是今晚唯一走出花园墙外的女孩，或者说女人。我知道今晚很多女人在湖上。"

"那些茶楼里的女人。"我不屑道。

"当然不是，"他说，"我指的是那些吟诗作赋的女人们，她们参加诗社。和你一样，她们不满足于院内的生活，想体验更多外面的世界。走出闺阁，她们变成更有价值的艺术家。如果你是我的妻，我想带你看这外面的世界。"

他没说的是，这样的梦只能到今晚为止了。

当他再次伸出双臂时，我坐上了栏杆，尽可能保持优雅，将双腿翻过石雕，就这样让自己跨出了安全的大院府第。他引我沿着湖边岩石直走，我所做的已远远超出大逆不道。可喜的是，目前为止还没发生什么可怕的状况。我们没有被发现，没有什么鬼怪因着我们的叛逆行径突然从树丛中蹿出来要吓唬或加害于我们。

他扶着我的手肘，因为一些岩石上有青苔，容易打滑。隔着我的丝袖，我能感到他手的温度。充满暖意的空气轻拂我的衣裙，就如微风托着蝉翼。我出来了，看见了此前从未见过的事物。藤蔓遍处，覆着我家院落的外墙，可瞧见墙内所种的植物。湖边垂柳依依，枝条轻抚着水面。我和岸边盛开的野蔷薇擦身而过，花香弥漫在空气中，侵入我的衣裙、我的发丝，还有我的肌肤。我浑身上下涌动着混杂的情感：我既害怕被人发现，又为冲出院门感到狂喜，还有对这将我带来此地的男子的爱意。

我们停了下来。我都不确定我们走了多久。

"我的家在那里。"他说，指向湖对岸我能从爹的书斋见到的孤山上的一座新亭后。

"山上有座寺庙，今晚火把会将它点亮。你看到了吗？每逢节日，僧侣会打开寺门。再往上一点，靠左的那幢房屋。"

"我看到了。"

月光如缕，但已足够照亮我脚下到他家门前湖面的这段路，让人感到似乎上苍同意我们此刻共度良宵。

在这特别的时刻，我分神了。我的绣鞋浸湿了，我感到水漫至我的裙摆。站在岸边的我向后退了一小步，平静的水面泛起一圈圈涟漪，我想起那些击打船身的水花，在这湖上泛舟的情侣，还有为了躲避外人目光在湖边赏月亭中亲昵的年轻夫妇。

"你会喜欢我家的，"他说，"我家有个美丽的花园——虽然没你家的大——里面有小小的假山、赏月亭、池塘，还有一棵梅树，春天的时候满园沁香。每当我看到它，就会想起你。"

真希望我们会有洞房花烛夜，我甚至希望就是现在。我羞赧地低下头，当我抬眼时，他正盯着我的眼睛。我知道他和我有一样的渴望。接着那一刻就消逝了。

"我们得回去了。"他说。

他尽力加快步履，但我的鞋打滑，我走不快。当我们接近陈府时，戏台那边的声响愈发贯入我的意识，柳梦梅被杜太守的护卫严刑拷打发出的哀求声告诉我戏快结束了。

他托举着我回到赏月亭。一切都结束了。明日起，我将回到待字闺中的日子，而他也将回去做准备迎娶新妇的年轻男子该做的事。

"我想和你聊聊这个戏。"他说。

这话听来一点也不浪漫，但对我而言却不然，这说明他喜爱文学，关心闺中女子的看法，而且他真的想知道我的想法。

他拾起那根柳枝并交到我手中。"留着它，"他说，"它会让你想起我的。"

"那牡丹呢？"

"我会永远珍藏着它。"

我内心窃喜，因为自己和这花同名。

他将双唇贴近我的，说话时激动得话音颤抖。"我们度过了三个美好的夜晚，这胜于许多夫妻一生的时光，我会永远记得的。"

我的眼里噙满了泪水，他说："你得赶紧回去，我再待一会儿，直到我们之间隔开一段安全的距离。"

我咬了咬嘴唇，忍住泪转身离开。我独自一人步入主花园，在池边稍作停顿，将那柳枝藏进外衣。当我听到杜太守训斥被带到面前的丽娘是死人变身的污鬼时，我才想起自己的绣鞋、裹腿和裙摆都弄脏了。我得趁人不注意回房去换下。

"原来你在这儿呢！"彗儿突然从阴影中冒了出来，"你娘让我来找你。"

"我……我……"我想起柳儿头一晚扮演春香的那一幕，"我回房去小解了。"

她颇有意味地笑了起来。

"我去过你房间，你不在那里。"

抓到话柄，彗儿怀疑地打量起我来。她的目光从我的脸上落向我的上身、我的衣裙，我弄脏的裙摆和那双被尘泥玷污的绣鞋，我发现她笑得更开了。她装起一脸明媚，亲昵地勾起我的手臂，语调甜甜道："戏快演完了，我不想你错过结尾。"

我因那暗自的幸福感晕眩，足以相信她这是为了帮我。我先前翻越赏月亭栏杆潜藏的勇气这会儿已退回到内心深处的某个角落，因为我没有脱离彗儿回到自己原先后排的位置，反而任由她带领——无助而愚笨，因感到幸福而显得可笑又盲目地——穿过落座的女眷，从我娘跟前走过，坐在最前排的垫椅上，就在谈则和我的堂妹们中间。因我挨着谈则而坐，我发现自己的座位再次刚好处于屏风的缝隙前，让我可以窥见戏台。

我在黑压压一群男人的头发堆里搜寻，直到看见我的诗人，他正坐在我爹身旁。几分钟后，我才尽力使自己的目光从他身上移至戏台，台上那一幕，皇帝正试图调解双方矛盾。奏章被宣读，荣誉被加封。两个年轻恋人欢心重逢——一个真正圆满的结尾——只是杜太守和他女儿之间似乎未得调协。

屏风那边的男人们从座位上站起，鼓掌欢呼，而这边的女人们也为这完满结局点头赞叹。

爹像第一晚那样登上戏台。他向在场的每位致谢，感谢大家光临寒舍观赏这出制作不够精美的戏剧。他感谢客座演员和为了戏班演出而放下手头活儿的家仆、侍从们。

"这是一个充满爱意和缘分的夜晚。"他说，"我们看到杜丽娘和柳梦梅的故事结局，我们也知道，织女和牛郎的故事也将在今宵告终，现在，让我们预告另一个爱情故事。"

哇！他要宣布我的婚事。我的诗人低下了头。他也不想听到这消息。

"你们中多数人都知道，我很有幸与我未来的女婿成为了好朋友。"爹说道，"我和吴人交往已久，他就像我的儿子一般。"

当我爹伸手指向我即将婚配的那人时，我闭上了双眼。若是三天前，我一定会循着他的手势瞥一眼未来的夫婿，但现在我无法按捺内心奔突的情感，我想将这份情感留存得更久一些。

"我感到幸运，因为吴人如此热爱诗文，"爹继续道，"但和他下棋时我就没好运气了，总是输。"

男人们迎合爹的幽默表示赞赏地大笑起来。屏风这边，我周围一片寂静。我感到身后那些女眷不满和蔑视的眼光就像多把匕首刺进我的后背。我睁开眼睛，偷看了我的右边，谈则正盯着屏风缝隙那边，她的小嘴嘟成了"噢！"的惊讶状，接着她很快便挪移视线。我的夫婿一定长得很是丑陋。

"你们中的大多数都是宾客，还未见过小女。"我爹继续道，"但我和我全家人都在这儿，他们从小看着牡丹长大。"面对在场的每个人，爹向我未来的大婿坦承道，"我深信她会成为你的贤妻……只是有一件事，她的名字或许不合宜，因为令堂的名字也是牡丹。"

爹的视线越过男宾的席位，站在屏风后却朝向我们说话。"亲爱的朋友，因她的名字和令堂相同，从现在起，我们会改口叫我女儿'同'。"

我难以置信地摇了摇头。爹刚刚竟这样改换了我的名字，永远地。我现在成了陈同——因为一个常见的巧合——我和我婆婆同名，我们尚未谋面，但她将控制我直到她死去。爹爹做这个决定事先都没询问过我，甚至没给我任何预示。我的诗人是对的，三个美好的夜晚将支撑起我的整个人生，但今晚还没结束，我拒绝陷入这样的绝望。

"今夜我们好好欢庆一番。"我爹宣布，向我们女眷落座之处示意。侍仆前来陪同我们回盛莲阁去。我扶着柳儿的手臂，准备让她陪我回闺房，这时娘走了过来。

"看样子今晚你备受关注。"她说道，但亲切的话语掩不住她调子里的失望，"柳儿，让我把女儿带回房吧。"柳儿退下，娘挽起我的手臂，我真不知她是如何做到手指隔着我的绸衣掐进我的肉里，但还显得如此优雅端庄的。其他人纷纷离开，只留下陈府女主人带着她唯一的孩子回到盛莲阁。她们都在我们身后，静得就像丝巾在风中飘荡。她们不知道我做了什么，但显然发觉我去了不该去的地方，因为她们都看到了我的双脚——女人最隐秘的部分——被玷污了。

我不知道是什么让我想要回首，但我确实回望了。小谈则和彗儿走在一块，我那堂妹的嘴角露出一丝沾沾自得，但谈则太小，还没世故到隐藏她自己的情感。她的脸涨得通红，紧咬下巴，整个身子因愤怒而僵着。我还不知道是何缘故。

我们到了盛莲阁。娘停顿了一下，吩咐众人自便，她待会儿就回来。随后，她一言不发，将我带回闺房，打开了门，将我轻推进去。当她关上门时，我听到一阵从未听过的声响，像是金属摩擦的声音。当我试图再次打开房门看个究竟时，我才意识到这是娘第一次用她的锁把我关了起来。

但是，娘的怒气并未改变我的那位诗人在我耳边留下的话语，也无法改变他用牡丹轻触我时在我体内激起的徘徊不去的情意。我取出他送我的柳枝，用它轻抚自己的面颊，然后将它放入抽屉。我脱下弄湿的鞋袜和裹足布，又用干净的布条将双脚缠好。从我的窗户望出去，我看不到织女和牛郎相会的鹊桥，但依然能闻到野蔷薇在我发丝中和肌肤上弥散开来的香味。

闭扉，启心

　　娘再也没提我的绣鞋、衣裙和裹足布上的湿渍和泥污，一个仆从取走它们后再也没拿回来过，而我依然被关在房里。在我被关禁闭的漫长的几周内，我开始思忖所有的事情。但一开始我只是个被关入房内、没人可交谈的可怜姑娘，即使柳儿都不准跟我说话，只是每日给我端送餐饭及可供洗漱的清水。

　　我每日在窗边呆坐好几个时辰，但只能望见一角蓝天和下面的院落。我翻看自己收集的各种版本的《牡丹亭》，找到《惊梦》那出的场景，试图解开丽娘和梦梅在湖山石后究竟做了什么。每次我都会想到那位陌生公子，心中满溢的情思令我茶饭不思，头脑空空。我担忧自己一旦走出房门该如何守持这些情感。

　　在被幽禁一周后的某个早晨，柳儿开启门扉，静静步入我的房间，她端着托盘，上面放着我的早餐——一壶茶和一碗粥。我想念她的陪伴，她给我梳洗、裹足，我俩的对话总是那么亲切活泼。这些日子，她给我端送餐食时总是很安静，但这会儿她的笑容是我此前从未见过的。

　　她给我沏好茶，在我面前蹲跪下来，抬眼看我的脸，等我向她发问。

　　"告诉我发生了什么。"我说，期待听到娘打算放我出去或她允准柳儿回我房里服侍了。

　　"当老爷让我扮演春香一角时我答应了，心中期盼座上某位公子能看中我，会恩请老爷将我买下带到他们家去。"她答道，两眼闪烁着喜悦的光芒，"昨晚有人出价，老爷答应了，我今儿下午就要离开了。"

我感觉就像被柳儿掴了一巴掌，我八辈子都没想到会发生这样的事。

"但你是我的！"

"确实，直到昨天我还是老爷的财产，但今天，我属于郑老爷家了。"

她说时满脸是笑，燃起我一肚子火气。

"你不能走，你不会想要离开的。"

她没有作答，我才知她是真想走。但怎会这样呢？她一直是我的丫鬟和同伴。我从未想过她从哪儿来，怎么会成为我的丫鬟的，但我一直相信她属于我。她是我日常生活不可或缺的一部分，就像那只便壶——我夜里躺下时她就在我脚下，清晨起来她又是我见到的第一个人。在我早上睁眼前，她已将火盆点燃，备好热水等着为我盥洗。我总觉得她会随我嫁入夫家，在我待产和产后也会陪伴服侍我。因她和我同龄，我甚至期望她陪我到死。

"每晚当你入睡后，我总躺在地上，默默垂泪，滴入手绢。"她承认道，"多年来，我一直盼着老爷把我卖出去，如果我足够幸运，我的新主会纳我为小妾。"她顿了一下，想了想，诚恳地补充道，"即使是二姨太、三姨太或四姨太都无所谓。"

我的丫鬟有这样的渴望着实让我吃惊，她的想法和欲念远远超过了我。她从我们家花园外的世界而来——一个令我着迷的世界——但我从未询问过她。

"你怎能这样对我？你就这样报答我？"

她的笑收敛了起来。她没有作答是因为她不想，还是因为她根本不觉得亏欠我什么？

"我很感谢你们家收留了我。"她承认道。她有张漂亮的脸蛋，但那一刻我感到她如此讨厌我，或许她厌恶我已有多年。"我生来本是做

'瘦马'的命，但现在我可以有不一样的人生了。"

我听到过那个词，但我不愿承认自己其实并不是很明白它的意思。

"我家在扬州，就是你祖母去世的地方，"她继续道，"正如那里很多户人家一样，我们家也遭难了，年老和丑陋的女人和男人一起被屠杀了，和我娘一样的女人们像麻布袋中的咸鱼一般被称斤论两地贩卖。我娘的新主子是个商人，我是她第四个被卖走的女儿，自那以后，我就像风中的一片树叶，无依无靠，四处飘零。"

我仔细听着。

"从事瘦马交易的商人为我缠足，教我识字、唱歌、刺绣、吹笛。"她继续道，"在这方面我和你的人生好像没多大差别，但在另一方面却迥然不同。这些人在他们的土地上像种庄稼一样栽培女孩们。"她低下头，偷偷瞥了我一眼。"春来秋往，他们一直留着我长到可以卖去声色场所的年纪，但那里已供过于求，因而压低了价格，他们需要卸载一些货物。有一天，他们给我穿上红衣裳，将我的脸涂白，将我带到市场。你爹检查了我的牙齿，将我的双脚放手里掂量，还轻拍我的身体。"

"他不会那样做的！"

"他做了，而我羞愧难耐。他给我买了几匹衣料。过去这些年，我一直希望你爹会纳我为妾做他的四太太，我可以给他生下你娘和其他小妾都没法生出的儿子。"

她的这个想法让我的胃一阵抽搐。

"今天，我将去第三个主子的家。"她实事求是道，"你爹用我买到了猪肉和银两，这是笔好买卖，他也很开心。"

猪肉？我想到自己即将婚嫁的聘礼中也有猪肉。也许柳儿和我的命运从根本上讲没什么不同，我俩对自己的未来都没有任何发言权。

"我还年轻。"柳儿说道，"如果生不出儿子或是没法讨主子欢心，我可能还会被卖到别家。瘦马商人教导我，纳妾能让男人的花园增色，有些树木结果，有些用来乘凉，有些只为悦目。但愿我不会像野草一样被铲除再易人家。"

"你就像小青一样。"我惊讶道。

"我没有她的才貌，但我希望自己的未来比她好些，还有我的下辈子别生在扬州。"

这是我第一次真正理解到，我在高墙庭院内的生活和外面的姑娘们有着天壤之别。令人惊骇的事在那里发生，但这些一直是不让我触碰的秘密，我感到庆幸，但也好奇。我的祖母曾在那个漩涡中，现在她成为被追崇的烈女。柳儿从那个世界而来，而她的未来和我的一样被摆在眼前：让所嫁的男人开心，为他生育子嗣，并且践行"四德"。

"那我先走了。"柳儿突然道，同时从蹲跪的姿势起身。

"等等。"我站起身，走向橱柜，打开一个抽屉，在里面拨弄着自己的首饰和发饰，想找一样既不太普通又不显得过分奢侈的物件。我选了一个翠羽蓝发簪，状如舞凤，尾翼翩跹。我将它递到柳儿手中。

"见你的新主人时戴上它吧。"

"谢谢。"带着这句话，她走出了房间。

没过多久，邵妈走了进来，年迈的她是我的乳妈，也是这里的女侍领班。"从今往后由我来服侍您。"

再没有比这更坏的消息了。

娘对我的事早有安排，如今住我房内的邵妈就是来按部就班完成娘的计划的。"阿同，你该为你的婚事多做准备，其他的都别做。"邵妈向我郑重宣布道。

听到我的新名字，我内里一阵绝望。我在这世上的位置是被标签指定的。从我易名这点看，我已从一个女儿转变为一个人妻和儿媳。

接下来的七周，邵妈为我送饭，但我的胃已成为痛苦的深渊，对食物没了反应，我甚至拒绝进食，倔强地将餐盘退回去。我的身子日渐消瘦，衣裙从我的腰际滑至髋部，上衣也变得松垮。

我娘从不来探望我。

"她对你很是失望。"邵妈每日这样提醒我道，"你难道不是她亲生的？我告诉她，再怎么样女儿总是自己的骨肉。"

我是个书虫，但这不称娘的心意。她心心念念想着的就是如何控制我，看着我嫁入一户好人家。尽管她不想再看到我，她还是派人来探听。每天早上，天还没亮三婶就来教我刺绣。

"别再敷衍了事，弄出这些粗针笨线来。"她的嗓音清脆如白玉。每当我出错，她就让我扯出针线重新来过。我无从分心，在三婶的监督下，我学着。每戳下一针，都勾起我对诗人的痛苦思念。

三婶步出房门，邵妈又让二婶进屋，她是来教我弹古筝的。尽管二婶向来为人宽厚，但对我却十分严格。我稍有差错，她就会用竹条打我的手指。我的古筝技艺以惊人的速度在长进，琴音清晰且弹奏流畅。我幻想着每个音符飘越窗棂，穿过湖面抵达我心上人的家，在那里琴声会让他想起我，正如我对他的思念。

傍晚时分，夕阳西斜，夜色降临，寡居而无子嗣的四婶来了，她会晓谕我云雨之事。

"一个女人最强大的力量在于生育子嗣。"四婶指点道，"它给予女人权能，同时也可以收回它。如果你给夫婿生了个儿子，你就可能收住他，免得他到湖上画舫寻花问柳或是纳几个小妾回来。记住，女人的贞洁是在幽闭的深闺中养成的，这就是不让你出门的原因。"

我很用心地听着她的话语，但她并没告诉我洞房花烛夜有何值得期待的，也没告诉我如何跟一个我不爱、不喜欢，甚至不认识的男人翻云覆雨。我无情无绪地臆想着铺垫那一刻的前几个小时：我娘、几位婶婶和堂妹们为我净身并穿戴嫁衣；他们在我贴身而穿的肚兜里藏了五谷、猪肉和猪心等象征性物品；当我被带出闺房，迎送至花轿时，所有人都淌下了眼泪；跨入吴家大门时，我得让肚兜和里头所藏的宝贝掉落在地上，以此确保我生儿子会又快又利索；最后被送入洞房。这些念想，曾让我充满期许、兴奋难耐，如今我却只想逃离。无从摆脱的命定的现实更让我痛苦不堪。

晚膳后，五婶将原本在女眷房内夜聚的时间留给了我，为了帮助我提升书法技艺。“书写是男人在外面世界的一项发明，”她教导道，“它本是一项我们女人该避开的社会活动，但你需要学习一下，为了将来有一天可以辅导你儿子的功课。”

我们在一张又一张宣纸上书写，誊抄《诗经》中的句子，临摹《笔阵图》，依照《女四书》中的教诲习练，直到我的手指都沾上了墨汁。

训练我握笔练字之外，五婶的授课简单明了：“最好的方法是以前人为师。诗能使你安宁，而非玷染你的心性、思想或情感。在合适的场合，你要像个大家闺秀，说话柔声细语但无须赘言，勤于擦洗身体，维持平和心境。这样，你的好品德自会显现。”

我尽责地遵从，但一撇一捺都是我对诗人的爱抚，在纸上每写下一笔就像我的手指轻抚一次他的肌肤，书写完成的每个字就像是献出一份礼物，给那个占据我心思意念的男人。

每个日夜，婶婶们不在的时候我都由邵妈陪着。就像柳儿一样，她睡在我床榻边的地上。无论我起卧、如厕、上课，她都在一旁。对她而言，我也总在那儿，我听得到她打鼾和放屁，嗅得到她的体味和留在便盆里的屎尿味，看见她搔臀或扦脚。无论她做什么，她的嘴巴总是关不住，总在唠叨些什么。

“一个女人——正像你娘从你身上发现的——因为有了知识而变得

难以调教。"她对我说道，似在反驳婶婶们对我的教导。"你的心远远跑出了闺阁，那是危险的；你娘要你明白这点。忘记你所学的，《温氏母训》告诫我们，姑娘家只要认得几个字，诸如火、米、鱼、肉。这些字能帮你料理家事，学得更多就是冒险。"

一扇扇门扉将我幽闭在闺房，但我的心却日渐开启，且愈发宽广。丽娘游园惊梦造访牡丹亭患上了相思病，而我几次在陈家院落的亭台间流连也患上了相思病。我无法掌控自己的活动——如何穿着以及未来与吴人的生活——但我的情感是自由自在的。我渐渐相信相思成疾的部分原因在于这种受控与渴望之间的冲突。在爱中我们难以自控。我们的心与灵备受煎熬，被挑逗、被诱惑，也为那种意欲忘世的冲动而感到愉悦。但现实世界很残酷，作为女人，我们不得不琢磨如何讨丈夫欢心，为此我们必须恪守妇道成为贤妻，养育子嗣，料理家事，顾及妆容，免得他们被日常活动缠累或是被小妾们诱走。我们天生并不具备这些能力，它们定是由其他女人逐渐灌输给我们的。经由授课、警句、各种技艺的培训，我们被塑造……继而被控制。

虽然避不露面，我娘依然用她的各种训诫控制着我，我的婶婶们用她们的课程来控制我。我未来的婆婆将在婚后控制我。总而言之，这些女人——从我出生到离世那日——控制着我这一生的每分每秒。

然而，无论她们如何操控，我就像陀螺般疾旋，愈转愈远。每时每刻，我心上的诗人占据了我的全部思想——在每一针刺绣、每一次拨弦、每一声训诫的课程中。我白日做梦般想象着他的所思、所行、所见、所闻和所感。我因对他的思念而无法进食。每当花香溢入窗户，我的情思就被搅动。他期望一位传统妻子，抑或是一位新兴女性，正如那晚在赏月亭他所谈论的那位？他未来的妻子会如他所愿吗？而我又如何呢？现在我身上还会发生什么事？

夜晚，月移竹影映在我的丝床上，我就沉浸在这些阴郁的念头里。

有时我会起床，绕过邵妈，走向那只特别的抽屉，里面藏着那晚他赠予我的柳枝。周复一周，柳叶片片脱落，最后只剩下一根枯瘦的树枝。我的心也一点点沉入凄苦。

时光流逝，我的古筝技艺渐长，已记住各种训诫，针黹也愈发熟稔。待我被禁闭两个月时，三婶宣布："你可以准备给未来婆婆做一双绣鞋了。"

每个新娘为表对婆婆的尊重都要做鞋，但我多年来一直害怕这件事，担心自己的针黹技艺差劲，反而暴露自己的弱项，而今我更加害怕了。尽管我现在针黹长进，不必再为此感到羞窘，担心败坏家族名声，但我对那个女人毫无感情，也不觉有何必要讨好她。我试着想象她是我那位诗人的母亲。为了保护自己免受无望之痛，我还能做什么呢？我婆婆的名字和我一样——名叫牡丹——所以我将这朵最难绘画和刺绣的花朵纳入绣鞋的设计。我在每片花瓣和叶子上都耗费了数个时辰，一个月后绣鞋终于完成了。我把绣鞋捧在手中，展示给三婶看。

"这双绣鞋堪称完美。"她真心实意道。我或许不能像三婶那样将自己的发辫编织得如云雾般轻盈，但就一般标准而言，这双鞋制作得还是极好的。"把它们包裹起来吧。"

九月初九，我们祭奠紫姑，她被婆婆虐待每日清洗茅房，最后在那里自缢身亡。也是祭奠这一天，我的房门打开了，我娘进来了。我深深鞠躬以示孝敬，然后慢慢直起身，双手交置于胸前，目光低垂。

"哇，你看上去……"娘的惊呼让我忍不住抬眼。她此前一定还在生我气，因她脸色并不好看。但她善于隐藏自己的情感，因而很快恢复了平静。"最后几件结婚聘礼来了，在收起来以前你一定想看一下。但我希望你……"

"别担心，娘，我已经变了。"

"我发现了。"她说，但我还是没从她的声调中听出半点愉悦，反倒听出几分担忧。"来吧，看一眼，然后和我们大家一起用早膳。"

当我步出房门时，仿佛有根绳索将我所有的情感系在一起——孤独、绝望，还有我对我的诗人那份坚定的爱。我已学会用叹息排解自己的忧伤。

保持着礼貌的距离，我跟随娘来到静坐堂。我的聘礼已被运送至家中，装在玻璃棺材般的朱漆箱盒中。我们家收到的也就是那些普通的聘礼：绫罗绸缎、金银珠宝、陶瓷、糕点、饺子，还有坛坛罐罐的酒和烤猪。这里头有些东西是给我的，而大多会纳入我爹的金库，另有些须多余的银两是给我几位叔叔的。这些便是我婚事将近的明证。我捏紧鼻梁，尽力忍住泪。一旦我掌控住自己的情绪，脸上便能显出平和的笑。最终我得以离开房门，但我的一举一动都在娘的眼皮底下，我必须谨慎些。

我的目光落在一个红绸包裹的物件上。我望向娘，她点头允准我打开。我解开柔滑的结，里头是上、下两册《牡丹亭》，这是我唯一还没收藏的版本，且是汤显祖私人印行的那版。里面夹带一张短签，上书："弟妹如晤，企盼与汝秉烛夜读，茶话此剧。"签名的是已经嫁入吴家的长媳。这份聘礼价值甚高，更让我知道吴家闺阁中至少有一人或可与我为伴。

"我能留着它吗？"我问娘道。

她双眉微蹙，我想她会说不。

"把它带回你的房间，然后径直来怡春轩。你该用膳了。"

我将两册书攒在胸前，缓步回房，将它们放在床上。然后，依娘的命令，前往怡春轩。

我已被关了两个月，现在我用一双新的眼睛环顾四周和房里的每个人。一如往常，紧张的气息在我几位婶婶、堂妹和我娘以及白天从未列席的几个小妾和她们的女儿之间鼓荡。由于我离开多时，我看到和感受到此前从未真正意识到的一种潜在情绪。每个女人在她此生至少有十次怀孕机会。陈家大院的女眷们在怀孕方面很不容易，每次怀胎她们似乎都无法怀上儿子，每个人都很重视此事。那些小妾们被指望着为陈家传宗接代，但即使我们给她们提供吃穿住，她们中仍没有一个怀上男孩。她们可能不被允许和我们一起用早膳，但不管怎样，她们与我们还是同系一族。

我那几个堂妹对我的态度似有改观。精心策划致使我被关禁闭的彗儿，用她的筷子夹了几个饺子到我盘中。莲儿为我沏茶，将自己手中那碗粥递给了我，里面还拌有她最爱的咸鱼和青葱。我的婶婶们沿着桌子依次落座，纷纷笑脸相迎，催促我用餐。但我一口也没吃，连邵妈从娘那桌端过来的豆沙粽我都没动。

早膳用毕，我们移步盛莲阁，大家各自聚成一堆：刺绣、书画、颂诗。小妾们来到我跟前，亲亲我的脸，用些零食款待我，她们捏捏我的面颊，让它更红润。我祖父的侍妾中只有两个活了下来，她们已相当年迈，脸上的妆粉加重了皱纹的印痕，她们的头钗并未使其显得年轻，反而凸显了那一头白发。她们的腰盘粗宽，但她们的脚却依然如此纤小，就和当年我祖父夜里为了放松身心握在手心把玩的珍品一样。

"你看上去愈发像你的祖母了。"祖父最爱的那个侍妾说道。

"你和她一样良善而有教养。"另一个补充道。

"和我们一起刺绣吧。"前一个继续道，"或者另选一项。我们有你陪伴很开心，随你做什么。我们毕竟是姐妹，当我们在扬州躲避满清追杀时，你祖母很清楚这一点。"

"如今她在天上看顾着你的未来。"另一个奉迎道，"我们一直为你向她献贡。"

在被关禁闭独处多个星期后，这隐藏于刺绣、书画及颂诗背后的闲聊和竞争清楚地向我透露出陈家大院里女眷们的阴暗面。想到自己必须尽力做个好女儿、听从并防卫她们的虚情假意，并意识到这就是我的生活时，我的泪水已在眼里打转。

但我不能违抗我娘。

我想全然沉浸在自己的情感中，将自己埋入那份爱意。我不可能挣脱这门婚事，但我或许可以通过阅读、写作及想象来逃脱，就如我在自己出生的这个家中一直以来所做的。我不是男人，永远不可能和男人竞争写作。我也没有写八股文的兴致，即使我可以参加殿试。但我确实积聚了一定的知识——打我还是个小女孩时，就坐在父亲腿上听他讲授，后来他又给我许多诗书典籍来阅读——而大多数女孩没有这样的教养，我要用习得的这些知识来自救。我不会写关于蝴蝶花卉的诗文，我要找出那些不仅对我有意义而且可以支撑我余生的东西。

一千年前，诗人韩愈写道："不平则鸣。"他将人在写作中自我表达的需求比作树木在风中沙沙作响及金属被击打后发声的自然力量。意识到这一点后，我想我知道自己要做什么了。事实上那是我已做了多年的事情。当外面的世界渐渐退去，我要省视自己的生命，调和自己的情感。我的诗人希望我能认识自己的七情，如今我可以在《牡丹亭》中找到对它们的阐释。我要内省，不是写学究式的宏议或我那些婶婶们关于情感的训诫和讨论，而要写下我自己是如何感受的。我要赶在婚前完成我的计划，这样，去吴家后我就存下了和我的诗人共度三晚的永恒的爱之凭信。我的计划会是我面对接下来黑暗年月的救赎。我可能被关押在夫婿的家中，但我的心将驰往赏月亭，在那里我可以一次又一次重遇我的心上人而不受搅扰，也不必担心被人发现。我的诗人永远也读不到它，但我可以想象将这些文字呈给他——在他的床榻上，我脱去衣物，一并呈上我赤忱的身心。

我突然起身，椅子刮到地面发出刺耳的声响，房内的女眷们都盯向我。她们美丽的脸上挂满了虚假的关心和忧虑，而我能看出藏在背后的恨意和嫉妒。

"阿同。"我娘叫唤道，强调了我的新名字。

我的头脑里仿佛有好多蚂蚁在爬行，我尽力维持自己的表情。

"娘，我可以去爹的书房吗？"

"他不在那里，他上京了。"

这消息让我震惊，自满清执政后他从没回过都城。

"就算他在这儿，"她继续道，"我也不会答应。他给了你不少坏影响，他觉得女孩应该知道小青。好吧，看看那些都把你教成什么样了。"面对院中所有女眷，她说着这一席话，显示她是如此轻看我。"战乱已结束，我们得牢记自己的身份：女人应该待在闺阁中，而不是在花园里流连。"

"我只是想查看一些东西，"我说，"求你了，娘，让我去吧，我会很快回来的。"

"我陪你去，让我扶着你。"

"娘，我自己能行，真的，我很快就回来。"

我对娘说的每一句差不多都是谎话，但最终她还是让我去了。

离开盛莲阁，我感到一阵头晕，在回廊里徘徊着，直到走入花园。时令九月，繁花凋残，落英缤纷，鸟儿离去前往更暖的地方。怀着强烈的春情，我见到这些景致感到伤心，让我想到如花美眷、似水流年、青春、人生和美是如此脆弱易逝。

当我来到池塘边，我蹲下身想看看水中自己的倒影。因着相思成疾，我的脸庞日渐消瘦苍白。我的身子骨看上去更瘦弱，仿佛连外衣都撑不起来的样儿。我的金手镯在腕上松松垮垮地晃悠，即使我的玉簪挂在我这副骨架上都显得过重。我的诗人若是现在见着我还能认出我吗?

我再次起身,迟疑片刻,最后瞥了一眼自己的倒影,拖着步子走回回廊。我走进第一扇门,过去十六年来我无数次来到这里,但从没跨过门槛或是坐入轿子被人抬出去过,那只在我出嫁那日才会发生。我用手指触摸着这扇大门。爹曾告诉过我,家里有扇风火门,朝外的那层由实木构成,能抵御恶劣的天气,还有防盗辟邪的功能。这扇木门迷惑鬼怪或土匪,让它们相信我们这里没什么重要或有趣的东西。而里面这层则嵌有石板,可以防火,对企图穿越进入我们花园的邪灵具有加重防御的功能。触摸这些石板就像触摸着冰冷的阴曹地府。从那里我走向祠堂,点燃一炷香,祭拜我的祖母,求她赐予我力量,使我更坚强。

最后,我走到了爹的书房。我步入房间,发现爹离开这里有些时日了,空气里没有烟或香的气味。夏日盛放冰块的托盘已被移走,抵御秋寒给房间增温的炉火也没被端进来。更甚的是,不仅这间房感受不到他精神影响的力量,如今我甚至在整个大院都感受不到。他是陈家府上最重要的人,我怎没注意到他的缺席,甚至我独自待在房里时也没意识到?

我走到书架前,选出我能找到的最好的诗歌、历史、神话、宗教类书籍。为了将它们送到自己房间,我前后跑了三趟。回到爹的书房,我在他的罗汉床边坐了片刻,思忖是否还有自己所需要的。我在角落里又挑了三册书,继而离开书房回到自己的闺房。我进入房间,这一次,我自己把门关上了。

玉 殒

接下来一个月，我把时间都花在对案头十二个版本《牡丹亭》的研读上，并将我在阅读中写下的所有评注誊抄在未来嫂嫂送我的那两册汤显祖初刻本的边缘留白处。完成后，我将从爹的书房取来的书籍堆放在身边翻查校对，直到又一个月后，除了上册三处集句原作者不详，我已将上册全文及下册大部分内容整理完毕。我没对术语或隐喻进行阐释，没对曲调或演绎作出评论，也没想将《牡丹亭》和其他戏剧比较。我只是用极其微小的字体写出自己的感想，将它们紧密地嵌入文本的字里行间。

我不再离开自己的房间。我让邵妈侍奉我沐浴更衣，但我胃口不佳，也就拒绝了她带来的食物。晕眩似乎让我能更清醒地思考和写作。当几位婶婶和堂妹来邀请我去花园散步或是跟她们去怡春轩喝茶吃饺子时，我婉言谢绝了。当然，我的态度在娘看来并不适合，我没有告诉她自己在做什么，她也没问。"光躲在闺中伴着你爹的书，成不了一个贤妻。"她说，"来怡春轩用早膳，听听你婶婶们的教诲。午膳时还得学学将来怎么对待你丈夫的小妾们。和我们一起用晚膳，你能养成更得体的谈吐。"

突然之间每个人都希望我去用膳，但多年来娘一直提醒我别吃得像彗儿那么胖，少食可以让我在婚礼上显得苗条。但当你沉入爱河中又怎吃得下呢？每个姑娘都有这样的经验，也明白事实确实如此。我的心牵挂着我的诗人，我的脑子里满是关于《牡丹亭》的感念，我相信书写能让我抵御婚后的孤寂。我的胃呢？它空空如也，但我毫不在乎。

我开始躺卧床上，整日翻看这两册《牡丹亭》，借着烛火的微光挑灯夜读。我愈是读得多，愈能体会汤显祖构思的细密和深邃。我对剧本中的关键情节细加琢磨：各种预兆和玄机，还有行文中每个字句和人物举动是如何演绎我为之痴迷的主题：爱情。

譬如那棵梅树，那是生命和爱情之树。那是杜丽娘和柳梦梅初逢之地，也是她葬魂之处，最终亦是他令她起死回生之所。在最先一幕中，柳梦梅就言怀自己因梦改名柳梦梅，而这棵树同样唤起丽娘的情思，因为梅花纤弱、轻盈，美得高洁。当一名女孩进入婚姻，她的美貌终将消散，红颜易逝不复回。而且她还有很多义务要完成——生育子嗣，为夫家光宗耀祖，成为贞洁的寡妇——但她已渐渐滑向死亡。

我取出墨，在砚上研磨，往里注水，用我最佳的书法在第一卷上书眉空白处写下所思所感：

世人伤春尤惜落花，向晚漫步小园，忽忆丽娘目睹落红飘摇，便念及自身之青春与美丽随之俱逝矣。彼佀知其人生亦消殒在即欤！

这部戏剧中关于浪漫爱情的描绘一直能激发我的幻思，这样的爱情和我在陈府中长大期间所见到的貌合神离的婚姻以及我自己被安排的那桩婚事如此不同。对我而言，情是高尚的，是男女可追求的最高理想。尽管我关于它的经历只限于弦月下的那三个夜晚，但我相信它给人生注入了意义。

凡事多从爱起。丽娘因游园感梦，梦魂飘摇无垠。

丽娘的鬼魂与柳梦梅共享云雨之欢，他们对彼此的爱是如此真诚——正如我和我的诗人——而非男人和小妾之间的丑陋行径。

风神绰约兮，丽娘之爱！端丽尤似出水莲！

当我写下这些字句，我想起自己那夜在赏月亭的情景。

我抒写梦境——丽娘的，柳梦梅的，还有我自己的梦。我也想到丽娘的自画像，用它比照我的书写。在书册上面的空白处，我提笔留下娟秀字迹：

人知梦是幻境，不知画境尤幻，梦则无影之形，画则无形之影。

影子、梦境、镜花水月，即便记忆也是虚幻易逝的，但它们就一点儿也不真实吗？于我不然。我提笔蘸墨，滤掉多余的墨汁，写下字句：

丽娘梦中寻缘，柳生画中觅偶，何其神妙，幻幻相叠成真。

我废寝忘食地写作，以至于怀疑自己是否真的在御风亭和那位陌生公子相聚两晚。那位诗人和我真的离开赏月亭步向山石湖边？那一切皆是幻梦，亦或真实发生？那一定是真实的，而很快我将嫁给一个自己不爱的男人。

丽娘步入书房，透过窗棂梦想飞身赴约，自然，如此作想时，她也曾战战兢兢。

泪水从我眼中夺眶而出，从我两颊上淌下，滴落在我所写的纸页上。

爱的憧憬在渐渐消耗我的心神。之前关禁闭期间让我活下来的点滴食欲如今已荡然无存。小青还曾每天饮半杯梨汁，而我只啜几小口。绝食中止了我生活上持续受到的控制，甚至也中止了我对诗人的思念以及狂乱而耗费心神的爱的渴望。一位先哲曾写道："悲愤出诗人。"伟大的女诗人顾若璞对此回应评论道："文人学士当呕心沥血，发其哀思，舒其愤闷，吟出孤峭沉郁之句。"

我潜入自己内心深处，那里尘世的一切都被驱散，我感受到的只有情感：爱、憾、欲、盼。我斜倚床榻，穿着最爱的长袍，上面绣有蝶恋花图样，上有一对鸳鸯。我任由自己神思飞跃，飘向牡丹亭。丽娘游园惊梦可是失了贞洁？而我的梦——那次在我家花园的游荡——也算吗？我私会那位陌生公子，任他用牡丹触碰我，我是不是已不再纯洁如故？

在我热衷于书写《牡丹亭》感言之际，婚事的筹备也在我周围风风火火地进行。一日，一名绣女给我试穿嫁衣，之后又拿去将尺码改小些。又一日，娘和几位婶婶们来了。我躺在床上，周遭全是书籍，摊放在丝绸床罩上。她们脸上笑盈盈的，但她们并不高兴。

"你爹从京城捎话来了。"她悦声说道，"你一出嫁他就打算回去出任朝廷官职。"

"满清鞑子走了？"我问道，难道我幽闭期间连改朝换代之事都错过了？

"不，你爹要效忠清廷了。"

"但爹向来精忠，他怎会……"

"你该吃点东西。"娘打断我，"梳洗妆饰，准备迎接他归来，拿出孝顺女儿该有的样子来。他给我们家光耀门楣，你该向他致敬。好了，快起床！"

但我没有。

我娘离开后，婶婶们留了下来。她们试图让我离开床榻站起身来，但我在她们手中就像一条滑溜无形的鳝鱼。我实在想不通，爹曾是如此忠于明室，怎会效力清廷呢？我娘会不会也离开陈家大院随他上京，就像她当年离开扬州那样？

隔天，娘请来府中占卜的道士，商讨如何在我出嫁前让双颊变得红润些。

"你们有没有龙井春茶？"他问，"用姜熬煮些春茶给她暖暖胃调和气血。"

我试了那茶，但无甚作用。微风一吹我就瘫软得迈不动步，连床被对我而言都显得有些沉重。

他给我十颗酸杏子——这是通常给早熟的少女开的方子——但我的心思并未转回。相反，我想象着嫁给那位诗人，当我怀上我们的第一个儿子时，我可以食些腌咸梅子，那可以缓解我清晨的妊娠反应。

那位道士回来时在我的床上洒了猪血，他相信房内有邪灵游荡，须得用此法驱魔。洒完猪血，他对我说："如果你开始进食，出嫁那日你的肌肤和发鬓会出奇的美。"

但我对嫁给吴人毫无兴趣，所以也不会为了出嫁那日让他更欢心而注意进食。这已经不重要了。我的未来已定，而我该为婚嫁所做的准备也都完成了。我的刺绣技艺臻于完美，我现在也能弹奏古筝了。每天邵妈为我穿上衣衫，上面或是绣着花蝶，或是绣有双栖双飞的鸟儿，它们都象征着我嫁入夫家后应该怀揣的爱与喜悦。但我就是拒绝进食，即使水果也不吃，除了啜饮几口果汁。我用来喂养自己的，是对神秘气息的吸纳，是对爱的朝思暮想，还有对我和心上人在花园墙外那次冒险经历的追忆。

道士留下各种诫示：朝向厅堂的门要时时紧闭，以防邪灵侵入；

厨房里的炉火要重新调试，我床头的方位也要调转，只为取得更好的风水。娘和仆从一一照办，但我不以为然。他们一离开房间，我便继续写作。你休想通过调转床头来让一颗热慕的心转向。

几日后，娘请来了赵大夫，他给我把脉后宣布："心是思虑之所，你女儿因为渴念太多而郁结成了心病。"

我对自己被正式诊断为相思病而欢喜。一个绮丽的念头进入我的脑海。我会不会像丽娘一样相思成疾而亡？我的诗人会不会发现我继而让我起死回生？这个念头让我欣喜，但我娘听闻大夫这一消息，反应和我截然不同，她掩面啜泣起来。

大夫引她离开我的床榻并压低嗓音道："这种忧郁症关乎脾脏，可能导致机能失调而让人拒绝进食。陈夫人，我跟您说的是你家姑娘恐怕会情郁而亡。"

哎呀，大夫们总想吓唬那些为娘的，这样他们就能赚取更多银子。

"你们必须强迫她进食。"他说。

而我娘她们确实这样做了。邵妈和娘压下我的双臂，大夫将一团熟米饭推入我的嘴，接着将我的下巴合拢。一个仆从端来炖煮过的梅子和杏，大夫便将这些湿漉漉的东西强塞进我的嘴，但我将它们全都吐了出来。

他看着我，眼里满是厌恶，但他转向我娘："别担心，这是因情欲郁结而致。如果她已嫁人，我敢说一夜云雨就能将她治愈。因为她现在还未出嫁，她须得克制自己的欲念。好母亲，在她成婚之夜自会痊愈，但你或许已经等不及了。我建议您试试其他法子。"他抬起娘的手肘将她拉近，在她耳边窃窃私语。当他放开她，娘一脸严酷和坚定，罩住了她先前的忧惧。"怒气常足以释放心郁。"他鼓励似的加了一句。

娘护送大夫离开房间。我将头再次靠回枕上，我的书籍铺在床榻上，四散在我周身。我拿起《牡丹亭》的上册，合上双眼，任由我的心思穿越湖面飘向诗人的家中。他是否也像我思念他那样在思念我呢？

门开了，娘和邵妈带着其他几个仆从走了进来。

"从那边那些开始。"娘说着，手指向我放置在桌上的一堆书籍。"你，收拾地上那些。"

娘和邵妈靠近我的床榻，聚拢我脚下的一堆书籍。

"我们要拿走这里的书。"娘宣布道，"大夫建议我把它们烧了。"

"不！"我本能地抱紧手中的那册书，"为什么啊？"

"赵大夫说了，这样可以治好你，在这点上他说得很明白。"

"你不能这样做！"我大叫起来，"这些都是爹的书！"

"那你就不必在乎了。"娘平静地回应道。

书册从我手中滑落，我发狂似的想甩开丝被下床，我试图阻止娘和其他人，但我的身子太虚弱了。仆从们带走了一叠书册。我失声尖叫起来，双臂伸向它们。我就像个乞丐，而非九代书香门第教养出来的千金。这是我们的书呀！珍贵的知识学问！神圣的爱和艺术啊！

床上还有我各种版本的《牡丹亭》。娘和邵妈过来要把它们也带走。她们的逼近令我惊恐万状。

"你们不能！它们是我的！"我大声叫喊，尽力揽回身边更多册书，但娘和邵妈力气大得惊人，她们根本不在意我，拨开我手中奋力保护的书，就像驱赶恼人的小蚊虫那样容易。

"娘呀，求求您，那是我的命啊，我倾注了太多心血！"我叫喊起来。

"我真不知你在说些什么。你只有一件可做的事：嫁人。"她说着，夺走了爹在我生日时送我的那套《牡丹亭》。

我听见房外下面的庭院窸窣作响。

娘说："看看你任性的结果。"

她点头示意邵妈，她俩将我拉下床拖至窗边。下面，仆从们点燃了火盆，他们将爹的那些书一本一本扔了进去，他心爱的唐人诗句就这样在空气中如烟般消散。我看见一册女诗人的集子在火苗中燃烧、卷曲，渐成灰烬。我的胸口因抽噎而喘息，阵阵刺痛。邵妈放开我，走回床边聚拢其余的书籍。

待她离开房门，娘问道："你气吗？"

我不生气，除了绝望我已毫无知觉。诗书无法果腹，但离了它们，生命便无意义。

"告诉我你生气了。"娘恳求道，"大夫说你会生气的。"

我没有应答，她转过身，一个踉跄跌坐在地上。

我看见窗下邵妈将我收集的各个版本的《牡丹亭》扔进火盆。看着每一册书被火舌吞噬，我的心里一阵紧似一阵。那些都是我最珍贵的财物，如今它们被烧成了灰烬，化入风中，飘散到院外。凝结着我心血的评点和我所有的希望都被付之一炬，化为乌有。我已万念俱灰，如今又该如何嫁入我的夫家？我该如何熬过那漫无边际的孤寂时日？

娘在我边上哭了起来。她的身子向前弯倾，直到前额着地，接着她拖着步子爬向我，就像一个谦卑的奴婢，她手指抓着我的裙裾，将脸埋入绸布中。

"求求你，朝我发火。"她的声音轻得我几乎听不见，"求求你，我的闺女，求你了。"

我将手轻轻搭在她的后颈上，但我不发一言，只是盯着那团火。

过了一会儿，邵妈进来将娘扶了出去。

我伫立窗前，双臂靠着窗台。冬日的花园阴冷凋敝。风霜将枝叶打落净尽。

树影拉长，光线黯淡。我已无力挪步。我倾尽全力的文字已毁于一旦。最终，我强撑起身子，我的头晕眩，我的腿颤抖。我感觉自己的那双小脚无力负载我的身子骨。我穿过房间缓缓移向床榻。丝被因我抢救书籍的无效抗争而搞得一团皱乱。我拉回床被，爬回床上。当我的双腿伸进冰冷的丝被时，我感觉碰到了什么。我在被窝内摸索，够到了我那未来嫂嫂送我的《牡丹亭》上册。在整场混乱的清理中，这册写满眉批的书卷侥幸存活了下来。我悲喜交加地抽噎起来。

可怕的那天过后，某日深夜，我离开床榻，跨过熟睡的邵妈，去到窗前，离开隔绝寒冬的厚重帘幕。外面下雪了，想到一度飘香的繁花被严酷的皑皑白雪覆盖，我的心甚是哀愁。我举头望月，看着它沿着天际徐徐移动。夜复一夜，风霜寒露浸湿了我的长袍，搅乱了我的鬓发，把我的手指冻僵。

我无法承受这漫无尽头的冰冷彻骨的日子。我想起了小青，想到她每日更衣装扮，抚平裙裾上的褶皱，为了不弄乱鬓发，端坐在床上，尽力保持着她的美丽，但我每每想到未来黯淡无望的生活便瘫软下来，因而她所做的这些我一样都没完成。我甚至不再护理我的双脚，邵妈极其温柔地清洗和包裹它们，我既感谢她也提防着她。我将那一册救下的《牡丹亭》藏于丝褥中，生怕她发现后告诉我娘，又拿去烧毁。

赵大夫又来了。他给我检查身子，皱了皱眉，但接着说道："陈夫人，您做得对。您给女儿驱走了文字带来的诅咒。烧掉那些不祥的书籍有助于赶走缠绕在她身边的邪灵。"

他给我把脉，看着我一呼一吸，问了我几个毫无意义的问题，接着宣布："未婚女子，尤其是待嫁这会儿，很容易遭受邪灵侵袭。年轻姑娘常被这些幽灵攫去魂儿，姑娘愈是漂亮，她就愈容易受寒或发烧。她会停止进食，正如你家姑娘绝食那样，直到最终死去。"他若有所思地撅撅下巴，继续道，"正如您所想的，这不是她未来夫婿想听到的。依照以往经验我敢说我们杭州城里许多姑娘家都是借这法子躲避婚事的。不过，陈夫人，您该庆幸，您家姑娘没有这些败坏之事。她声称自己没和任何鬼神有过淫行之举，她还是清清白白且正待字闺中。"

这些话语没让娘高兴起来，而我感觉就更糟了。我发现自己根本无法躲避洞房花烛夜以及随之而来的不幸岁月。

"用新雪煮的茶能让她在出嫁之日双颊红润些。"赵大夫离开时说道。

每天娘都来到我床边伫立，她的脸色因忧惧而惨白。她求我起床，见见婶婶或堂妹们，或者吃些什么。我试着微笑，淡化她的忧虑。

"我在这里很好，娘，别担心，别担心啦。"

但我的话语没有给她带来安慰。她又请回了那个道士。这一次他用剑在我床边劈砍，试图吓走他所谓的在附近徘徊的邪灵。他在我的脖项上挂了一个石制的护身符，为了保护我的灵魂免被饿鬼窃去。他问我娘要了一条我的衣裙，在里面系了一捆花生，告诉她每粒花生都会成为抓鬼的拘所。他大声念着咒语，我拉起铺盖盖过脸面，不让他看到我的泪水。

对于姑娘家而言，出嫁有点像濒临死亡。我们跟从小照顾我们的爹娘、家人、仆从告别，继而迈入全新的生活，那里成了我们真正的家，我们的名字会被列入夫家的祠堂。就这点来看，婚嫁就好比经历了死亡与重生，尽管不是往生。我知道对任何新娘而言这都是些病态的念头，但我这样想是因为自己不幸的境遇。这种病态的念头将我的思绪拉入愈发黑暗的地方。有时我甚至相信——或者说希望——我或许会像小青或其他相思成疾的少女那样死去。我任由自己的心念陷入她们的境况中。我以泪磨墨，继而提笔，笔尖流淌下诗句：

待嫁女儿心，习绣花与蝶。一旦赴黄泉，香舞仍依旧？

数日来我的心思全埋在了语词和情感中。我写啊写，当我觉着筋疲力尽提不起笔时就让邵妈替我写下诗句。她依命照做。接下去数日，我又口述了八首诗。我的字句接连浮出，好比桃花从洞溪中漂流而出。

适逢十二月，盆中炭火日夜不熄，但我没有感受到丝毫暖意。我将在十日后出嫁。

> 绣鞋纤纤只三寸，衣带款款折半长。身躯残败幽冥路，需借风儿载我行。

我担心谁人会发现我的诗作，取笑我胡思乱想或说我的字句如虫鸣般不足怜惜。我折起这些纸片，环顾房内寻找可以藏匿它们的角落，但我所有的家具最终都会随我搬入夫家。

我坚决不让自己的诗作被发现，但又没勇气亲手烧毁它们。太多女人因一时怀疑自己的句子没有价值而烧毁了她们的诗作，事后却后悔万分。我想留着这些诗作，想象着有一天，待我已为人母，我或许会淡忘我的诗人。我会省亲返家，发现这些诗作，再次吟读，回忆起自己思春的少女时代。还有什么比这更美妙呢？

但我永远不会忘记之前发生过的事。这更使我下定决心找个安全角落藏好我的诗作。无论未来如何，我一定能回来这里重温我的闺阁春梦。我强撑起身子下床并步入回廊。傍晚早些时分，大家都在用晚膳。我迈开步子，扶着墙壁、抱着柱子、抓着栏杆，一路稳住自己抵达那个似乎要走一辈子的地方——爹的书房。我抽出一册没人会注意的、关于历朝历代南方某省修筑水坝的史籍，我将自己的诗作折叠后夹入书页中。我放回书籍，盯着它看了一眼，为了牢记书名和它在书架上的位置。

回房后，我提笔完成了出嫁前的最后一件作品。我在那册《牡丹亭》的外封上，绘出自己对《惊梦》一出的诠释，关于柳梦梅和杜丽娘初会的情景。我描绘他们在湖山石前缱绻，然后隐入山石之后一番云雨。等待墨汁干涸后，我打开书册写下字句：

世人相爱，生死相与。死而情绝，岂属真爱！

我合上书，唤来邵妈。

"你看着我来到这世上。"我说，"如今你也要看着我离去前往新家，没谁比你更让我信任的了。"

泪水从邵妈那张板脸上流淌而下："您想让我做啥？"

"你必须许诺遵从，无论爹娘说什么。他们从我身上取走那么多东西，但我必须带些东西随我去新家。你得答应我出嫁三日后将这些东西给我送来。"

我在她眼里看到了犹疑。她哆嗦了一下，诺诺道："我答应你。"

"请将我给吴家婆婆制作的绣鞋拿来。"

邵妈离开房间。我直直地躺下，盯着天花板，只听见窗外孤雁在长空鸣唳。它们让我想起小青的诗句，还有她诗中描摹这叫声所带来的悲怆感。接着我又想起那位无名女诗人在扬州墙头写下的万念俱灰的诗句。她当时也听到了鸿雁悲鸣。想到她的诗句"血泪渐浸桃蕊，春已逝，予心空……"我便忍不住叹息。

几分钟后，邵妈提着仍包裹在丝绸中的绣鞋回来了。

"将鞋藏到一个安全的地方，别让娘知道在你这儿。"

"好的，牡丹。"

自从爹在戏曲落幕那晚给我改名后，我还从未听人叫唤过我的乳名。

"还有一件事。"我说。我将手伸到被褥下，取出那册《牡丹亭》。邵妈警觉地后退。

"这是我嫁妆中最贵重的一件，连爹和娘都不知道，你绝不能告诉他们。答应我！"

"我答应您。"她嗫嚅着。

"保管好它。只有你可以将它带来给我，待我出嫁三日后，切记。"

爹从京城回来了。这是此生他第一次来我房里探望我。他在门前停了一下，踌躇着要不要进来。

"闺女。"他说，"离你出嫁只有五日了。你娘告诉我说你拒绝起身装扮，但你必须起来了，你不想错过你的婚礼吧。"

我顺从地低下头来，他跨入房门，坐在床边，拾起我的手。

"戏曲表演的最后一晚我向你指认你未来的夫婿，"他说道，"见到的那人不讨你欢心吗？"

"我没看。"我答道。

"哦，牡丹，我真希望现在我可以和你多聊聊他，但你知你娘的想法。"

"是的，爹。我答应会按你们的期许来做，我不会让您和娘丢脸的，我会讨吴人欢心的。"

"吴人是个好男人。"爹继续道，似乎没在意我说的，"在他还是个男孩时我就认识他了，我从未见他做出过任何违规之举。"爹轻笑道，"除了有一次，戏演完那晚他来找我，托我给你一样东西。"爹摇摇他的头，"我也许是陈家的主人，但你娘有她的一套规矩，而她已经为我在家拉戏班而生气了。我没有把那东西给你。我也知道这不合礼仪。所以我把他给我的东西存入了诗册中。我很了解你们俩，我想那是个存放的好地方。"

无论五个月前或是现在，这件礼物都不会改变我对未来夫婿和我的婚事的看法。我只认识到其中的义务和责任，舍此无他。

"如今我拿来了，几天前……"爹摇了摇头，似有一丝不悦，"我觉得你娘不会介意我现在把礼物给你了。"

他放下我的手，把手伸入他的外衣，取出一样包裹在宣纸里的小物件。我无力从枕上撑起我的脑袋，但我可以看见他打开折纸。里面是一支干枯的牡丹花，他将它放入我的掌中。我盯着它，简直难以置信。

"吴人只比你大两岁。"爹说，"但他已经做了很多事，他是位诗人。"

"诗人？"我回应道。我的意识已难以接受手中之物，而我的耳朵仿佛听见爹的话语从一个无垠的洞穴深处传来。

"非常成功的一位诗人。"爹补充道，"他的作品已经出版了，即使他现在还那么年轻。他住在吴山，就在湖对岸。如果我没有上京，我会从书房的窗户给你指出他的家。但我上京了，而你现在……"

他说的正是我的那位陌生公子，我的诗人。我握在手中的那朵干枯牡丹正是那晚在赏月亭他用来爱抚我的那朵。我所忧惧的一切都是错误的。我将要嫁给我所爱之人。命运将我们带到了一起。我们真的就像命中注定的一对鸳鸯。

我的身子开始禁不住晃了起来，泉涌般的泪水夺眶而出。爹搀扶起我这如叶般单薄的身子，将我揽入怀中。

"我很难过，"他说，试图安慰我，"每个姑娘家都害怕出嫁，但我没想到这对你而言有那么糟糕。"

"我不是因为悲伤或害怕才哭的，哦，爹，我是那个最幸福的姑娘。"

他将我温柔地安放回枕边。我试着将那朵花提到鼻子前嗅闻，想知道它是否还留存着香味，但我太虚弱了。爹拿过花，将它放在我胸前。我感觉它就像压在我心头的一块磐石。

爹的眼里噙着泪。父女重逢本该有多么欢欣啊！

"我要告诉你一件事，"他急切地说，"这是我们家的秘密。"

他已将我婚礼能有的最大的一份礼给了我。

"你知道我曾经还有两个弟弟。"他说道。

我是如此欣喜——因为吴人就是我的诗人，我们很快就要成婚，而且我们之间就是个奇迹——因而难以把注意力集中在爹所谈论的人身上。我在祠堂中见过这两位叔叔的名字，但在春节里没人前去清扫他们的坟墓，我一直以为他们出生没多久就去世了，为此没人太注意他们。

"当我爹接到任命去扬州时，他们还很小。"爹继续道，"我的爹娘信任我，让我照看陈家大院和家里所有人，但他们带走了两个小儿子。你娘和我曾去扬州看望他们，但我们却遇上了最糟的时间，满清鞑子来了。"

他稍停片刻，探测我的反应。我不知道他为何在这美好的时刻跟我说这些可怕的往事。我沉默不语，他便继续道：

"我爹、我两个弟弟和我，还有其他男人都被鞑子聚集起来关在一处。我们并不知道女人们那边发生了什么，你娘对此至今都闭口不言，所以我只能告诉你我所见的。作为儿子，两个弟弟和我的义务就是保证我们的爹能存活下来。我们站在他的身边保护他，不仅要防卫清兵也要防卫牢中其他绝望的囚犯，如果他们发现把他交给清兵能自救，他们很可能会这样做。"

这些都是我不知道的事，尽管我满心欢喜，但还是疑问重重，那我娘和我祖母呢？

猜到了我的疑问，爹说道："我没有亲眼看见我娘的勇敢行径，但我见到了两个弟弟的死。哦，牡丹，男人可以变得相当残忍。"

他似乎突然没了说话的能力，我再一次陷入疑惑，为何现在告诉我这一切呢？

过了很久，他继续道："当你见到他们，请转告他们我很难过。告诉他们我们已尽力尊崇他们。我们的供品都很好，但他们还是没有给我们赐下儿孙。牡丹，你是个好女儿，请帮帮我们。"

我很疑惑，我觉得爹也是。我的职责是为我夫家诞下子嗣，而不是我自己家。

"爹，"我提醒他道，"我就要嫁入吴家了。"

他合上眼，转过脸去。"当然，"他哽咽道，"当然，请饶恕我的过错。"

我听见众人纷纷走入客堂。仆从进入我的房间，挪走我的家具、衣物、布匹和嫁妆——除了我的床之外的所有东西——从我的房间搬去我丈夫的家。

接着，娘、婶婶们、叔叔们、堂妹们和小妾们纷纷进来围聚在我的床边。爹一定是错算了我出嫁的日子。我试着起身好给他们磕头，但我的身子疲弱，即便我满心装载着幸福。仆从们在我房门上挂了一个筛子和一面镜子，那是用来化凶为吉的。

我不能在婚典过程中进食，但我需要尝一下家中在婚宴之日为我准备的特别早膳。我不饿，但我要尽力遵从，因为每一口都象征着和我夫婿婚后的和谐生活。但没人递给我猪排，吃这个能长力气生儿子，而且我应该避免啃到骨头，这样才能保护我丈夫的生殖力。他们应该希望我吃会带来子嗣的莲籽、南瓜籽和向日葵籽，但他们也没有给我这些。相反，我的家人围立在我床边哭泣。他们见我出嫁都很伤心，但我却是兴高采烈。我的身体如此轻盈而无负重感，我甚至觉得自己可以飘走。我深吸一口气，为了稳住自己。太阳落山前我就能和我的诗人在一起了。在这以前，我应尽享一个受宠女儿婚嫁时的所有传统习俗。今晚——在很深很深的夜里——多年期待的亲密时刻，我将用关于这些美妙时刻的回忆来取悦我的夫婿。

男人离开后，我的婶婶们和堂妹们来清洗我的四肢，只是她们忘记往水里添加文旦叶了。她们梳洗我的发髻，为我插戴上翡翠镶金头钗，却忘了给我盖上出嫁的红帕子。她们在我脸上涂抹白色妆粉，却忘了给我的嘴唇和双颊上胭脂。她们将那枝干枯的牡丹放入我手中。她们给我穿上一件印有经文的白丝兜裙。我的周身有太多眼泪，我都没法指出她们还忘了将猪心系入我的肚兜。

接着她们帮我穿上外面的嫁衣。我对着她们微笑。我会想念她们的。我像人们所想象的那样细声哭泣。我太任性、太顽固了，只为躲起来沉湎于我的书写，而牺牲了和家人相处的时间。但在她们取出我出嫁的衣裙前，二婶把男人们叫了回来。我看见仆从们将门框取下送至我床边，我被轻轻抬到门上。象征繁殖子嗣的整只芋头被一个个堆放在我周身。我就像一个将要献给神灵的祭物。看上去我甚至都不用走进我的花轿了。感激的泪水从我眼角流出，沿着鬓角流入发丝。我都不知道自己会如此欢欣。

他们抬着我下楼，我们行进在挂满白幛的回廊中，我身后是一列漂亮的仪仗。我们该去祠堂，我要感谢陈家祖先对我的看顾，但我们没有在那里停留。我们直接走向大门静坐堂前的院落。护送我的仆从将我放下，分散开去。我看着我们的风火门思忖，如今这一刻到来了。大门开启，我将步入花轿，挥别爹娘，接着前往我的新家。

一个接一个，我们陈家大院所有人——上至我爹娘，下至最低微的仆侍——都来到我身边向我鞠躬行礼。接着，奇怪的是，他们留下我一人。我的心平静下来。我的周身都是我的物件：我胸前放满丝绸和刺绣，我的镜子和发带，我的被褥和衣物。每年此时的院落清冷荒芜。我没听见烟花爆竹声，也没听见锣鼓声或庆贺欢呼声。我也没有见仆从抬来送我至夫婿家的花轿。悲伤的念头仿若纠结的藤蔓开始缠绕并将我攫住。悲痛欲绝的我意识到，我不是要去吴家。我的家人是在遵从习俗，未嫁的女儿须得抬到院外，不能死在屋里。

"娘，爹。"我叫唤道，但我的声音太弱，没法让他们听见。我试图挪动，我的四肢突然变得既重又轻，但就是无法转动。我把手握成拳头，感觉那朵牡丹碎成了灰。

这是腊月寒冬，但我熬过了一天一夜。粉色朝霞照耀天际时，我感觉自己像一颗沉入浪里的珍珠，我的心就像碎裂的玉石。我的深思渐渐弥散，消融的香味，游走的云朵。我失了力气，变得像轻纱般单薄。当我咽下最后一口气，我忆起最后留下的诗句：

梦难醒，魂魄流连月下花间……

接着，我瞬间飞了起来，穿越天际几千里。

二、飘游

离　魂

清康熙三年十二月七日七时，我遽离人间，离我出嫁之日仅差五天。在死时最初的那些个瞬间，过去几周几日发生的许多事都清晰地呈现在我面前。显然我并没意识到自己濒临死亡，但我娘在多日未见我后第一次踏入我房间时，就明白这点了。当我前往怡春轩用早膳时，我的堂妹、姊姊，还有那些小妾见我绝食，都试图让我吃些。在我最后的时日里，我沉迷于写作，正如丽娘沉迷于绘制她的自画像。我一直认为我的诗作源于爱，但内心深处我想我知道自己即将死去。毕竟，肉体所感知的与心灵选择去相信的是两回事。爹来我房里送来那朵牡丹是因为我即将死去，是否合乎礼教已经不重要了。得知将嫁给心爱的诗人，我欣喜十分，但为时已晚，我大限将近，身子痊愈不了了。

我房内的帐幔被取下，并不是准备拿去我的新家，而是因为它们酷似渔网，我的家人不希望我来世投胎成为一条鱼。爹和我说起我的两位叔叔是因为他想我往生后带信给他们。"有一日，你可能会遇见他们。"他说。他的话语再直接不过了，但我并没有领会。家人在我周身放置芋头。新娘通常携带芋头去她的新家，但这也经常献给死者，确保未来子嗣繁荣。按照习俗，未嫁姑娘"一息尚存"时要被抬到屋外，但谁人能预估到这些？至少死时我不是一个婴孩，否则我很可能被狗吃掉，或是被埋在浅坟里很快就被遗忘了。

孩提时，我们从爹娘那些说教性的民间传说，还有我们祭奠祖先时的各种传统中获悉关于死后那个世界发生的事情。当然，我对于死的认知大部分来自《牡丹亭》。尽管如此，生者仍然不可能知道所有的事，所以我经常深感困惑、迷茫，在开始往生之旅时我还是不确定。

我听说死亡是黑暗的，但我所经历的并非如此。脱离尘世、进入冥界花了我四十九天时间。每个灵魂有三个部分，且每个部分死后都要找到它对应的居所。一部分会随着我的肉身被埋葬，另一部分飘往阴间，而最后一部分仍留在尘世，等待着被放进我在家族宗祠的神主牌位中。当我灵魂的三部分开始各自的旅程，每一部分同时都能全然感知到另外两个部分，分裂过程中我也经历着恐惧、悲伤和疑惑。

怎么会这样呢？

即便当我飞越至空中，我也能感知到当我的尸身被发现时院落里一片哭号。当我看到亲人和从小服侍我的仆从们悲恸地跺着脚，我也被巨大的悲伤所笼罩。他们披散头发，脱下珠宝饰物，披上白色的麻衣。一名仆人调整了我房门的筛子和镜子。我以为它们被放置在那里是用来在我嫁入吴家时保护我的，但事实上它们是为我的死而预备的。现在，筛子会筛来好运，而镜子则会让我们家逢凶化吉。

我最先关心的是附在我肉体上的那部分灵魂。我娘和我的婶婶们给我的尸身脱去衣服，我发现自己原来瘦弱憔悴得吓人。她们为我多次清洗，然后给我穿上一层层寿衣。她们给我穿的内衣有衬里，为了冬日里能保暖，接着她们将我的四肢放入本是我嫁妆的丝袍和锦衣中。她们极其细心，确保衣衫周边没有夹杂毛发，以免我转世投胎为牲畜。在最外层，我穿了一件带衬里的丝袄，袖子上精工绣制了纹样繁复、色彩鲜丽的翠鸟羽毛图案。我感到茫然——正如所有刚离开其肉身的魂灵那样——但我真希望她们会把我的嫁衣拿出来当作寿衣。我是个新娘子，我想穿着嫁衣进入阴间。

为了护卫我的肉身，娘在我口中放了一片薄薄的翡翠。二婶往我的衣服口袋里塞了些钱币和大米，黄泉路上它们能帮我平息狂犬侵袭。三婶将一条轻薄的白绸覆在我脸上。四婶将彩色线绳系在我的腰间，以防我带走家中的孩子。她也将线绳缠绕在我的双脚上，以防我在黄泉路上被邪灵折磨而身体乱跳。

仆人们在陈家大门右边悬挂了十六条白色纸幡，为了让邻舍知道姑娘家死时年方十六。我的叔叔们在城内往返奔波，在当地神明的神龛前，他们点蜡烛、烧冥币，贿赂神明保佑我的魂灵在奔赴幽冥世界、穿越层层关卡时一切顺利。爹雇了几位僧人——不是很多，只是一些，因为我是女儿家——逢七为我诵经。活着的时候，人们无法按照自己的意愿四处走动，死了亦是如此。我们全家现在的任务就是把我捆好，免得我随意游荡。

我死后第三日，我的尸体被放入棺木，随身放置的还有尘土、铜钱和石灰。棺木未封，被置于院落外的一个角落，等着道士占算日子和地点才将我埋葬。我的婶婶们将糕点送到我手中，我的叔叔们在我身子两旁放下筷子。他们拿来衣服、裹足布、钱币和食物——全部都是纸做的——接着将它们烧毁，让我在阴间能使用。但作为一个女儿家，没多久我就发现他们送的东西是不够的。

二七刚过，我灵魂中前往阴间的部分来到了奈何桥，在那里鬼差们毫不留情地执行它们的职责。我排在队伍中，前面有个姓李的男鬼，我们看着排在前面的魂魄接受审判，继而前往下一层。七天来，李因着所见所闻而打战发抖，比我还要害怕。轮到他时，他坐上了秤盘，因其此生所犯下的罪过而往下跌了好几米。看着这些，我惊恐万分。他立刻受到惩罚，被一下撕成碎片，碾成粉末。接着他被复合成形，受到训诫后继续前行。

"这只是你将遭受的刑罚中的一例，李大人。"一个鬼差无情地宣布，"别哭求宽大处理了，现在为时已晚。下一个！"

我吓得四肢僵硬。恶鬼们围绕着我，面目狰狞，号声尖厉，将我赶上那个秤盘。我的分量和空气差不多——这是大善的迹象——我命不长，自然恶行较少，故得以继续我的旅程。

我在奈何桥边排队的整个过程里，友邻向我爹娘表示他们对我的哀悼。谈大人给我爹送来了供我在阴间使用的冥币。谈夫人捎来了蜡烛和香，还有更多各类可供烧奠的纸物。谈则检查供品，测度它们的分量，对我的几位堂妹说了几句空洞的节哀之类的话语。但她才九岁，她对死亡又能知道些什么呢？

在三七中，我穿越了恶犬村，在那里善魂受到狗儿摆尾舔舌的恭维，而恶魂则被它们强劲的下颌和尖利的犬牙撕扯成碎片，直至血流成河。同样地，我此生没做过什么恶事，但还是有几条恶犬盯着我，所幸姊姊们在我棺木里放置的糕点制止了它们，叔叔们给我的筷棒也能帮我打散这些不受控的畜生。第四周，我来到了孽镜台，在那里可以照镜子看出我下辈子会投胎转变成什么。如果生前行恶，我可能会看到在草地上爬行的蛇，在泥地打滚的猪，或是啃食尸体的老鼠。如果生前行善，我可能会瞥见比此生更好的新生活。但当我在镜子前照看时，里头的形象昏暗不清，且没有具体形状。

我灵魂的最后那部分一直在游荡，在地上徘徊，直至我的神主牌位被点定，我才得以安息。我对吴人的思念从未离开我。我责怪自己固执地绝食，为我们无法成婚而悲伤，但我从没因为我们不能结合而绝望。事实上，我比先前更坚信我们爱的力量之坚深。我期待吴人来时经过我家房屋，在我棺木上哭泣，问我爹娘要一双我近日穿过的绣鞋。他会将这些带回家，点上三炷香。在每个角落，他会呼唤我的名字，邀请我呼应。一旦他回家，他会将我的绣鞋和香炷一并安置在座椅上。如果他持续两年为我烧香，并每日思念我，我便真有了他妻子的名分。但他没有做这些。

既然死人也可以有配偶，我开始梦想自己的冥婚。这并不像求鞋仪式那样简单或浪漫，但我不在乎，只要能让我和吴人成婚。我们冥婚典礼后——随着载着我魂灵的神主牌位——我就可以永远离开陈家入住我夫婿的宗族，那里便是我的归所了。

当我得知这也没发生后，我灵魂的第三部分决定亲自拜访吴人。我的整个一生都是为了去那里找他。即便我死了，我还是要去找他，此外别无所求。如今我自由了，不再受家人和陈家大院的管束。我可以去任何地方，但我并不认识这座城，也不知如何找到去他家的路，而且我发现踩着我的三寸金莲让我步履艰难。若没有微风摇摆，我都走不出十步。尽管痛苦并困惑着，我也一定要找到吴人。

和我的想象相比，外面的世界美丽得多，也丑陋得多。鲜丽多彩的水果摊夹在猪肉铺和铁器铺之间。满身疮痍、四肢残缺的乞丐正在向行人讨要食物和铜钱。我看见女人们——她们出自名门！——目中无人地行走在街上，她们一路巧笑，前往馆子和茶楼。

我迷失其中，好奇而兴奋。世界在不停地移动，街上车水马龙，笨重的水牛拖拉着载盐货车，屋舍毗接，旗幡飘扬，还有摩肩接踵、熙来攘往的人群，沿街小贩扯着嗓门叫卖鲜鱼啊针线啊篮子等货物。建筑工地上的敲打声和叫嚷声都要把我的耳朵震聋了。男人们为政治、金价和赌债而争吵。我捂上耳朵，但那些粗粝磨人的声响穿过手指缝依然在我耳畔嗡嗡作响。我试图离开街头，但我是个游魂，无法转过街角。

我回到了我的家，尝试了一条不同的街道。我来到一处商铺区域，那里售卖扇子、丝绸、纸伞、剪子、雕花皂石、念珠和茶叶。店家的招牌和装饰物挡住了阳光。我继续前行，穿过寺庙、棉布作坊和铸币局，那里造币机的噪音冲撞着我的耳膜，吵得我直掉眼泪。杭城的街道铺满碎石，我的三寸金莲磨肿、溃破，直到灵魂里的血渗出我那丝制绣鞋。人说鬼没有痛感，但这不是真的。否则为何会有阴间的狗将恶者的四肢撕裂，或是恶鬼在来世一次次吞食歹徒的心脏？

沿着另一条尽头空空的笔直道路，我回到了陈家。再次出发时我换了一个新方向，顺着外墙我一直来到波面如镜的西湖边。我见到了堤岸，微波粼粼的湖水和如翠的青山。我听见鸽哨求雨，喜鹊拌嘴。我瞥见了孤山，想起吴人曾给我指出他家在吴山的位置，但我找不到从这儿去那里的路径。我坐在山石上，寿衣里的裙子在湖岸边悬垂下来，但我如今已化成魂灵，衣物不会浸湿或沾染上泥污。我不必再担忧浊履之类的问题。我不会留下影儿和足印。这让我感到自由，抑或失控般的孤独？两者皆是。

　　夕阳下山，落日余晖将天空染成深红，湖面也泛出深紫色。我的魂灵就像风中的芦苇一样发抖。夜色垂临杭城。我在湖边茕茕孑立，和一切我所认知的人事分离后，我沉入愈来愈深的绝望中。如果吴人不来我家参加任何葬礼祭奠，而我又因街角和噪音的阻挠而无法找到他家，那我该如何才能与他相逢呢？

　　湖边人家和店铺的灯火都熄灭了，人们差不多都就寝了，但堤岸边闪烁着动静。树丛和竹林里的精灵在呼吸发颤。中毒的狗儿爬向湖边，在死神夺命前渴慕喝上最后一口水。饿鬼——那些溺死的或抵御满清拒绝削发而被砍头的——将自己的魂魄拖入灌木丛中。我也看到和我相似的一群：那些刚死不久、因为灵魂三部分还没找到归宿而还在游荡的魂灵。我们再也没有驻满美梦的平安之夜了。

　　梦！我双脚跳了起来。吴人和我一样熟稔《牡丹亭》。杜丽娘和柳梦梅初次相会是在梦里。无疑，自我死后吴人必在他的梦里见着过我，只是我不知在哪里或如何才能见着他。如今我知道该去哪儿了，但我须得找到正确的路径才能抵达。我几次试着绕过院落墙角，每次都把弯转得更大，最后终于绕了过去。我沿着湖岸匍匐，踩着山石，不顾船桨荡来的漩涡，推开拦路的岩蔷薇和荆棘，最后来到赏月亭。借着山头最末一缕余晖，我见到吴人，他在那里等我。

"我在这里，一直盼着见你。"他说。

"吴人。"

当他靠近我，我没有羞涩地闪避。他抱着我许久，一言不发，然后才问道："你怎就这样弃我而去？"他痛不欲生道："我们曾是如此欢欣，难道你决定不再关爱我了吗？"

"我都不知你何许人，又怎知你就是我未来夫婿？"

"起初我也不知就是你。"他答，"我知道未婚妻是陈大人的女儿，而且她的名字叫牡丹。我不想要一场包办婚姻，但就像你一样，我已认命。当我们相遇时，我想你可能是陈家其他几房中的姑娘，或是府上女客中的一位。我的心意后来改变了，我想，就让我拥有这三个夜晚也好，相信这已无限接近我所期盼的婚姻了。"

"我也是这么想的。"我心充满悔意，补充道，"若是我说了自己的名字该多好！"

"我也没有说自己的名字。"他后悔道，"但你收到那朵牡丹了吗？我把它给你父亲了，那时你就该知道是我了。"

"他给我时太晚了，我已救不了了。"

他长叹一口气。"牡丹。"

"但我仍然不明白你怎知就是我。"

"我是直到你爹宣布我俩婚事时才明了的。对我而言，我都不知道要娶的那位姑娘的面容和声音。但当你爹那晚说出你的名字时，我听来却是一种全新的感受。当他说到你因为和我娘同名而必须改名时，我隐隐感到——或者说明白——他说的就是你！你长得并不像我娘，但你俩都具有敏锐的感知。我期盼着他指向我宣布婚事时你能看见我。"

"我闭上了眼睛。自从见了你，我就不敢看未来夫婿长什么样。"

我想起那日我睁开双眼看到谈则的嘴巴撅成"噢"的样子。她看到了那人是谁。戏曲开演第一晚，她跟我说过她喜欢这个诗人。难怪那晚我们回女眷闺房的路上她甚是气恼。

吴人轻抚我的双颊，他的动作愈发亲昵，但我试图弄明白到底发生了什么。

"所以你凭直觉就确定未婚妻是我了？"我坚持问下去。

他微微一笑。我想，若我们有幸成婚，当我任性固执时，他的反应大概就是这样。

"很简单。"他说，"宣布婚讯后，你爹解散了女眷。当男宾们起身后，我迅即离开他们，快速穿过花园，直到看见你们一行人。你在最前面，其他女眷的态度已视你为新娘了。"他弯腰在我耳边窃语道，"我感到我们如此幸运，因为洞房花烛夜时我们彼此不是陌生人。我感到高兴——因你的容貌，你的金莲，还有你的仪态。"他直起身继而说道，"那晚之后，我梦想着我们未来的生活。我们将在甜言蜜语中生活。我给你送去一本《牡丹亭》，你收到了吗？"

我怎能告诉他我的死就是因为沉迷于这册书呢？

错！错！错！如许多的误解和错误，最终带来了如许悲剧。那一刻我感悟到世上最残忍的词语是"如果"。如果第一晚我没有离开戏台边，我会毫无意外地步入婚姻，和吴人相会于洞房花烛夜。如果爹指向吴人时我没有合上双眼……如果爹第二天清早就给了我那朵牡丹，哪怕是在我死前的一个月，甚至一周。造化为何如此无情地捉弄人？

"我们无法改变业已发生的事，但或许我们的未来还有希望。"吴人说道，"柳梦梅和杜丽娘就找到了法子，不是吗？"

我还没完全弄清楚这里发生的一切，或是接下来我该如何做，但我应声道："我不会离开你的。我要永远和你在一起。"

吴人抱紧了我，我将脸埋入他的怀中。这就是我想待的地方，但他推开了我，手指向初升的太阳。

"我得走了。"他说。

"但我还有好多事要和你说。别离开我。"我哀求道。

他笑了:"我听到仆人走近厅堂,他给我送来了茶水。"

接着,就像开戏第一晚他和我说的那样,他让我再和他碰面。说完,他就走了。

我在原地待了一整天,直到深夜,直等他再到梦里来和我相会,其间我想了很多。我想做一个多情的鬼魂。《牡丹亭》中,杜丽娘在她梦里初会柳梦梅并和他一番云雨,接着她就成了鬼魂。当她复生为人时,她还守着处女身,不愿婚前失了贞洁。但那可能在真实生活中发生吗?除了《牡丹亭》,几乎其他所有鬼故事中的女鬼都将她的爱人毁灭、肢解、杀害了。我想起娘和我说的一则故事,女鬼克制自己不亲近那位秀才时说过一番话:"坟里的朽骨不能和活人相配。人鬼幽媾会减损你的性命。我不愿伤害你。"我也不愿冒险以这样的方式伤害吴人。像丽娘一样,我注定是他的妻子,即便死了——尤其死后——我不能让我的夫婿觉得我做了配不上淑女身份的事。正如丽娘所言:"鬼可虚情,人须实礼。"

当晚,吴人再次来到赏月亭,我们谈论诗歌和花卉,交流美与情的含义,说到那些茶楼女子或长久或短暂的爱恋。他破晓离开时,我感到忧伤。我一直和他在一起,我想伸入他的衣衫轻触他的肌肤。我想在他耳畔吐露我的心声。我想看清并碰触他裤内所藏之物,就如我想他掀起我层层寿衣,直至发现那个充满欲念的隐秘之地,即便死了,也渴望他的触碰。

接下来那晚,他带来了笔墨纸砚。他牵起我的手,我们一起研墨,在湖畔散步,他让我双手掬起湖水用来调和墨汁。

"告诉我,"他说,"告诉我该写下的话。"

我想起几周来的经历,随即吟了一首诗。

夜夜眠不得，翩飞入霄汉。露翠峦波影，云里会萧郎。

当最后几个字从我唇间吐出时，他搁下笔，脱去我那件袖上绣有翠鸟纹样的丝袄。

他写下另一首诗作，书法华美，每一笔都像是温柔的爱抚。他说这是受"女神感召"，而这指的就是我。

别后总是黯销魂，惟有梦里觅芳踪。纵使巫山云头见，梦觉孤枕泪潸然。

我们一起创作了十八首诗作。我吟一句他接下句，常引自我们深爱的《牡丹亭》里的字句。"今夜啊，把身子儿带，情儿迈，意儿挨……"我引了杜丽娘秘密走婚后吟的句子。每字每句都透露着亲密，将我们拉得更近。随着我那层层寿衣被掀落在地上，我们的诗也愈发简短。我忘记了先前的顾虑。一切都化为如下字词：一晌贪欢、被翻红浪、云雨汹涌……

破晓时分，他挣脱了我，就此离去。丽日朗照，我和衣躺卧在地。通常死人无法感知冷热。与此相比，我们能感受到某些与之联系更深的情感。我身不由己地发颤，但没有再穿上衣衫。我从白天守到黑夜，等候吴人再来，但他没有。接着，我只知道某种强大的力量将我拖离赏月亭。我只穿着我的内衣和一件绣着对鸟舞于花间的袍衫。

到了五七时，我灵魂的三部分开始彻底分离。一部分永远安存在我的尸身中，游荡的那部分开始飘往神主牌位，而我的阴魂已抵达望乡台。在这里，死人都很悲伤，满心期盼能最后再看一眼他们在阳界的家和家人。我从这里远眺，沿着西湖边搜寻到我的家门口。起初，我看到的都是些细琐之事：奴婢们为我娘清理便盆，小妾们为一盘狮子头争吵不休，邵妈女儿将她的刺绣纹样夹在我的那册《牡丹亭》副本中。但我也见到了爹娘伤心欲绝，悔恨不已。我的确因为情深而亡。过重的情冲击着我，侵蚀我的体力，搅晕我的思想，我因不堪重负而离开了这个世界。我看见娘在下面痛哭，我意识到她是对的。我本该远离《牡丹亭》。它给我带来太多的激情、绝望和希望，而今我在这里，不得不忍受和家人及夫婿的分离。

身为家中长子，爹主持了所有的仪式。他现在最紧要的职责是看着我安心落葬和神主牌位被点主。我的家人和仆从准备了更多供祭奠的纸物——所有他们认为我在阴间所需的东西。他们折叠粘糊了衣服、食物、房间，还有供我消遣的书籍。他们没有准备轿子，因为即便我死了，娘也不希望我踏出家门。我的葬礼前夜，这些纸物被挪至街上焚烧。从望乡台这里，我看到邵妈拿着根小棍子在敲打火苗和烧剩的纸灰，为了驱赶那些想来抢夺我东西的鬼魂。我爹本该找位叔叔来做此事，这是男人分内的事，他还应该让我娘在火的周围撒些米粒吸引饿鬼们的注意力，因为邵妈没能吓走那些孤魂野鬼，而给我烧的东西几乎都被它们抢光了。

当我的棺木运至风火门时，我见到了吴人。二叔在棺木内我脑袋的上方打碎一只有小孔的茶杯——我在阳间的肉身只能饮此水以解渴——对此我已满足。院落四周响起了爆竹声，为驱散我身边的各种邪灵。我被放进一台轿子中，不是婚嫁时用的大红花轿，而是丧葬用的绿色轿子。仪式开始了。我的叔叔们边走边掷冥币，保证我获得进入阴间的通行权。吴人的脑袋低垂，走在我爹和谈大人中间。他们后面是几架抬着我娘、我婶婶和堂妹们的轿子。

到了墓地，我的棺木被埋入地下。风在杨木林中飒飒吹响，间或有鬼魅的歌声。我娘和我爹，还有我的婶婶、叔叔、堂妹们，每人都拾起一把尘土撒向我的棺木。随着泥土覆盖了漆木棺盖，我感到自己灵魂的那一部分永远离我而去了。

从望乡台这边，我观看并聆听着。他们没有为我举行冥婚典礼，也没有在坟边摆设宴席，好将我介绍给阴间新邻居，为我们将来更好的相处铺路。我娘因为伤心过度，身子虚弱得很，须得婶婶们搀着她回到轿子里。爹主持这个仪式，吴人和谈大人又一次站在他身旁。许久，众人不发一语。对于痛失独生爱女的父亲，人们能给出什么安慰呢？对于刚失去新娘的新郎，人们又能说什么呢？

最后，谈大人对我爹说话了："令媛不是唯一一位因这可怕情戏而亡的姑娘。"

这算什么安慰话？

"但她深爱这部戏。"吴人喃喃低语道。众男宾都盯着他，他接着补充道："我听说过令媛之事，陈大人，如果我有幸娶了她，我绝不会禁止她看《牡丹亭》的。"

此刻望见他，我内心的感受真是难以形容。就在不久之前，我们还依偎在彼此的怀中，情意绵绵地一起吟诵诗歌。他的悲痛是真切的，我再一次满怀悔恨，后悔当初任性愚蠢，最后把自己带到这个地方。

"但她死于相思病，和戏里那个可怜的姑娘一样！"谈大人脱口而出打断道。她似乎很不习惯别人反对他。

"确实，模仿艺术的人生总不尽如人意。"我爹承认道，"但吴人是对的。我的女儿没有文字和情感就不能生存。而您，大人，难道您就从未想过走入闺房体验真实深刻的情吗？"

谈大人未及回应，吴人便开口道："您的女儿不是没有话语和情感的，陈大人。整整三夜，她都来我的梦里寻我。"

不！我在望乡台上大喊。他知不知道说出这些意味着什么？

我爹和谈大人疑虑地看着他。

"我们真的相见了，"吴人说，"几夜前，我们在您家赏月亭相聚。当她头一回来看我时，她盘着待嫁的发饰。她穿的丝袄袖子上绣有翠羽纹样。"

"你对她的形容确凿无误，"我爹表示认同，又一脸惊疑道，"但你怎会认出她，如若你们从未见过彼此？"

吴人会不会泄漏我们的秘密？他会不会将我在爹眼里的印象全毁了？

"我的心认得她。"吴人回答道，"我们一起作诗：夜夜眠不得，翩飞入霄汉……当我醒来，我写下十八首诗歌。"

"吴人，你再次证明自己是个多情才子，"爹说，"我何其有幸得你这样的女婿。"

吴人探入袖中取出几叠纸。"我想您或许想读读这些文字。"

吴人真是好，但他犯下一个可怕的，甚至不可挽回的错误。活着时我们被告知，如果有个死人出现在某人的梦里，而那人还告诉了其他人此事——或者，更糟的是，如果他出示了死人所写的文字——那个魂灵就会被驱走。这就是为什么狐狸精、女鬼，甚至仙女总是恳求她们在阳间的爱人不可将她们的存在告诉世人。但人就是守不住秘密。当然，魂灵——无论是何形状——也不会真正消失。魂灵会去哪里呢？但去梦里和他相会的能力基本已是不可能了，我的心碎了。

在六七时，我本该跨过忘川河。到了七七，我本该进入十殿阎罗轮转王的府地，在那里我接受他对我命运的判决。但这些都没有发生，我一直在望乡台徘徊，我开始怀疑是不是哪里出错了。

我从没见爹和吴人提及冥婚之事。爹太忙了，正准备上京去紫禁城接任新官职。我应该为此感到难过——他怎能允许自己服从清帝呢？——我确实难过。我应该为爹的灵魂担忧——他放弃操守以换取俸禄——我着实担忧。但我更忧虑爹会诱骗另一个丈夫取代吴人接受我为鬼妻。对爹而言这很容易，他只须在家门口的路边掷些钱，等某个路人捡起后告诉他这些是陈家的妆奁，那人就接受我为妻子了。但这也没有发生。

娘说她不会随爹上京，她拒绝改变立场，永不离开陈家大院。对此我稍感安慰。对于娘而言，我隐入闺房前大家在怡春轩欢声笑语的日子已经一去不复返了，如今取而代之的只有血泪和哀伤。她在堆放我遗物的储存室一待就是好几个时辰，为了寻找我衣上留下的味道，抚摸我握过的画笔，目光停驻在我为自己刺绣的嫁妆上。我生前和娘对抗了很久，如今我想念她，整日地想。

我死后第四十九天，家人齐聚祠堂为我的神主牌位点主，继而做最后的告别。说书人和几位说唱艺人聚集在院子里。在神主牌位上点主的一般是显要人物——学者或文士——才有这份殊荣。这项仪式完成后，我灵魂的一部分就住进了神主牌位，在那里看顾全家人。点主让我成为家中被祭奠的先人，也让我在地上有个永恒的居所。我的家人会在我的神主牌位前献上供我在阴间食用的供品，他们献祭时祈求我的帮助，神主牌位也是他们安放我魂灵免受邪灵搅扰的地方。将来，当家里要开始一项新事业，给新生儿命名，或是考虑后辈婚事时，都会来到神主牌位前求告询问。我原本以为谈大人会来主持点主，因为他是我爹在杭城声望最高的朋友。但我爹选了一个对我而言更具意义的人：吴人。

和我上次落葬时相比，他如今更显憔悴了。他一头乱发，好像久未安寝了。他的眼里布满痛苦和悔恨。如今我已被拦阻在他梦外，他显出惘然若失的状貌。我灵魂中将要入驻神主牌位的那部分渐渐靠近他。我想让他知道我就在他的旁边，但无论他还是其他人似乎都没有意识到我的存在。我比一炷香还要轻飘。

我的神主牌位立在供桌上。上面刻有我的名字、生辰和死期。牌子边上放着一小碟鸡血和一支毛笔。吴人将笔蘸入鸡血，他提笔准备点主，犹豫了一下，接着扔掉了笔，呻吟着，奔出了祠堂。爹和几个仆从追着他到外面。他们让他坐在银杏树下，给他沏了茶来安慰他。接着爹发现我娘不见了。

我们都跟着他回到祠堂。娘躺在地上，紧抓着我的神主牌位哭泣。爹无助地望着她。邵妈蹲下身子靠近娘，试图从她手里拿走神主牌位，但她就是紧抓不放。

"夫君，让我留着这个。"娘哭求。

"它需要点主。"爹说。

"她是我闺女，让我来吧，"她乞求道，"求您了。"

但娘不是什么显要人士！她不是诗人或作家。就在我困惑不解之时，爹娘交换了一下眼神，充满了对彼此的深深理解。

"当然，"爹说，"那最好了。"

接着邵妈抱着我娘将她引了出去。爹解散了说唱艺人。家中其他人和仆从们也分散了。吴人回了家。

那夜我娘哭了一整晚。她拒绝交出神主牌位，尽管邵妈一直在哄她。为何我之前从没见到她有那么爱我呢？这就是爹同意让她来为我点主的原因吗？但那不合规矩，要点也是由爹来点。

次日早上，他去到娘的房间。邵妈开门时，他看见娘藏在被褥下哀哭。看在眼里，他心如针扎。

"告诉她我要上京去了。"他对着邵妈轻声道，不情愿地转身离去。

我跟着他来到前门，在那里他坐入将载他上京的轿子。当轿子从我的视线中消失后，我回到了娘的房间。邵妈跪在娘的床头，等候着。

"我女儿去了。"娘呜咽着。

邵妈哼哼了几声，以表同情，她将了将娘湿漉漉的脸颊上几根已被浸湿的发丝。

"夫人，把神主牌位给我。让我把它交给老爷，他得主礼了。"

她在想什么？我爹已经走了。

娘还不知道这些，但她紧紧抱着神主牌位，拒绝放手，拒绝离开我。

"你知道规矩。"邵妈厉声道，她就知道怎么靠着传统教条来安慰我娘，"这是当爹的应尽的职责。好了，现在给我。"看见我娘犹豫不决，她又加了一句，"你知道我是对的。"

尽管不情愿，娘还是将神主牌位给了邵妈。邵妈离开房间，娘将她的脸埋入被褥又哭了起来。跟随着我那老乳妈，我无助地看着她走入厢房后的储藏室，将我的神主牌位塞入高高的架子上一坛腌萝卜的后面。

"这闺女死了也不让人省心，"她说道，嫌恶地清了清喉咙，"没人想见到这丑东西。"

没有点主我就无法进入神主牌位，而我本该安居其中的那部分灵魂，转而和我最后那部分灵魂结合而留在了望乡台。

望乡台

　　到了望乡台，我的行程就停止了，我就没有机会在阎王面前为自己的冤案申诉了。随着时日推进，我发现自己还像活着时那样有各种需要和渴求，死并没抑制我的情感，相反却令其更加强烈了。我们在尘世提及的七情——喜、怒、哀、惧、爱、恨、欲——都被我携至阴间。这些从先祖血液里传承下来的情感，在我看来，强于世间任何力量且更为持久：比生命更强韧，比死亡更恒远，比众神所能控制的力量更宏大，它们无始无终、生生不息地在我们周身漫溢。当我沉浸其中时，我为自己丢失的性命感到创巨痛深，再没什么情感比这更强烈了。

　　我想念陈家大院。我想念姜、绿茶、茉莉花和夏雨的味道。失去胃口好几个月后，我突然十分想吃糯米莲藕、板鸭、湖蟹和水晶虾。我想念夜莺的歌声，想念女眷们在闺阁内闲话家常，想念湖水拍岸的响声。我想念丝绸划过肌肤、暖风从窗户吹入我卧房的感觉。我想念纸墨的气味。我想念我的书籍，想念经由纸页走进另一个世界的能力。但我最想念的还是我的家人。

　　每天我的目光穿越湖岸栏杆望着他们。我见到我娘、婶婶们、堂妹们和小妾们回到她们的日常生活中。当我看到爹回家探亲，午后在渊雅厅会见那些身着飘逸长袍的年轻公子，傍晚和娘一起品茗，我是如此高兴。但我从没听到他们聊到我。娘并没提到她还未给我点主，因为她以为爹已经点了。而爹也没提及此事，因为他觉得娘已经点了。当然，爹也没有邀回吴人给我点主。因着神主牌位被藏了起来，我可能永远要停在这里了。我极度害怕，安慰自己：杜太守在杜丽娘死后也立即走马上任，忘了给她点主。丽娘和我之间有如此多的相似之处，相信我也一定会因真爱起死回生的。

我开始寻找吴人的家。经过无数次尝试，我的视野穿越西湖湖面，经由孤山直抵北岸，最终找到了路。我发现了演戏当晚灯火通明的那座寺庙，而吴人家的院落就在那里。

我被视为嫁给金童的玉女——因为我们两家从地位和财富来说可谓门当户对——但吴家只有一些院落、几座亭台和仅有的十二口人。吴人的兄长因为任职遥远的他省，已和妻女移居那里，所以吴家现在只有吴人和他娘，外加十余个仆从。这一切都毋庸置疑。我患上了相思病，只看见我想看的，即一座小而雅致的宅院。府邸大门被漆成了朱红色，绿瓦和院落四周的柳树相映成趣。吴人和我提过的那棵梅树立于庭院中央，但枝干上树叶稀疏。接着我看到了吴人，白日在他的书斋写作，和他守寡的娘一起用膳，夜里沿着暗黑的回廊在花园里游荡。我整日望着吴人，甚至忘了自己的家人，正因如此，邵妈登门拜访吴家时我都无甚准备。

我那老迈的奶娘由人带至厅堂，遵嘱在那里等候。接着一个仆从将吴人和他娘带入房间。吴母已守寡多年，穿着色调暗沉。她的发丝灰白交织，她的面容带着丧偶的悲痛。邵妈连连鞠躬，但因她是个仆从，他们并没有回礼，吴母也没为她上茶。

"小姐去世前，"邵妈说，"她给我一些东西托我带到贵府。第一样是……"她揭开丝帕四角露出一只篮子，里面同样是丝绸裹的一个小包。邵妈低头，将手掌中的那一捆东西呈上。"这是小姐为您绣制的，为表她对您的孝敬。"

吴母接过包裹，缓缓打开。她拿出我为她缝制的其中一只绣鞋，用婆婆精细的眼光打量着。我在深蓝背景上绣制的红牡丹鲜艳夺目。吴母转向她的儿子，说道："你的妻子在针黹上很见功夫。"

如果我还活着，她会对我这样说吗？她是否会像人们通常所想的严厉婆婆那样批评我呢？

邵妈又从篮子里取出我的那册《牡丹亭》。

死后的真相在于：有时你忘记了自己曾以为非常重要的事。我曾让邵妈在我出嫁后三天将这册书带来我的新家，她没立即照做自有她的理由，但我也忘了她的承诺和我的书写计划。即使我看到她女儿将绣样藏入书册夹页，我也没有想起。

待邵妈解释了我熬夜读写，娘将书烧毁，我将这册书藏于被中等来龙去脉之后，吴人将书册接过打了开来。

"我儿子看过这部戏，然后他搜遍全城找到这个特别的版本。"吴母解释道，"我觉得最好由我媳妇送给牡丹。但是这只是上册，下册去哪里了？"

"就像我刚说的，被小姐的娘烧了。"邵妈重复道。

吴母叹了一口气，抿了抿嘴，表示反对。

吴人翻着书页，在某几处时而停下。

"您瞧见了吗？"他问道，指向被我泪渍弄模糊的章节。"她的美在纸页间闪耀。"他开始阅读。过了一会儿他抬眼道："我在字里行间都能看见她的面庞。这些墨迹看上去生动鲜活。娘，您可以在纸页上感受到她手的温度。"

吴母怜惜地看着她的儿子。

我感觉吴人一定会读出我对这部戏的解读，继而知道他该怎么做。邵妈能帮助他，如果她让他为我点主。

但邵妈丝毫没提我神主牌位还未点主之事，而吴人看上去也不像怀抱希望或颇受启发的样子。相反，他只是显得愈发悲伤。我深感伤痛，就像心被击碎了一样。

"谢谢你，我们很感激。"吴母对邵妈说道，"经由你家小姐的字迹，我儿子找到了他的妻子。她以这样的方式继续活在我们中间。"

吴人合上书，突然站了起来。他给了邵妈一些银子，后者把银子装入衣袋。接着，他一语不发，夹着我的书阔步离开了房间。

那晚，我看见他在书房渐陷于忧郁中，愈来愈深。他唤来仆从，要来了酒。他读着我的字句，轻轻抚触着书页。他抬头，呷酒，任由眼泪淌下双颊。我被他的反应搅得烦忧——这根本就不是我所希望的——我望向吴母，发现她正在自己的卧房中。我们有一样的名字，而且我们都深爱着吴人。我得相信为了减轻儿子的忧心她会愿意付出一切。在这方面我们确实是"一样的"。

等到府里静下，吴母踩着莲步沿回廊而行。她悄悄打开书房的门。吴人的头靠在书桌上，他已经睡着了。吴母拿起那册《牡丹亭》和空空的酒瓶，吹熄蜡烛离开了房间。回到她的卧房，她将我的那册书塞入两件色泽鲜丽的丝绸衣衫之间，多年守寡的她再也不会穿这样的衣衫了，接着她关上了抽屉。

数月过去。因为无法离开望乡台，我看见每个穿越七层阴府巡游到此的魂灵。我看见穿着层层寿衣、守着贞洁的寡妇和她们早死的丈夫欢欣团聚，知道她们多年来被珍爱、被尊重就是为了等待来此重逢。但我没有看到难产而死的母亲们，她们直接去了血湖，在那里女人因生育失败的污点遭受着无尽的地狱之苦。但对其他路经此地的人来说，望乡台给刚死的亡魂和下面的人最后一次告别的机会，同时也提醒他们自己现在作为先人的职责。从现在起，他们来到这里俯瞰尘世，评估后人的作为，给予嘉奖或惩罚。我见到了发怒的先人折磨、玩弄、羞辱生者；我也看到其他一些收了满满供品的先人，以家业兴旺和子嗣繁荣来奖赏家人。

但我见过的大多数新至亡魂，谁也不知道自己穿过所有七层阴府终将会停留在哪里。他们会被送去十殿中的某一处受审受罚吗？他们会等候上百年才获准回到尘世重新做人吗？他们会幸运地很快转世投胎，成为教养很好的男人，还是会不幸地变为一个女人、一条鱼或是一条蠕虫？或者观音菩萨会将他们带去千万里之外的西方天堂，在那里他们远离投胎转世之苦，永远住在那个拥有永恒的欢愉、飨宴和歌舞不断的极乐世界？

我生前听闻的另几位因相思成疾而亡的少女纷纷跑来见我：有商小玲，这个死在戏台上的女伶；俞二娘，她的死激发汤显祖本人作诗赞美她；金凤钿，除了她爹是位盐商，她的故事和我几乎一样；此外还有好几位。

我们同病相怜。生时，我们都知道这部戏书页中散发出来的可能致命的危险——阅读它，阅读任何内容都可能致命——但我们每个人都深陷于魔咒：年轻、貌美、极富才华地死去。在深思其他怀春少女的痛苦与欢愉中，我们被诱惑、被吸引。我们阅读《牡丹亭》，为其作诗，接着死去。即便时光流逝、肉体朽坏，我们认为自己的写作会超越这一切而存活，以此证明这出戏的强大。

那些怀春少女都想了解吴人，我告诉她们我相信两件事：第一，吴人和我是天造地设的一对；第二，情能让我们再次相聚。

那些姑娘同情地看着我，相互间小声嘀咕起来。

"我们都有梦中的爱人。"商小玲最后吐露心神，"但他们也只是——梦。"

"我相信我那读书人也是真的。"俞二娘承认，"哦，牡丹，我们都和你一样。我们都无法主宰自己的人生，被迫嫁给不认识的丈夫、嫁入不认识的人家。我们的爱情毫无指望，但我们极度渴望真爱。哪个姑娘不往梦里找寻她的公子呢？"

"和你们说说我的爱情。在我的梦里，我们曾在一座寺庙相遇。我非常爱他。"又一个女孩说道。

"我也觉得自己和丽娘很像。"盐商的女儿金凤钿接话道，"我期待自己死后我那位年轻的爱人会来找我，和我坠入爱河，然后带我回到人间。我们之间会有真爱，而不是义务或责任性的爱。"她叹了口气道，"但他只是一个梦，而我如今却在这里。"

我望着一张张美丽的面庞。她们哀伤的诉说让我明白每个人的故事几乎是一样的。

"但我确实遇见过吴人。"我说，"他用一枝牡丹轻触过我。"

她们看着我，露出难以置信的神情。

"姑娘家都是有梦的。"俞二娘重复道。

"但吴人是真实的。"我指向栏杆外下面的尘世，"瞧，那就是他。"

十来位姑娘——没一个超过十六岁的——顺着我手指的方向朝外看到吴人的家，看见他正在书房写作。

"那是个年轻人，但我们怎知他就是你遇见的那位呢？"

"我们怎知你究竟有没有遇见过他？"

在阴间，我们有时能够穿越回过往岁月，向别人再现我们昔日的经历。这也是地狱如此骇人的原因之一。人们会一次又一次重复他们曾经犯下的罪愆。不过现在我向那些怀春少女重现的是一些不同的回忆。我带她们重返御风亭、赏月亭，还有我成了魂魄时和吴人最后相会的地方。她们因这既美又真的故事感动得落泪，而在我们下面的阳界一场风暴即将席卷杭州。

"只有经由死亡，丽娘才得以证明她忠贞不死的爱。"我说道，姑娘们睁大了眼睛。"你们会看到，有一天吴人和我会成婚的。"

"那怎么可能呢？"戏子商小玲问道。

"怕似水中捞月，空里拈花？"我引用柳梦梅的话回问道，"这秀才并不知道他怎能使丽娘起死复生，但他做到了。吴人也能办到。"

那些姑娘是可爱而甜美的，但她们并不相信我所说的。

"你可能见过这个男人并和他说过话，但你的相思病和我们的却是一样的，"俞二娘说道，"我们都是自己把自己活活饿死的。"

"你唯一可以盼望的便是你爹娘将你的诗作刊印出来，"金凤钿试图提供帮助，"这样你可以稍稍再活得久些，我就是如此。"

"而我也是。"

其他人附应道，她们的家人也将她们的诗集付梓了。

"大多数家人并不给我们献祭供奉，"金凤钿吐露心声，"但因我们的诗集刊印，我们多少得到一些祭品维持这里的生活。我们也不知道这是怎么发生的，但确实如此。"

这实在不是什么好消息。我将自己的诗作藏在爹的书房里了，而吴人的母亲又将我那点评过的《牡丹亭》上册藏在了她的抽屉里。当我将这事告知姑娘们时，她们忧伤地摇了摇头。

"或许你应该和小青去说说这些事，"俞二娘建议道，"她比我们经验更丰富。或许能帮上你的忙。"

"我真想见见她。"我急切道，"我一定更感激她给的建议。下次你们过来请将她带来吧。"

但她们没将她带来。伟大的汤显祖也没过来，尽管那些怀春少女们说他就在附近。

因此，大多数时候，我就是孤魂一缕。

活着时，我听说过许多关于人死后另一世界的事。有些是对的，有些却是错的。大多数人把它叫做阴曹地府，但我更喜欢叫它身后世界，因为它并非真的在地下，尽管有些部分是这样。超越这些确切的地理概念，我像是在一个身后的世界——一种简单的延续。死亡并非终结了我们与家人的关系，而我们活着时的职位也并没发生改变。如果你在尘世是个农民，你在这里继续种地；如果你曾是地主、学者，或是文学界一员，你就每日在此阅读、作诗、品茗、焚香等。女人还得缠足，学会顺从，用心照料家人；男人还是主外，在阎王判官们的地府里穿梭。

我继续锻炼自己的能力，学习能做和不能做的各样事情。我能浮动、飘移、融化。这里没有邵妈和柳儿帮忙，我学会用家人烧给我的裹足布给自己缠足。我能听见很远之外的声音，但我讨厌噪音。我不能做大角度的转弯，当我望向栏杆外，我可以看见许多许多，但我的视野超不出杭州郊外。

当我在望乡台停留数月后，一位老妇人来到这里。她自我介绍说是我祖母，但她一点儿也不像我家祠堂墙上先祖画像里那样铁板着脸。

"真是的！他们为何把先祖像画成那样？"她咯咯笑，"我活着时从没这么严苛。"

祖母依然端庄美丽。镶有珍珠翡翠的头钗点缀着她的发髻。她的长袍用最轻薄的丝绸制成。她的三寸金莲甚至比我的还小。她脸上有细纹，但皮肤是光亮的。她的双手掩于古典的水袖中。她看上去优雅贤淑，但当她在我身旁坐下时，我大腿边能感觉到惊人的力道。

接下去几周，她经常来看我，但她从不带祖父来，而且总是回避关于他的问题。

"他在另一个地方，他很忙。"她可能会这么搪塞，或者："他正协助你爹斡旋京城事务，官场上的人都是狡猾之辈，你爹在这方面没经验。"抑或："他可能去看他的哪个小妾了……正在她的梦里。他有时喜欢去那里，因为在她们梦里这些小妾依然年轻貌美，还没变成老母鸡的样子。"

我喜欢听她形容那些小妾的刻薄话语，因为活着时我总听说她对她们友善慷慨。她曾是一名模范的正室，但在这里她爱冷嘲热讽逗

126

乐子。

"别再看那凡间男子了！"自初次来看我几个月后，有一天她对我厉声道。

"你怎知我在看谁？"

她用胳膊捅了捅我："我是你祖母啊！我全看出来了！好好想想，孩子。"

"但他是我的夫婿。"我战战兢兢地供出事实。

"你还没嫁给他。"她反驳道，"你该庆幸！"

"庆幸？吴人和我是天造地设的一对。"

祖母轻蔑地哼哼道："这年头真是可笑。你们注定在一起。你和其他姑娘家一样，你的婚事只不过是你爹安排的，没什么特别的。除非你忘了自己在这儿。"

"我不担心啊，"我说，"爹会为我操办冥婚的。"

"你该仔细思量下面你所见的。"

"你在考验我，我知道——"

"不，你爹有其他计划。"

"爹在京城我看不着他，但这又有何关系？即使他不给我操办冥婚，我也会等候吴人。这也是为何我会半路卡在这里，你不觉得是这样吗？"

她完全不在意我在说什么。

"你真以为这个男人会一直等你吗？"她的脸皱成一团，好似打开了一罐臭豆腐。她是我祖母——备受尊崇的长辈——所以我不能抵触她。"别再那么操心他了。"她说着，用水袖轻抚我的面庞，"你是个好孙女，我很感激你那些年一直给我供奉水果。"

"那你为什么不帮助我呢？"

"我并非事事都拂你意。"

这话听来有点费解，其实她说的话我时常听不太懂。

"现在，集中注意。"祖母命令道，"你得想想自己为什么被半路卡在这里。"

在这段时间，一些重要的日子来了又去。爹娘农历新年祭祖时忘了给我供奉，离我忌日刚过没几天。正月十三，他们本该在我坟上点一盏灯；春节期间，他们本该为我清理墓冢，燃放爆竹，为我烧些纸钱；十月一日冬至那天，他们本该给我烧些纸制的夹袄、棉帽、皮靴等让我保暖。整一年中，每月初一和十五，我的家人本该给我供奉些米饭、黄酒、肉和冥币的。这些都该放在我被点主的神主牌位前，供我在阴间享用。但因邵妈藏起我的牌子后从没取出来，也没人过问，我推断大约没人愿意看到我的神主牌位，我的存在总让他们不知所措。

接着，到了腊八节，年中最暗、冬日最冷的一天，我发现些事情，动摇了我先前的想法。就在我一周年忌日之前，爹回家省亲，娘准备特别的腊八粥，粥里搭配各样谷物、坚果和水果，以四种不同的糖调制而成。我的家人在祠堂聚集，将粥供奉给祖父和其他先祖们。我的神主牌位这一次还是没从那个储藏室里取出来，而我也没收到任何供物。我知道我并没被忘记，因为娘每晚都为我苦苦掉泪，我被大家刻意忽略，这实在更糟。

祖母当时一定在别的地方和祖父一起享用腊八粥，见着这一切就来找我了。她是个有话直说的人，但我不想听，也不能接受她所说的。

"你爹娘永远不会祭拜你的。"她解释道，"爹娘祭拜子女不符合常理。如果你是儿子，你爹可能要敲打你的棺木，怪罪你先他而走没尽孝道，但最终他还会宽厚处理，该送的供奉还会呈上的。但你是个女孩——而且去世时还未嫁，你家人永远不会给你供奉的。"

"因为我的神主牌位还没点主吗？"

祖母冷哼一声。"不是，因为你死时还未嫁。你爹娘是为你夫婿家将你养大的。你属于你夫家，不是陈家的人。即使你的神主牌位点主了，它也会被放在看不见的门后，放入抽屉，或是送去庙里。那些来此探望你的少女亡魂们也都是这遭遇。"

我先前从没听说过这些，一时差点相信祖母所说的了。但很快我便摇头，想将她的那些坏想法甩出脑后。

"你错了。"

"因为没人在你死前会和你说这些？咳，如果你爹娘将你的牌子放入家中供桌上，他们会怕被别的祖先惩罚的。"她抬起一只手，"不是我，而是这里有些固守传统的老顽固。没人希望在家人供桌上看到这件丑事。"

"爹娘是爱我的，"我坚持道，"若是娘不爱她闺女，就不会为了让她活下来而把她的书都烧毁了。"

"这是真的，"祖母同意，"她并不想这样做，但大夫希望这样能大大激怒你，让你发生转变。"

"而且，爹若不是视我为掌上明珠，他不会在我生日宴那天特意在家安排戏班上演《牡丹亭》。"

话从我嘴边刚说出，连我自己都觉得并非属实。

"演戏不是为了你，"祖母说道，"是为了谈大人。你爹是为自己上任在游说。"

"但谈大人并不喜欢那出戏。"

"所以他是个伪君子，官场上那些大人大多如此。"

她这是在暗示我爹也是伪善的吗？

"对朝廷效忠是个人忠诚的一种自然延伸，"祖母继续道，"我恐怕你爹——我的儿子——两样都不具备。"

她没有再说什么，但她脸上的表情让我回顾，也终于看清并且理解我活着时所忽视的一些事情。

我爹并非我向来以为的明室爱国忠臣，但对我而言这还是次要的。活着时，我就知道爹一直遗憾我是女儿家。尽管如此，在我内心深处我深信他是珍爱我的，但关于我的神主牌位的事实全都暗示，我这未嫁的女儿就是为另一户人家所养的，从而证明了其他一些事情。因为我在尘世的神主牌位无人关心，我的灵魂备受煎熬。我就像一片被撕扯的丝绸碎布。我像个孤儿那样被遗弃了，这证实了为何我至今仍半路卡在望乡台。

"我还会怎样呢？"我哭了起来。只过去了一年，我的长袍已经褪色，而我也日渐消瘦。

"你爹娘可以将你的神主牌位送进姑娘庙里去，但这不太体面，因为那些地方不仅收未嫁姑娘，也收小妾和风尘女子。"祖母从望乡台飘来，坐在我身边。"一场冥婚可以抹去陈家大院的这些尴尬。"

"我还可以嫁给吴人。我的神主牌位可以放上典礼。每个人都会看到我还没点主。"我满怀希望道，"所以就会有人来点主，那以后我的神主牌位就可以放上吴家祠堂的供桌。"

"但你爹并没安排此事。想一想，牡丹，你想一想吧。我一直让你好好看。你看见什么了？你现在看见什么了吗？"

这里的时间很奇怪：时而飞快，时而缓慢。如今是好几天后，另一群年轻公子来拜会我爹。

"爹有客人。他官职显要。"

"你没在听吗，孩子？"

公务是属于外面的事，我刻意没听爹和公子们的谈话，但这会儿我听见了。他在询问那些年轻人。很快我感到害怕，他想办一场冥婚，将我许配给吴人之外的人。

"你会尽忠孝于我们家吗？"他问完一个年轻人后又问另一个，

"你会每年春节清扫我们的坟冢，每天在祠堂献上供物吗？我需要孙子。你能为我们繁衍子嗣，在你离开后让他们照料我们吗？"

听闻这些，爹的意图已渐显明了。他打算领养其中一名年轻人。我爹不可能有儿子，这对任何男人而言是羞愧的，祭祖时更是不堪设想。领养一个儿子来尽孝道是很平常的事，而且爹负担得起，但我在他心里的位置被取代了！

"你爹为你做了很多事，"祖母说道，"我看到他有多关爱你——教你读写和发问。但你不是儿子，而他需要一个。"

多年来，爹对我花费心血，关爱备至，但我现在发现因我的女儿身份，他的爱毕竟是有限的。我放声痛哭，祖母将我搂入她的怀中。

因为难以接受这些，我向下张望吴人的家，希望他们家人能给我供上腊八粥。当然，他们没有。大雨如注，吴人站在檐下，将他家前门重新漆成朱红，象征着将临的新年会有重生。与此同时，在爹的书房里，一个小眼年轻男子正在签署领养契约。爹拍拍他的背："阿宝，我儿，我多年前就该这么做了。"

屠　城

　　都说死生相随，结束通常意味着新的开始，但于我显然并非如此。我发现这事时，转眼已过了七年。逢年过节——尤其是新年——对我而言特别难挨。我死时就是消瘦的样子，年复一年，因为没收到祭奠奉物，我变得愈发虚弱，如今透明飘忽得就像个幻影儿。我来此所穿的唯一袍衫早已磨损褪色得厉害。我已成了个可怜鬼，总在栏杆边徘徊，却无法离开望乡台。

　　新年时那些怀春少女们来探望过我，她们知道我有多悲惨。我喜欢有她们的陪伴，因为，不像在陈家大院，我们之间没有鸡毛蒜皮的竞争和嫉妒。这一回，她们终于把小青带来了。她真是典雅秀气，前额高高，眉目如画，云鬓上缀有饰物，朱唇柔软而弯曲。她穿一身古典风格的袍衫，精致、飘逸，绣着花朵。她的双脚如此纤小，以至于她优雅地飘来望乡台时显出娇柔失重的样子。她太美而成不了人妻，我能看出为什么那么多男人为她所吸引了。

　　"我将留下的诗集取名为《焚余草》。"小青说道，她的声音如风铃般悦耳，"但这其中有何特别之处？文人墨客形容我们是相思成疾，他们说我们女人是病态的一群，总是遭受失血、消瘦的折磨。结果，依他们总结，我们的命运就如我们所写的文字。他们不明白那些大火并非意外。经常是女人——我也将自己归入其中——因为怀疑自己的文字和技艺而决定焚毁她们的作品。这也是为何如许多作品集都有类似焚稿之类的标题。"

　　小青注视着我，等待我说些什么。另一位怀春少女也满怀期待地看着我，她们柔和的目光催促着我，想我有何高见。

"我们的诗文并非总是如春梦般消逝。"我说,"有些还存在尘世,那里的人常为之感动而哭泣。"

"他们会一万年都如此吗?"金凤钿追问道。

小青亲切地看着我们。"一万年?"她重复道,她的身子轻颤,四周空气也呼应着轻摆起来。"别那么肯定。他们已经开始淡忘我们了。当那些发生时……"她立定,长袍在她周身翻跹鼓起,她和我们每个人点头示意,接着飘摇而去。

那些少女们离开后,祖母来了,但这位老妇人又能给我什么安慰呢?"人世间哪有爱?"她说,"只有义务和责任。"提及她的夫婿,她的言辞中总是不离职责,没有爱,甚至没有情感。

我感到孤苦、悲凄,听着祖母无甚特别的絮叨,望着吴人家的迎新准备。他偿还了家中债务;他娘在洒扫庭除;仆人们正在准备过节的食物;还有挂在灶上的灶神画像,被烧了捎来这里告知家中诸般喜忧杂事,但其中没给我捎什么话。

不情不愿地,我又将目光转向自己家。爹从京城回来省亲,以尽孝道。宝儿,我那七年前被爹领养来的兄长已经成婚。令人失望的是,他的妻子连续几次怀上的儿子都流产了。兴许是殇儿的失意抑或是本性软弱,宝儿将大把时间都消磨在西湖畔的烟花女子身上。我爹似乎并不为此受扰,他和我娘除夕照样去祖坟邀请祖先回家过年。

爹穿上他的官服很是威严气派,胸前绣工精致的补服告知众人他的官阶显要,与我还在陈家府院时相比,他远比从前志得意满。

我娘望去则令人担忧,哀恸令她愈显苍老,她的鬓发间如今夹杂着好多银丝,双肩瘦削而单薄。

"你娘依然记挂着你。"祖母说道,"今年她决心打破旧规。她是非常勇敢的女人。"

我难以想象娘会做出任何有违三从四德的行径。

"你的离去让她成了无儿的孤母，"祖母继续道，"每当看见诗集或是嗅到牡丹的芳香，她的心里悲伤漫溢。这些事都让她想到你，成了她沉重的一个心结。"

我不想听到这些，这对我又有何益呢？祖母说话总不太估计到我的感情。

"我真希望你能瞧见你娘刚嫁入我们家时的样子，"祖母继续道，"那时她年方十七。她的才学教养都极好，女红更是无可挑剔。通常婆婆的天职似乎就是抱怨儿媳，但你娘并没给我行使这份天职的机会。我们家都是儿子，我很高兴有她的陪伴。我渐渐视她为良伴而非儿媳。你无法想象我们去过的地方和做过的事。"

"娘并不出门。"我提醒她。

"那些日子她出过门，"她反驳道，"明王朝气运将尽的那些年头，你娘和我都曾向苍天叩问如何奉行妇道，是依旧做她所擅长的传统女红，还是投身于冒险、探胜、抒写美丽心声？你娘，而非你爹，是第一个对闺塾女子诗歌感兴趣的人。你知道这些吗？"

我摇了摇头。

"她把收集、编纂、评注那些和我们一样的女子的诗文视作女人的职责，"祖母继续道，"我们行旅多地，找寻那些书籍，搜集她们的经历。"

这听来有点蹊跷。"你俩怎么去的？步行吗？"我问道，试图让她停下这些夸诞叙述。

"我们在自己的闺房内走动，也在府院的长廊里走。"她回答道，笑意浸入回忆中，"我们磨炼自己的三寸金莲，想使得它们不再那么疼痛，尽管免不了疼痛，但所见所为让我们兴奋，从而缓和了这种痛。我们发现以自己家室为荣的男人们出版刊印她们的文字以纪念家有天赐之福，他们构建家学，让自己的妻子和母亲荣膺佳誉。和你一样，你娘也饱读诗书，但她在写作上却非常谦逊。她不用纸和墨，而更喜欢将妆粉和水调和在树叶上书写。她不想留下关于自己的任何痕迹。"

俯察尘世，新年来临。爹娘在祠堂供桌上摆出盛满肉食蔬果的盘碟祭祖，我见着祖母的肉身开始增重。祭典之后，娘带了三个饭团去了我昔日的闺房，将它们放在窗台上，七年来第一次我吃到了食物。仅仅三个饭团，我就感到有了力气。

祖母看着我，会意地点点头。"我告诉过你，她仍然爱着你。"

"但为什么是现在？"

祖母没理会我的疑问，依然兴致勃勃地继续她先前的话题："你娘和我去了月圆之夜举办的诗会；我们去赏花，看茉莉和梅花绽放；我们去游山，在佛教圣地的石碑上采集拓片。我们租了画舫，沿着大运河游览西湖；我们遇见了用自己画作奉养家人的女画家们；我们和专业的女弓箭手一起用餐，还和其他名门千金们共同庆贺。我们弹琴、夜饮、赋诗，你娘和我玩得很畅快。"

我摇着头感到难以置信，祖母发现后说："你不是第一个不了解自己娘真正性格的姑娘。"她似乎为我的讶异感到高兴，但她的欢乐是短暂的。"和那些日子许多其他女子一样，我享受外面世界的欢悦，但我们对其一无所知。我们租借毛笔举办诗会。我们欢歌笑语，但没有意识到满清鞑子的军队正在南下逼近。"

"但爹和祖父知道即将发生什么。"我插嘴道。

祖母双臂紧抱胸前："看看你爹这会儿，你觉得呢？"

我犹豫了。我渐渐觉着爹是没有忠贞的人，既不忠于明室，也不忠于他的独生女儿。他对我的淡薄让我至今感到伤痛，但我抑制不住情感，总还在观察他。不，不是这样，是我内心深处固执地依然想见他。观看爹的动静就像触动某个痛处。我这会儿还是转过去看他了。

过去这些年，我的能力渐长，我现在可以看到杭州之外的事物了。

我爹新年差务中还包括去郊野视察他的领地。我不只是读过《牡丹亭》中《劝农》的场景，还在自己家的花园看过这出。如今我所见到的几乎一模一样。农夫、渔夫和缫丝工将他们事先准备的每个村里最好的菜肴端给他，杂耍艺人翻腾着，乐师们演奏着，乡下大脚姑娘们又唱又跳。爹表扬了他的佃农和佣工，命他们来年再产好米、好鱼和精美丝绸。

即便我对爹大失所望，我依然希望是自己搞错了，他的德行还是好的。毕竟，我活着时多年听闻我家土地和佃农的事，但我所见却是极其贫穷的景象。男人们因为劳作而被榨得瘦骨嶙峋，女人们整日忙于挑水、育子、持家、纺纱、缝衣、绣鞋、做饭，一生都在操劳。孩子们终年不长个儿，穿的都是哥哥姐姐穿剩下的衣服，很多孩子也跟着劳作：男孩下地，女孩用她们裸露的手指剥开浸在沸水中的蚕茧。对于这些人而言，生下来的唯一目的就是满足我爹和陈家其他的人。

我爹在古荡村村长的家门口停了下来。村长姓钱，事实上村里所有人都是这个姓。村长夫人和其他女人不一样。她缠了小脚，而她的姿态像是名门出身。她的言辞颇有教养，在我爹面前也不显卑屈。她的怀里抱着个婴孩。

我爹逗弄着婴儿的辫子说道："这孩子真俊俏。"

钱夫人欠了欠身，和爹隔开些距离。

"阿宜是个女娃儿——家中又一根没用的旁枝。"村长说道。

"四个女孩儿。"我爹遗憾道，"而这是第五个了，你运气不佳。"

我憎恶听到这些直白的话，但那比我所经历的更糟吗？我爹以笑颜和我聊起此事，但对于他而言，我也是家中没用的多余旁枝。

念及此，我感到特别沮丧，看了看祖母。

"不，"我说，"我不觉得他会关注自身事务之外的东西了。"

她悲哀地点了点头。"这点和你祖父是一样的。"

尽管祖母多年来一直关顾着我，我还是小心地避开一些敏感问题。一则是因为我害怕她阴晴不定的脾气，另外我不想显得不孝，更缘于我真有点害怕知道答案，但我对自己的疑窦已守了太长时间。我深吸一口气吐出了我的问题，担心自己无法承受她给出的真相，不管它们到底是怎样的。

"您为何从不带祖父来见我？是不是因为我是个女孩儿？"我问道，记得我打小他就不太关心我。

"他被打在某层地狱中。"她回答道，像往常一样唐突。

我将这视作怨妇惯有的荼毒。"那我的叔叔们呢？他们为何不来？"

"他们没有死在家中，"她说道，这次她的声音不那么尖锐，只有悲伤，"没有人去给他们清扫坟墓。他们像饿鬼一样在地上游荡。"

我的身体一缩。"饿鬼都是恐怖、可恶的家伙，"我说，"我们家怎会出这些人呢？"

"你终于要问这个问题了。"

她显然不耐烦了，我又退缩回来。她在世时也会这样将我视作一个不懂事的女孩，或是用芝麻糖或嫁妆中可爱的小玩意表达对我的宠爱吗？

"牡丹，"她继续道，"我爱你。我希望你明白这点。你活着时的祈祷我一直在听，我试着帮助你。但这七年来我一直在想，你只是一个思春少女，还是你内心有某些更深的东西。"

我咬了咬唇，转过身去。我不该逾越尊卑界限去发问的。我娘和我祖母或许是朋友，但似乎祖母也将我视作家族内一根无价值的旁枝吧。

"我很高兴你在望乡台，"她继续道，"多年来我经常来这里，望向栏杆那头我的儿子们。这七年来，我身边又有了你。他们就在那里某处。"她将那长长的水袖甩向我们下面的一片土地,"像饿鬼一般游荡。二十七年了,我一直没找到他们。"

"他们怎么了?"

"他们在扬州大屠杀中死了。"

"爹和我提过。"

"他没告诉你真相。"她眯起双眼,将两只长长的水袖交叉胸前。我等着她的回答。祖母说:"你不会喜欢这个故事的。"

我什么也没说,我们两人沉默了许久。

"你和我初次在此相认之日,"她开始道,"你说我不像我那幅画像上的样子。事实是,我和他们向你描述的样子截然不同。我无法容忍我丈夫的那些小妾。我恨她们,而且我并没有自杀。"

她瞥了我一眼,我尽量维持面无表情,显出一脸镇定的样子。

"你得明白,牡丹,明末这段时期说来既可怕又美好,世风日下,官场腐败,物欲横流,没人关注女人的地位,所以你娘和我外出做了那些事。正如我告诉你的,我们遇见其他的妻子和母亲:持着家产家业的,在闺塾任教的,编撰书籍的,甚至还有些才高气傲的风尘女子。动乱的时局让我们聚在一起,互相为伴。我们丢下了刺绣活和杂务。我们以美丽的诗文和绘画滋养心灵。我们用这样的方式穿越时空界限与其他女子分享苦乐悲欢。我们阅读、写作,活在自己的天地中,与父、夫、子对我们的期望截然不同。一些男人被这一切所吸引,就像你爹和你祖父。因此当你祖父赴扬州任新职时,我随他而去。我们住在一座宜人的宅邸中,没有杭州的府第那么大,但有足够的空间,还有不少院落。你娘经常来看望我们。哦,我们还一起冒险呢!

"有一回,你娘和你爹一起来,他们是四月二十日抵达的。我们一起度过美妙的四日,宴饮欢笑,我们中间没有人——即使是你爹或你祖父——想过外面的世界。接着,二十五日那天,满清鞑子的军队进

138

了城，五日内屠戮八万人。"

祖母在讲述，我恍若亲历了她的故事，就在她身边一样。我听到宝剑和长矛叮当作响，盾与盾、盔和盔相撞发出咔嗒咔嗒的声音，还有马蹄踩踏鹅卵石的撞击声，以及居民无处躲藏惊慌失措的尖叫声。我闻到房屋着火的烟味，接着我开始嗅到血的腥味。

"所有人都惊慌失措，"祖母回忆道，"许多人爬上屋顶，但砖瓦碎落，他们都摔死了。有些人躲入井中，但也被淹死了。还有些人想投降，但那是个严重的错误，他们同样被杀戮；男人被砍头，女人被奸杀。你祖父是扬州父母官，他本该尽力救助百姓，但是，他命家仆把他们的粗衣换下给我们，我们换上这些衣服，小妾们、我们的儿子、你爹娘、你祖父和我逃入外间一小屋躲藏起来。你祖父把银子珠宝给我们女人，让我们缝进衣服里，而他们男人则将金条塞入顶髻、鞋子和腰带中。第一晚，我们躲在黑暗中，只听见外面人被杀的声响，那些不幸的濒死者遭受了数小时的折磨，血流成河，哭喊声凄厉至极。"

"第二夜，当满清鞑子屠杀主院的仆从后，你祖父提醒我和他的小妾们要至死守住贞节，随时准备为夫婿和儿子牺牲性命。小妾们还在担心她们的衣衫、妆粉、珠宝首饰，但你娘和我无需听这些训诫，我们知道自己的命运，早做好了最坏的打算。"

祖母停顿片刻又继续道："满清士兵洗劫了府邸。知道他们迟早会发现我们藏身于外屋，你祖父命令我们爬上屋顶，已有多人因此而丧命，此法愚蠢至极，但我们只得遵从，在瓢泼大雨中过了一夜。破晓时分，士兵们发现我们都挤在屋顶上。我们拒绝下屋，他们便开始放火烧房子，我们很快爬回了地面。"

"我们双脚一落地，"祖母继续道，"他们本该立刻杀了我们，但他们没有。这一回我们该感谢那几个小妾。她们发丝凌乱，穿不惯那些粗布衣服，所以将它们揭开了。和我们所有人一样，她们被淋得湿透，雨水的分量将她们的衣衫拉下胸口，加上她们睫毛上楚楚可怜的泪珠，使得她们看来娇艳诱人，满清士兵为此决定先留我们活口。男人们被赶往附近的院子，清兵将我们几个女人的脖子用绳子捆绑起来，我们就好像一串鱼儿，接着他们把我们带到大街上。地上到处躺着婴儿，你娘和我使劲拖着小步，艰难地在被践踏的尸体中流出的血污和破烂腑脏中行走。我们在一条浮满死尸的运河边走过，经过清兵掳掠的丝绸锦缎堆成的小山，继而来到另一个宅院。走进去后，我们看到百来个光着身子、湿漉漉、粘着泥浆的女人，她们正哭喊着。我们看见男人们将女人从发颤的人堆里拖出来肆意蹂躏——光天化日之下，在众人眼皮底下，毫无廉耻可言。"

我听得心惊肉跳，当听到我娘、我祖母和那几个小妾被迫脱下衣服，任由雨点击打着她们全裸的身子时，我感到无比羞耻。我娘带头挤入人群中心较安全的地方，她脖子里的绳子也同时牵着祖母和那几个小妾，我仿佛就在娘边上身临其境地看着这一切，这种境地下的女人，简直不像是活在人世中。遍地是泥浆和粪便，我娘将它们涂抹在自己和家中女眷的脸和身上。每天她们几个都蜷在一起，不停地往中心挪移，因为外围的女人随时会被拖走、凌辱和杀害。

"清兵都醉得厉害，也忙得不得了。"祖母继续道，"如果可以自杀，我会做出这个选择，因为我被教导贞节重于一切。在城里其他地方，女人们有的自缢，有的割喉，还有一些将自己锁入闺阁后纵火烧了房子，这样，这一大家子女人——女婴、小女孩、母亲、祖母——全都葬身火海了，之后她们会被追尊为贞节烈妇。有些家人会争论，有谁会认可由满清鞑子颁布荣誉的贞节烈妇呢？我们受到的教育是为了保守贞节和正直，我们必须视死如归，但你娘不同意这点，她不准备去死，而要保证我们中每个人都不会被拖去凌辱。她带着我们在其他裸体女人堆里爬行，一直到达后方边缘，她又极力鼓励我们尝试从房屋后院逃跑。我们确实成功了，再次到了外面。街道被火把点亮，我们像过街老鼠一样从一条黑巷子逃窜到另一条，直到我们觉得安全了才停步，我们解开绳子，穿上死尸身上的衣服。逃亡路中，好几次我们倒在地上，将各种破碎的脏器覆满身子假装尸体。你娘坚持要大家回去找你爹和你祖父。'这是我们的责任。'她一直这么说，尽管我的勇气有所动摇，几个小妾更是哭哭啼啼，呜咽不止。"

祖母再次停顿下来。我稍稍松了口气，从所见所感所闻中出来后，我忍不住为我娘所做的一切淌下了眼泪。她曾如此勇敢，遭受了那么多苦难，而她守着这一切对我只字未提。

"第四天清早，"祖母继续道，"我们不可思议地寻到了一条通往姑娘家平日里朝外窥望的亭台的路，你娘觉得那儿还未被发现。这个地方是我们从前用来让女孩和女人偷窥外面的，可以看出去但不会被看见。你娘用双手堵住了我的嘴巴，免得我叫出声来，因为我们看到了老六和老七的尸身，他们被军刀砍成了片，又被拖到院落门前的街道上，在那里他们，和其他许多人一样，被肆意践踏得只剩下一片血肉模糊的尸骨。我的眼睛快被这惊悚景象灼伤了。"

这便是我那两位叔叔变成饿鬼的原因。没有尸体，他们没法被安葬。他们各自灵魂的三部分还在游荡，无法完成地界的旅程，也无法得到安息。眼泪从祖母双颊滴落，我感到自己也在流泪。在我们下面的尘世，一股可怕的风暴正席卷杭州。

"你娘无法坐着干等，"祖母回忆道，"她决定做些什么。即使什么也没有，她也要用她的双手去开出解困之道。她告诉我们扯开缝合的线口，将银子和珠宝取出来，我们照做，她伸出双手捧过这些闪闪发亮的物件。'待在这里，'她说，'我去找人来帮忙。'接着，我们都还没来得及阻拦她——因为害怕和悲伤，我们已经吓蒙了——她迈开步子走出了女眷外窥的亭台。"

满腹惊惧让我身感不适。

"一个小时后，你爹和你祖父向我们走来，"她说，"他们被人打了，而且看起来很害怕的样子。小妾们跌跪在你祖父脚前，哭天抢地，发出的声响唯恐不能引起别人注意似的。我从没爱过你的祖父，我们俩是父母之命安排下的婚姻。他尽他的义务，我尽我的。他在外忙事务把我自个儿留下，任我寻找自己的兴趣。但那一刻我除了蔑视，对他毫无感情，因为我看到他丑恶的一面——在如此可怖的境况下，他居然不无欣赏地面对这些漂亮女孩匍匐脚下如蛇般扭动的样子。"

"那爹呢？"

"他什么也没说，但他脸上有个神情是为娘的不愿看到的——撇下你娘的罪恶感，掺杂着苟且偷生的渴望。'快！'他说，'起来！我们必须赶紧动身。'我们遵命照做，因为我们都是女人，现在有男人们来告诉我们该怎么做了。"

"娘在哪里呢？她发生了什么事？"

但祖母只是复述接着所发生的事。她继续讲着，我一直在找我娘，但她却藏在某处，似乎我只能跟着祖母的眼睛来追踪这个故事。

"我们匍匐着爬回楼下。你娘或许赎回了你爹和你祖父的自由，但这并不意味着我们就安全了。我们沿着一条铺满首级的通道，直到我们抵达院落后面豢养骆驼和马的畜栏边。我们穿过秽物、血渍和死尸，从动物的腹下匍匐爬行。我们不敢冒险再跑回街上，所以我们继续等候。几个小时后，我们听到有人来了。小妾们神色惊惶，她们缩回到马和骆驼的腹下。我们其余人决定藏在谷堆下面。"

祖母的声调中满含着回忆的苦楚。"'我知道你最关心的人是我和你的长子，'你祖父对我说道，'我的嘴想要再多吃食几年，你选择死亡是有益的，既守住了贞节，又保护了你的夫婿和儿子。'"

她清清喉咙，吐了口痰。"我呸！想要再多吃食几年！我知道自己的职责，我也会做该做的事，但我憎恨这个自私的男人来吩咐我。他自己躲入谷堆的最里面，你爹就在他边上。作为妻母的我荣幸地躺在他们最上头。我尽可能往身上铺放稻草掩盖好自己。清兵进来了。他们又不是傻子。他们已经杀戮了四天。他们用长矛刺入谷堆，捅了好几刀，直到我一命呜呼，但我救了我的夫婿和儿子，守住了我的贞节，并且明白我就是件牺牲品。"

祖母第一次掀开她的衣衫，将她的水袖撩过双手，她的身上简直伤痕累累。

"接着我就飞上天了，"她说这话的时候脸上掠过一道微笑，"清兵刺得厌了也便走了。你祖父和你爹在我的尸体下又躲了整整一天一夜，那几个小妾退回角落，盯着无声的染满血迹的谷堆，她们呆立了数小时。接着，满清鞑子的屠杀结束了，你爹和你祖父才爬出了谷草堆。那些小妾给我的尸身清洗、包裹，你爹和你祖父为我举行了各种体面的仪式追认我为神主，随后将我带回杭州安葬，我被尊为烈妇。"

她嗤之以鼻道："这只不过是满清安抚民心的宣传策略，也是你祖父乐意接受的。"

她以品评的眼光四下端详了一下望乡台："我想我找到了更好的家。"

"但他们利用了你的牺牲！"我愤愤不平道，"他们让你被满清追封为烈女，那样他们自己就不用承认真相了。"

祖母看着我，就好像我还是不明白似的，而我确实不理解。

"他们做了合理的选择，"她承认道，"既然女人没有价值，你祖父为陈家做了正确而理智的事，你却还不愿意接受这点。"

我又一次对我爹感到失望。他从未和我提及大屠杀期间发生的此类事实的真相。即使在我将死之时，他来我这里乞求他两个弟弟的原谅，但他没有说到自己的娘救了他的性命，他没有祈求她的宽恕或捎去他对她的感恩。

"但是你不觉得我对这个结果感到高兴吗？"她补充道，"大清帝国追认我为贞节烈妇，这为我的后代送去很多封赏。陈家比从前更富有了，你爹新的官职也颇具势力，但我们家还是缺少它亟须具备的某些东西，这并不意味着必须由我提供给他们。"

"子嗣？"我问道。站在祖母的立场上，我有些愤愤不平，但真是她让这个家拒承子嗣这份珍宝吗？

"我不认为这是报复或惩罚。"她吐露道，"而是因为在这个家中真正有价值和尊荣的全是女人。我们这些女孩被弃置一边太久。我认为在你身上会发生改变。"

我感到震惊。我的祖母怎能如此残忍且心怀报复而不让我们家繁育子嗣呢？我忘了自己该有的礼节和规矩："祖父在哪里？他为什么也不给这个家赐下子嗣呢？"

"我告诉你。他在某层地狱。但是即使他现在就在我身边，他在这方面也无权说话。闺房内的事都是归女人管的。我们家另一女性祖先——我的婆婆——也顺从我的想法，因为即使在这里，我也因我的牺牲而备受尊荣。"

祖母的眼神清明平静，但我的心都碎了，被各样复杂情感撕碎了。所有这些真的超出了我的理解。我的两位叔叔成了在尘世飘游的饿鬼；我的祖父在黑暗痛苦的地狱遭受折磨；而我那以慈爱著称的祖母事实上借着不赐下子嗣而伤害着这个家庭。但是，一切皆无谓，我还是禁不住想到我娘。

"你死后一定见到了我娘，"我试探地问道，"当你的灵魂在上面游荡时。"

"我最后一次见她，就是她满手银子珠宝离开我们的那个可怕之夜。直至我来到望乡台，我才再次看到她，那是我死后五周的事了。

那时全家都已经回了陈府，而她也变了。她变成了你所认识的那个娘，墨守成规持守旧礼，不敢越雷池半步，将自己隔绝于诗文的世界，而且失去了感知和表达爱的能力。自那以后，你娘只字不提扬州大屠杀的事，所以我也无法随着她和她的思想前往那里一探究竟。"

我突然想起为何祖母今天回到这个地方。想到我那两位叔叔的死，泪珠从我两颊滚落。祖母握着我的手，充满怜爱地看着我。

"牡丹，我的好孙女，有何疑虑你尽管问，我会帮你解答的。"

"那我是谁？"

"我想你已经知道了。"

我的叔叔们因为没有被安葬而不得安宁；我因为先祖牌没被点主而一直困在望乡台。我们三个都没进行过正式的安葬仪式。对我们而言，通往地府的路也被否决了。如今，随着几个字从我口中吐出，我最后那点疑惑也解开了。

"我是一个饿鬼。"

花 轿

我哪儿也去不了。我无亲无故，形单影只。我既没刺绣针黹可以习练，多年来也没笔墨纸砚可供书写。我饥饿难耐，却没什么可吃的。我不想再靠眺望栏杆外下面的尘世来填补空虚的时日。见到我娘实在让人伤心，因为现在我所能体会的一切就是她深藏内心的往日的隐痛；见到我爹同样让我痛心，原来他并非我一直深信的那么珍爱我。而当吴人进入我的脑海时，我的心更是痛苦地一紧。我茕茕孑立，形影相吊，没有活人或魂灵会是这般孤单，不被人爱，也失去了各种联系。几周以来，我哭泣、哀叹、尖叫、呻吟。在我的家乡，雨季尤为恼人。

慢慢地，暂时地，我开始感觉好些了。我折叠双臂，依着栏杆边缘，向外眺望。我将目光避开家中爹娘，而转向爹桑园里的劳作者们。我看着姑娘们纺织丝线，偷偷关注着古荡村村长家里的动静。我喜欢那位钱夫人：她博学而有教养。若在别的时代，她不会嫁给一位农夫，但在扬州大屠杀后的乱世，能有一位夫婿和一个家，她已是幸运的了。连续生下五个女儿，一次次地失望。她甚至不能教授她们阅读，因为这些姑娘未来注定要干缫丝的活儿。她几乎没有属于自己的时间，但至深夜，她会秉烛阅读《诗经》，这是她早先生活留存下的习惯。她有很多想法但却无法实现。

实际上，钱夫人和她家人只是我为分心而观望的对象，我常常看她们直到无法忍受的地步，接着我会向自己的欲念让步，目光再次转向吴人家。我自娱自乐，任由一个个画面来安抚自己——那棵依旧不开花的梅树、肆意盛开的牡丹、莲池上粼粼的月光——直到我最后寻到了吴人，他已二十五岁了，却仍未娶妻。

某日早上，我依着平时的习惯在观看吴家，我看到吴人的娘走向前门。她四处张望了一下，确保没人在看，然后将某样东西钉在了门楣上。钉好后她又四下环顾着，确信没人会发现，便双手合十，向四方各拜了三下。行完礼，她便穿过院落移步回她的厢房去了。她的双肩蜷缩着，边走边左顾右盼，偷偷张望。显然她刚做的事不想让任何人发现，但她那可怜的行径却逃不过我的眼睛。

尽管我在极远之地，但现在我的眼力却是惊人。我凝神观望事物，双眼像绣针一样尖锐直接。我穿越远程，凝神盯望，聚焦门楣上的东西，发现了一叶菖蒲。我跌坐回去，被惊吓到了，因为众所周知菖蒲叶是用来辟邪的。我用手指按揉双眼，担心眼睛受了伤害，但它们一点儿也没事。事实上，我无甚感觉。我鼓起勇气再次朝那菖蒲望去。这次我仍没感到疼痛，那片弱小的绿叶对我毫无作用。

现在我成了那个偷偷摸摸四下张望的人了。吴夫人试图保护她家不受鬼魂侵扰，但我发现除了自己没有任何人在偷窥那些院宇。她是不是知道我在看？她是不是试图保护她的儿子让他远离我？但我不会做出任何伤害他的事啊！即便我有那能力，我怎忍心呢？我爱他。不，她试着避开我的唯一原因定是那里有什么事她不想让我发现。这么多个星期过去了，沮丧又无聊，我的好奇心一下点燃了。

接下来的日子，我观察着吴家的动静。人来人往，院里置放起桌椅，树上挂起了大红灯笼。厨房里，仆从们在剁着蒜姜，串起豌豆，清洗鸡鸭，剖解猪肉。年轻公子们前来拜访，他们玩着牌和吴人宴饮至深夜，开着玩笑说他性事了得，连远在此地的我都羞红了脸，又禁不住渴念。

隔日清晨，吴家正门贴上金红对联，定有喜事临门。我已好久没妆扮自己了，但这会儿我要梳理发髻，插上簪子，抚平衫裙。我捏捏自己的脸颊，让它们恢复血色。所有这些，就好像我要赶赴自己的宴席似的。

我刚坐定，准备观望即将开始的宴席，我感到臂旁有东西擦过。祖母来了。

"瞧下面！"我解释道，"这么热闹！"

"所以我才过来的。"她看着下面的院落，皱着眉头。过了许久，她说："告诉我你看到了什么。"

我告诉她那里张灯结彩，主客宴饮至深夜，仆从在烹煮食物。我边说边笑，仍然觉着自己就像是一个客人，而非只是一个旁观者。

"我好高兴。祖母，你能理解吗？当我心上的他感到高兴，我是那么——"

"噢，牡丹。"她摇了摇头，头钗轻晃，发出鸟儿低语般的微颤声。她手掌托起我的下腮，将我的脸转离阳界面向她，好注视着我的双眼。"你太年轻，经不起这般令人心碎之事。"

我恼于她要将我从欢欣转入黑暗与不快，试图转过头再去看，但她的指头紧抓着我不放。

"别看了，孩子。"她警告道。

她说这话时，我猛地抽身离开了她。我的目光落向吴家的院落，这时正好四个轿夫抬着缀满红绸的花轿停在他家正门口。一位仆从掀起轿帘，一只穿着红色绣鞋、缠裹精致的三寸金莲从黑黢黢的轿内伸了出来。慢慢地，一个人影步出花轿。那是个姑娘，从头到脚穿着红色嫁衣。她的头因着沉甸甸的凤冠而低垂，那上面缀着珍珠、玛瑙、翡翠和其他宝石。红纱遮着她的脸。一位仆从端着面镜子，将反射光投在新娘身上，以避免任何不祥之物会跟随搅扰到她。

我心急火燎地想找个解释，既不是眼前所见的，也不是祖母似已明了的。

"定是吴人的哥哥今日要成婚。"我说。

"他哥哥已经结婚了，"祖母温柔地回应道，"他的妻子还给你捎过一套特别版的《牡丹亭》。"

"那么，或许他要娶个小妾——"

"他不住在这家院落里。他和家人已移居山西省，他是那里的地方官。现在只有吴夫人和她的小儿子吴人住在这里。瞧，门楣上有人已经挂了菖蒲。"

"那是吴夫人放上去的。"

"她想保护那个自己深爱的人。"

我的身子颤得厉害，不愿接受祖母试图告诉我的事。

"她在保护她的儿子儿媳，防的是你。"她说。

我的眼泪泉涌般流出，沿着我的双颊滴落到栏杆上。在我下面，西湖北岸，烟雾缭绕，模糊了吴家那头的喜宴。我睁开双眼，眨巴眼睛尽力抑制我的激动。又一次阳光刺破雾气，我能清楚地看到花轿和那个取代我的女孩。她跨过门槛。我的婆婆引她穿过第一座院落，接着是第二座，从那里吴夫人陪同姑娘进入新房。一会儿新娘子会被单独安置在那儿，为了让她平复思绪。为了预备她迎接即将到来的洞房花烛夜，吴夫人和诸多婆婆一样给了她一本书，那是一册讲述春宵房事的秘籍，教导她如何配合她那未曾谋面的新郎各项亲密的要求。但这些原本都该发生在我身上的！

我得承认，我真想杀了那个姑娘。我真想扯开那层红头盖，看看究竟谁这么大胆敢取代我的位置。我真想让她看看我的鬼脸，然后把她的两颗眼珠子抠出来。我想起娘曾和我讲过的一个故事，一名男子娶了一个小妾，她在背地里嘲笑正室，讥讽她这么多年来容颜已老去。正室怒火中烧变成了一只老虎，吃了那个小妾的心和内脏，留下她的头和四肢，让那男子可以找到。这些就是我想做的，但我却无法离开望乡台。

"在世时我们相信的许多事，只有当我们到了这里后才知道是错的。"祖母说道。

我没有听进她的话。眼前所见让我怒火中烧，这本不该发生的，但还是发生了。

"牡丹！"祖母发出一声尖叫，"我能帮你！"

"没人能帮我，我没救了。"我大哭起来。

祖母笑了，那笑声好是陌生，将我从悲痛绝境中拉了回来。我转向祖母，她的脸上闪烁着恶作剧般的笑意。我从没见过这样的表情，但我太伤心了，这位老妇人对我悲痛的取笑已经伤害不到我了。

"听我说，"她继续道，似乎很清楚我所遭受的折磨，"你知道我不相信爱情。"

"我不要听你那些沉痛往事。"我说。

"我不是说这个，相反，我想说也许我错了。你爱这个人，我现在明白了。而且他一定还爱着你，否则他娘不会试着保护那个姑娘来防备你。"她瞥了一眼栏杆外，会意地笑了，"瞧见了吗？"

我看到吴夫人给她未来的儿媳一面小镜子，那是送给新娘的传统礼物，庇护她避开邪灵攻击。

"今日当我看到发生的这一切，"祖母认真地继续道，"所有事都清晰明了了。你必须回去，夺回你该有的位置。"

"我不觉得自己可以。"我说道，但内心已开始筹划：我该如何报复那个一身红嫁衣、正坐等夫婿的姑娘。

"想想，孩子，想一想。你是个饿鬼。既然你已经知道自己的身份了，你可以去任何你想去的地方自由飘荡。"

"但我被困在——"

"你无法前行，也无法后退，但这并不意味着你不能下去。你任何时候都能回到阳界，但我劝说地府判官，因为我自私，想让你留在这

150

里陪我。"她不服地摇了摇头，"有人的地方总有贪污，这里也一样。我用新年收到的一些供品贿赂了那些判官。"

"我能见见他们吗？我有没有机会申诉我的情况？"

"除非你的神主牌位被点主，否则，"她指指下面，"那里才是你的归属。"

她说对了……又一次。作为饿鬼，这七年来我本该在尘世游荡的。

这一刻我的思绪紊乱，既想着去害那姑娘，又意识到这些年自己本该下去游荡的，两个欲念和意识如此纠结，以至于有一时我都无法理解她在说些什么。我将目光从那个穿红嫁衣的姑娘移回到祖母这里。

"你是说，我也可以回去让我的神主牌位得以点主？"

祖母身子前倾，拉起我的双手。"你应该希冀那会发生，因为那样你就能回到这里成为陈家的祖先。但你不能自己让它发生。你应该在尘世那些人身上运用各种巧计，让他们做你想让他们做的事，但是神主牌位的事你就无能为力。还记得你小时候听到的各种鬼故事吗？人变为鬼的情况各种各样，但若所有这些没被点主的鬼魂能让人完成这项任务，那也就没有那么多鬼故事了，不是吗？"

我点点头，她的话我全盘接受。我首先想要毁了那场婚礼，接着要让吴人想起我，让他去找我爹给我点主，然后我们举办冥婚，再之后……我摇了摇头。报仇和疑虑在我脑海里不断盘旋，让我不得清晰思考。事实上，就像祖母说的，我听过很多鬼故事，而欢喜结局只有等那些鬼魂受重创、被灭尽后才会到来。

"这会不会很危险？"我问道，"娘曾告诉我，若有任何鬼魅来袭，她都会用剪子将它们剪碎。如果我戴着护身符进入花园，我就是安全的。还有菖蒲和镜子呢？"

祖母又一次大笑，比先前那次更夸张。

"菖蒲无法让活人来防备你这样的饿鬼。镜子？"她哼哼道，似乎那些物件无足轻重，"如果你靠得太近，它们会伤到你，但无法毁灭你。"她站起身轻吻我，"没把尘世的事料理掉，你就不能回到这里，明白了吗？"

我点点头。

"记住你在世时学到的经验教训。"她开始飘离我，"依靠常识，保持警觉。我会在这里看着你，尽可能地保护你。"

接着她就消失了。

我看着下面的吴家。吴夫人正步向自己的厢房，我想她定是回去取那册秘籍，准备送给未来的媳妇。

我最后看了一眼望乡台，然后我踮起脚向栏杆外纵身一跃，落入吴府的主院。我直接走向吴人的房间。我发现他正倚着窗，盯着一株随风摇曳的竹子。我相信他会转向我，但他没有。我绕过他，在竹子正前方飘游。光打在他高高的颧骨上，他那头黑发的发梢垂过衣领。他双手倚着窗台，手指修长，指尖很细，握笔书写再适合不过了。他的双眸——黑亮有神，和我们的西湖水一般清澈——正注视着窗外，脸上的神情我无法读懂。我就在他面前，但他看不见我；他甚至都感觉不到我的存在。

锣鼓声响起。这意味着吴人很快要去见他的新娘了。若要阻止这一切，我得另找人选。我疾速来到洞房。那姑娘端坐在婚椅上，镜子稳稳地放在她的大腿上。即便独自一人，她也没有掀开头盖。她很规矩，也很顺从，而且意志坚定。我不知该如何形容，但从她的镇定自若中我感觉到她在对抗我——就我个人而言——好像她知道我在这里一样。

我赶往吴夫人的卧房。她双膝跪在供桌前。她点了一炷香，独自默默祈祷，接着向地上叩头。她的行为没有吓到我，也没法赶我走。相反，我充满了决心和一种多年来未曾感受到的平静。吴夫人站起身来，往柜子走去。她打开一个抽屉。里面，两册书包裹在丝绸中：右边是她的春宵秘籍，左边便是《牡丹亭》的上册。她双手伸去触碰到了那本秘籍。

"不！"我尖叫起来。如果我不能阻挠婚礼，至少可以毁了吴人和他妻子的洞房花烛夜。

吴夫人双手缩了回来，好像那本书着了火似的，她暂时放下双手。

我轻念着："不，不，不。"

一切都太突然——我在这里，婚礼几分钟后就将进行——而我的行为都顾不上思考后果。

"拿另一本，"我带着强烈的意念小声嘀咕，"快拿。快拿！"

吴夫人从敞开的抽屉前后退了几步，四下张望房内。

"快拿！快拿！"

什么也没看到后，她整了整发簪，然后极其自然地，拿起我的那本《牡丹亭》上册，就好像她原本就要拿这本似的，她带着这书离了房间，穿过院落去往新房。

"女儿，"她和那个端坐着的姑娘说道，"这书曾在我的洞房花烛夜上帮助过我，我想它也会帮到你的。"

"谢谢，娘。"新娘回应道。

这姑娘声音里的某种东西让我感到一阵寒气，但我很快甩了它，相信我已找到自己的异能，很快就能报仇了。

吴夫人退出了房间。那姑娘盯着书的封面，那里有我手绘的自己最爱的《牡丹亭》场景。那是《惊梦》一出，杜丽娘在梦里遇见了柳梦梅，两人继而成为情侣。这场景可被视作闺秀春宵秘籍的常见封面，因为那姑娘看到时似乎没显出失望或惊讶。

《牡丹亭》现在就在她手上，我意识到自己施咒让吴夫人选它时太过鲁莽了。我不希望这姑娘读到我私下的想法，但接着一个计划渐渐在我脑中成形。或许我可以用这些写下的字句吓跑这个新娘。就像刚才我对吴夫人施咒那样，我又开始低语了。

"打开它，你就知道谁在这屋里了；打开它，给我赶紧离开这儿；打开它，承认你永远达不到妻子应尽的义务。"

但她没有打开那册书。我提高音量，重复我的指令，但她就像床头柜上的花瓶一样端坐着，一动也不动。即便我什么也没做，她也没打算翻开这本春宵秘籍。我暂把那破坏性的念头先搁置一边，心想：她不看那本春宵手册，她以为自己能成为怎样的妻子？

我倚着她对面的那张雕花椅。她没有移动、叹气、哭泣，或者祈祷。她没有掀起头盖四下张望。她正襟危坐，显然遵循教养良好和富庶的家庭里的各种仪礼。她穿着鲜红的丝绸衣衫，嫁衣上的绣花如此精美，我敢肯定她自己完全没有参与这项针黹活儿。

"打开那本书，"我又试了下，"打开它，赶紧离开。"

什么事也没发生，我起身，穿过房间，跪在她前头。我俩的脸仅咫尺之遥，只是被她那层不透明的红盖头给隔开了。"如果你留下，你不会开心的。"

她的身子微颤了一下。

"快走。"我又开始施咒。

她深吸一口气，缓缓吐出，但除此之外她一动不动。我坐回到自己的椅子上，我对这姑娘毫无影响，就像我拿吴人没法子一样。

我听到门外锣鼓喧天。有人进了房间。新娘拿起腿上那本书，将它放在桌上，离开房间前去见她的未来夫婿了。

接下来的婚典期间，我试了好几种干扰方法，但都失败了。我如此坚信吴人和我是注定在一起的，但为何命运如此残忍，造化如此弄人呢？

婚宴结束后，吴人和他的妻子在众人的拥簇下回到新房。近一米长的红烛高照，烛光将屋内染成一片炽烈的金色。如果它们整夜燃烧，那将被视作吉兆。滴滴蜡油好似新娘初夜的泪滴。如果红烛中有一支熄灭——即使是意外——也将被看作不祥的征兆，意味着夫妻中的一人或是两人将会早夭。锣鼓和婚宴震天动地。每一声铙钹都会惊扰到我，每一下鼓点都让我感到害怕。婚丧礼仪请来锣鼓乐队就是为了吓走邪灵的，但我不是什么邪灵。我是个被命运抛弃的心碎的姑娘。我站在吴人这边直到鞭炮点燃，噼啪的爆裂声将我驱来赶去。这超出了我能忍受的，我只得飘起离他远些。

在安全的距离之外，我看见我的诗人举起手伸向新娘的凤冠和面纱，她取下固定其上的发簪，掀起了她的红盖头。

谈则！

我愈发怒火中烧。许多年前《牡丹亭》开演的第一晚，她就说想让她爹向吴人求亲。如今她终于得到她想要的了。我真想好好折磨她一番！我的魂灵要让她不得安宁。我要让她在世的每一天都痛不欲生。过去这些年，我遭受了那么多苦痛和悲惨，但瞧瞧谈则——她这会儿正露出完美洁白的胸部——我简直怒不可遏，完全陷入愤怒和绝望中。吴人的娘怎么可以选择谈则？我不知道她为何这样，但是全世界、全中国、全杭州这么多姑娘，她偏偏为她儿子的婚事安排了这姑娘，最伤我的人。这是不是谈则在新房等候时如此正襟危坐的原因？她是不是得知我在那儿而在周身支起极强的防御？《女诫》中说嫉妒是历来所有情感中最病态的，而我却深陷其中。

吴人解开谈则腰间的结扣，她的丝裙从我所爱慕的吴人的指间滑落，我们在花园时我多么渴望这些手指的触碰。痛不欲生的我撕扯着自己的发髻，撕裂了自己的衣衫。我因得不到这些而哭泣、惊骇，因不得不看到这一切而感到羞耻。湖上没有升起缭绕雾气，天上也没落下迷蒙烟雨。院中的笙歌鼓乐一阵响似一阵，宾客们还在一片欢声笑语中。我的眼泪无处挥洒，点点滴落在衣襟上。

　　早些时候，我希望周遭安静下来，能让我回到吴人身边。但现在这番寂静却更糟，它正在为洞房花烛夜催速加温。如果我处于谈则的位置，我就会解开吴人衣衫上的盘口，用双手掀开他胸前的衣衫，让自己的双唇在他光滑的肌肤上轻吻——但谈则什么也没做，她定在那里，如此被动，她本该读下那本秘籍的。我注视着她的双眼，却没看见任何表情。我突然获得某种领悟，或许只有住在阴间的人才能领会。她想得到吴人，但她并不爱他。她以为自己比我聪明、漂亮，因而理应从他那儿得到更多。她赢了：年方二八，且在人世，夺走了本该属于我的东西。但如今她得到了吴人，却不知道如何对待他。我不认为她很想要他。

　　我忍不住看着他们上了床。他握着她的一只手放入被褥中，让她触碰他，但她抽离了。他想吻她，但她转过脸去，他的双唇只落在她的下颌上。他翻身到她身上。谈则不是太过惊吓便是太过无知，无法感受这一切，也没法带给他愉悦。这本该让我想要对她更狠些，但另一种情感开始爬上我心头。我为吴人感到难过，他本该得到更多。

　　随着释放那刻到来，吴人的脸绷得紧紧的。有那么一会儿，他支着双肘，试着读出谈则的表情，但她的表情就像豆腐一样平淡和苍白。他一言不发，从她身上下来。当她转过身背对他时，他的脸上又出现了婚礼前我看到的那种表情，他凝望着窗外竹林的表情。我无法相信自己之前竟认不出那种表情，因为那就是我多年来挂在脸上的。他和我一样，都感到那种被家人和生活所隔绝的孤独。

　　我将注意力再次转向谈则。我依然恨她，但如果我能利用她，把她当作傀儡那样去接近吴人并使他开心呢？作为鬼魂，我可以用自己的能力住进谈则体内，将她变为一名完美的贤妻。如果我足够努力，吴人会借着她的身体感受到我，从她的爱抚中认出我，并且意识到我还爱着他。

谈则的双眼紧闭。我能觉出她渴望睡眠，相信睡眠可以让她逃避……什么？她的夫婿，身体接触的愉悦，她的婆婆，她为人妻的职责，我？如果她真是怕我，睡着可就大错特错了。我可能在尘世还无法动她——或许她戴有护身符或是接受了我还不知道的什么祝福，或是我活着时她就现出的那种顽固的自私真是她性格中唯一坚硬的部分，将她的情感、温柔和脆弱都守护得很好——但是，在梦境中她就无法抵挡我了。

谈则刚入睡，她的灵魂就离了身子开始四处游荡。我在安全距离之外跟踪她，观察她去哪儿，试图解读她的各种意图。如果我说自己的某部分已经不想报仇了，那是在撒谎，我正想着所有可能的法子，趁她最软弱的时候在她的梦里攻击她。或许我可以变成一个剃头鬼。活着的时候，我们都害怕这些剃头鬼到访，它们趁人在夜里毫无防备时剃下头上的一部分头发。那个部位此后就再也长不出头发了，光秃的这部分提醒着死亡的一次触碰。我们也害怕在梦里游得太远，都知道离家越远，我们越可能辨不清方向而迷路。我都不用花多大力气，就可以将谈则吓入树丛，到了那儿我确信她永远也逃不出那片湿冷的黑暗。

但这些我一样也没做，我在她视野之外某个角落等待着，躲在她去拜访的庙宇的一根柱子背后，藏在她凝望的一潭池水的底部，当她回到床榻误以为自己在梦中很安全时，我潜伏在那一道道阴影中。她看着窗外，见到一只夜莺正栖在樟树枝头，欣赏着一朵盛开的莲花。她拿起婆婆刚送她的那面镜子，朝着镜中的自己微笑，这比她白日里看到的自己美多了。她坐在床沿边，背对着她那沉入睡眠的夫婿。即便在梦里，她都不会看他一眼或触碰他一下。接着我发现了她正盯着的东西，她的目光落在桌上的那册《牡丹亭》上。

我忍住冲动不走出那片将自己藏在谈则梦中的阴影，猜想这会儿唯有谨慎才能对我的将来有利。我的思绪加快。我该怎么做才能吸引她的注意又不至于太吓着她？我能想到的最轻、最无关紧要的东西便是空气了。藏在暗处的我尽可能站定，接着朝谈则的方向轻轻吐出一口气。这气息是无声的，既轻又柔，它有能力穿过房间并且抚着她的双颊。她的手指在我那口气吻过之处挠了一下。我在暗处笑了。我跟她接上头了，但从中我了解到接下来我需要多谨慎。

我嘴里念叨："回去。醒来。捡起那本书。你知道该翻到哪一页。"没有声响，只有气息，再一次穿过房间抵达谈则那边。当这些话语飘荡到她那里时，她的身体颤抖了。

但在阳界，谈则的身子辗转反侧。然后她醒来，突然坐了起来。她的脸上渗出一层薄薄的汗，她赤裸的身子情不自禁地颤抖。她似乎不太确信自己身处何地，她的双眼在黑暗中四处张望，直至落定在她夫婿身上。我的直觉感到她惊讶而警觉的退后似乎是针对我的。隔了一会儿，她还定在那儿，担心或许他会醒来。接着，她静悄悄地滑下床榻。她的三寸金莲似乎太过小巧而无法使她站直，红色绣鞋上立起的白净身子为了站稳而晃了一下。她走过凌乱地堆放在地上的嫁衣，捡起她的衣衫，穿上，接着双臂怀抱着自己，就好像还要遮挡她的裸体似的。

迈着颤巍巍的步子，她走到桌边，坐下，将一支红烛挪近些。她盯着《牡丹亭》的封面，或许正回想着自己刚才的那出惊梦。她打开书册，在书页间翻看。她翻到我示意的那一页，用她的纤纤细指抚平纸页，再次回头瞥了一眼吴人，接着低声念出我写下的字句。

纯是神情，绝非色相。……

展香魂而近前，艳极矣，观其悲介，乃是千金身份。

作为一个未出嫁的姑娘，我怎会知晓这一切？我说不清楚，但这些是我所想和所写，而我如今比此前更深信不疑。

谈则颤抖了一下，合上书册，吹熄红烛。她将脸埋入双手哭了起来。这可怜的姑娘，发现自己在房事上懵懂无知，无法给夫婿和她自己带来满足时，她吓坏了。假以时日——我有得是时间——我会比今日对付她时更大胆。

云 雨

《礼记》告诉我们，婚姻最重的职责是传宗接代，父母往生之后，子嗣须得奉养他们，一如他们在世时。除此之外，婚姻是两个家族的结合，经由聘礼、嫁妆等各种互利互惠的联络，得以给两户人家带来共同的繁荣。然而，《牡丹亭》说的却是些截然相反的事：两性相吸，两情相悦。杜丽娘本是个羞涩的姑娘家，但她游园惊梦，因爱绽放，继而又成了情感上更为外放的一名艳鬼。死时她还是处女身，携着未得满足的欲望进了坟墓。在我思春病最严重的时候，赵大夫说我缺的是云雨之欢。在这点上他是对的。如果我活得长久些，洞房花烛夜将会治愈我。现如今我那些渴念——长年藏于望乡台——就和我的胃一样饥饿难耐、贪恋至极。我并非什么可怕恶毒的捕猎者；我只不过需要丈夫的关心、保护和爱抚。我对吴人的爱慕就和我们初次相会那晚一样热烈，它强如明月，拨开云雾，穿越水面，直抵本属于我的那个男人。但是，我当然没有月亮那般的能力。既然我再也无法直接找上吴人，我便利用谈则来和他交流。她起先反抗，但一个尚属尘世的姑娘如何能抵御来自阴间的鬼魂呢？

鬼魂就像女人，属阴——阴冷、阴暗、偏向地母、阴柔而女性化。数月来，我轻易地在吴人的卧房中驻留下来，既不担心日头突然升起，也不必费心琢磨如何从极窄的角落转过弯。我是夜间活动的鬼魂，白日里我栖于房椽上，或是蜷伏在房间的某个角落。太阳西下后，我便更加肆无忌惮，像个小妾那样闲卧在夫婿的床榻上，等着他和他第二个妻子的到来。

我不出卧房，这也减少了我和谈则相处的时间。她的嫁妆给吴家大大增添了财富——这也是吴母同意这门婚事的原因——但这弥补不了谈则恼人的个性。跟我多年前的判断一样，谈则长大后心胸狭窄、脾气乖戾。白日里，我能听到她在院里抱怨这抱怨那。"我的茶没有味道。"她责备一个仆从。"你用的是这家的茶叶吗？别再用了。我爹送来了上等茶叶供我饮用。不，你不能沏给我婆婆喝。等下！我还没让你退下！我要的茶必须是热的，我可不想再说第二次！"

午膳后，她和吴夫人退回闺阁，那里通常供女眷们一起阅读、绘画、作诗等。谈则从不参加这些活动，尽管以擅长琴艺闻名，她也不弹奏古筝。她对刺绣也毫无耐心，以至于好几次将绣面掷向墙壁。吴夫人试过责骂她，但那只会让事情恶化。

"我不归你管！"谈则有天对着她婆婆叫嚷道，"你没权力告诉我该做什么！我爹可是统领皇家司仪的朝廷命官！"

通常情况下，吴人本有权休了谈则将她遣回娘家，卖给另一户人家，甚或因对婆婆不孝之罪而打死她，但她是对的。她爹位高权重，而她的嫁妆又丰厚。吴夫人没有训责她，也没将她的事告诉儿子。女眷闺阁里鲜有安静的时候，但气氛凝重，总伴随着抱怨和苛责。

几次傍晚时分，我听到谈则尖锐的高叫声从吴人的书房一路传到卧房。"我整日都在等你，"她苛责道，"你在这里干什么？你为何总是一个人？我不需要你的诗书文字。我要钱。今儿一位丝商带来了苏州的丝样。我不为自己衣衫打算，但你必须承认主堂的门帘太破旧了。如果你努力些，我们也不必总靠我的嫁妆过日子。"

当仆从们将晚膳端上桌面，她的嘴里又是一番批评："我不吃西湖里的鱼，西湖水太浅，里头的鱼吃起来都像泥土一般。"她挑出柠檬炸烧鹅，看也不看莲子双蒸鸡。吴人吃了些莲子，这是出名的催情物，接着又舀了许多到谈则碗里，但她故意置之不理。私底下，她秘密焚烧莲叶吃食灰烬以防怀孕，我是唯一知道此事的人。同样一种植物，不同的部位含不同的功效。我为她的选择感到高兴。诞下子嗣会稳固她在这个家的地位。

所有婚姻都包含六种情感：爱、慕、恨、痛苦、失望和嫉妒。但谈则的爱和慕呢？她所言所行都是对婆婆和夫婿的侮辱，但她居然未以为忤。吴人和吴夫人谁都不敢抗议，只因她是大官的女儿，就可以苛责夫婿，让他家人觉得自己无足轻重。但这哪像婚姻？

谈则的爹娘来探望。新嫁娘跪在他们脚前求着要回家去。

"这是个错误。"她哭叫着，"这房子和这家人都好低贱。我是凤凰，你们为何将我许配给乌鸦？"

她就是这样看待我的诗人的吗？这就是她整日对他吹毛求疵的原因吗？

"是你拒绝了所有的求亲，"谈大人冷冷地回道，"我曾相中苏州府臣的公子，婚议已大致达成，他家有深院大宅，但你不上心。为父的职责就是为闺女选对夫婿，但你打九岁起就下定决心要嫁他。有哪个姑娘会因屏风后一次偷窥而选定自己的夫婿？好了，这是你想的——不，是你要求的——身居陋室的一介书生。为什么？我也不知道，但我给了你想要的。"

"但你是我爹啊！而且我不爱吴人。把我买回去，再安排一桩婚姻。"

谈大人不为所动："你总是那么任性自私，自作主张，被宠坏了，这都怪你娘。"

这话有失公允。为娘的或许会因为过度的爱宠溺女儿，但只有为父的有钱有权，会给她任何想要的东西。

"自你出生那时起，你就是我们家的祸种，一无是处。"他继续道，把她从脚前推了出去，"你出嫁那天，对你娘和我来说都是大喜之日。"

谈夫人对此并未反驳，也没试图从女儿的角度进行干预。"站起来，别再犯傻了，"她嫌恶道，"你想要这桩婚事，而今你得到了。你给自己定了命。该学着像个妻子的样。为人妻就只得顺从，阳在上，阴在下。"

乞求和眼泪都不起作用，谈则渐渐变得刁蛮起来。她的脸涨得通红，嘴里吐出各种歹毒的话语。她简直就像家中的长子——完全确信自己的地位和她索取的权利——但谈大人仍是无动于衷。

"我不会为你而丢了脸面的。我们尽力为你夫婿家将你养大。现在你属于他们了。"

谈大人和他妻子谨嘱女儿要守规矩，他们给吴夫人送了些礼，也算是弥补教女无方之过，接着便走了。谈则本性难移，甚至变得愈发乖戾。白日里她对吴家人颐指气使我不干预，但到了夜晚，那可就归我管了。

起初我不知该拿谈则怎么办，因为她经常和我对着干。但我比她强多了，她不得不听从我的摆布。取悦吴人是另外一回事。我从尝试的失败中吸取教训，也在成功之后精益求精。我开始跟从他的暗示，回应他的叹息，他内在的颤抖，他身体微妙的移动，为了自己更容易接近他。我牵着谈则的手指滑过他的肌肉。我催促她用自己的酥胸爱抚他的肌肤、他的唇和他的舌。我迫使她用自己濡湿的嘴来逗引他的乳头、他的肚腹和他的下体。我终于明白汤显祖写杜丽娘"品箫"的含义了。至于谈则那令吴人最渴望的幽深潮湿的地方，我会确保它在任何他想要的时候为他开放。

时不时我就在她耳边说些我从《牡丹亭》中学来的婚姻之道，还有为人妻必须做到的规范：顺从、调适和融通。当我还是女儿家，听到娘和婶婶们没完没了地念叨婚姻的常规和戒条时，我觉得自己永远不要像她们那样。我曾计划拒绝过去那些教条礼仪、严苛的习俗和传统。我曾想过自己的思想要解放，但和所有嫁入素未谋面的夫婿家的姑娘一样，我模仿娘和婶婶们，奉行起自己曾经抵制的那一套来。如果我还活着，我肯定自己最终也会口袋里放着锁钥，坚持让我的女儿遵循三从四德。我会成为像我娘一样的人。现在，我娘的声音从我的嘴里出来，进入谈则的耳朵里。

"别整日缠着他，"我命令道，"没有男人喜欢妻子总是盯着他。别吃太多。没有男人想看到妻子嘴里塞满食物。对他赚的钱要表示尊重。慷慨和浪费是两码事。只有小妾才喜欢将男人当作印钞机。"

谈则渐渐屈从了我的训导，同时我也让自己由一个怀着浪漫相思的女孩渐渐成长起来。我渐渐相信真正的爱情意味着肉体的爱。当夫婿因欲望之苦遭受折磨，我感到很是享受，我花了很多时间琢磨出各种新方法，为了延长他的这种渴念。我自由地使唤谈则的身体，毫无愧疚、自责和负罪感。我迫使她做一名妻子应该做的，接着我就观察——用我的整个灵魂微笑着、大笑着、爱着——当我的夫婿在她的怀里、嘴中、隐秘之所获得释放时。到如今我才知晓，我夫婿最大的乐事是将谈则那双红绸绣鞋里的三寸金莲握在他的双手中，那样他就可以尽情欣赏它们的精巧、纤弱，以及她为了取悦他而多年遭受的这种苦痛。当我发现吴人想要更多时，我不会让她推开他。有谈则做我的秘密替身，我经历并体会到了性爱。

她没有感觉，但这不会困扰我。我不知她有何想法，但这同样不会搅扰我。即便她累了、怕了，感到羞窘了，我仍旧催促、利用着她。谈则的肉体就在那儿，供吴人品尝、逗弄、揉捏、爱抚和进入。然而，这些时日以来，我发现她的表情冷淡和缺乏反应令我的夫婿困扰。无论何时他问她如何才能让她欢愉，她便闭上双眼转过脸去不看他。尽管我花了那么多心血，她和洞房花烛夜那晚相比房事上未见多少长进。

吴人开始待在书房里阅读，直等到谈则睡去。当他回到卧房上床后，他不会双臂环抱她，以期在睡眠的时光中找寻温暖、安慰或是陪伴。他睡在床的这边，而她睡在另一边。起初，这让我非常满意，因为这能让我将自己的魂灵包裹住他的周身。我能整晚这样待着，随着他的移动而移动，用他的体温来驱赶我的寒冷。但当他命人关窗或是加被时，我只得退回到他上面的房椽上。

他开始造访西湖畔的茶楼。我跟随着他，陪伴着他，当他玩牌，当他醉酒，当他最终开始接受那些专事满足和取悦男人的女人们。我惊讶而着迷地观看着他们。我学到了许多，最大的收获是明白了谈则有多自私自利。无论是作为女人还是妻子，她怎能拒绝做她分内的事？她是不是在心灵和身体上都没有感情？且不说吴人的欢愉，她难道忘了他很可能爱上其中某个女人并将她带回家当小妾？

在她和我夫婿一番云雨后，我进入了谈则的梦境。自打新婚洞房花烛夜之后，她再也没有去过美丽的地方。相反，她的梦总在迷雾和阴影中行进。她藏起月亮，拒绝点蜡烛或灯笼，这令我非常称意。从我在大树或柱子后的藏身所，到洞穴或角落里的黑暗处，我吓唬她，欺负她，教训她。第二日傍晚，她会醒着赖在床上，脸色苍白，身子颤抖着，直到我们的夫婿来到她身边。她做了所有我让她做的，但她脸上的表情还是让他不开心。

最后，有一晚她冒险闯入了梦中花园，我从黑影里走了出来，凝视着她。很自然地，她大声尖叫着跑开了，但她能跑多远呢？即便在梦里，她都会累，而我从没有累的感觉。我乐此不疲。

她瘫软地跪下，抓挠着头皮，试图制造出些星子，希冀那些发亮的爆点能吓退我。但这是在梦里，这里的静电摩擦我一点儿都不害怕。

"别缠着我！"谈则尖叫起来，接着咬起她的中指指尖，拼命搞出点血来。"滚开！"她用那根手指指着我，试图做出责骂的手势，她也知道那出血的地方能吓走鬼魂。但这是在梦里，她的牙齿无力咬破皮肤。她的这些法术，在阳间或许还会伤害到我，但在梦里对我毫无效力。

"真抱歉，"我亲密地说道，"但我永远也不会离开你的。"

她用双手捂住嘴，咽回她那因吓蒙而发不出声的尖叫。不，吓蒙的说法不对，就好像她不愿承认的所有惧怕都是真实的。

我是鬼，所以我很清楚她这会儿在阳间的处境。那里，她正扯着被子抽泣。

在梦里，我退后了几步。"我不是来这里伤害你的。"我说着，伸出一只手，朝她的方向撒下一捧花瓣雨。我微笑着，花儿在我们周身绽放。我轻巧地扭身朝向她，送走了黑暗和阴影，直至我们只是两个在花园里享受宜人春光的漂亮姑娘。

床上的谈则呼吸渐渐平稳，表情也缓和下来。这里，在她的梦里，她的鬓发在阳光下发亮。她的双唇说的都是承诺。她的双手纤细嫩白。她的三寸金莲精致小巧，甚至对我都极具吸引力。我发现她没有理由不将这个隐藏着的自己带回到阳间。

我在她面前蹲下身子。

"人们说你很自私。"我说。她闭紧双眼，不愿接受这个事实，她的面庞开始抽搐。"我要你自私，我要你在这里自私。"我用食指指尖触碰她胸前的敏感部位。在我指下，我感到有东西微微张开。挪开手指时，我想起自己在花街柳巷的茶楼里窥到的那些女人，我大胆地伸出两只手，轻揉着藏在她衣衫下的乳头。我感到指尖下突然硬了起来，阳间床上的谈则此时也扭动起来。我想起吴人当初用牡丹花爱抚我时那种最深处的悸动。这是个梦，谈则没法逃脱我的摆布，所以我的手指沿着她的身体向下、向下、向下，直到我触碰到她那欢愉的泉源。隔着丝绸我能感觉到暖流涌动，直到谈则抽搐和喘气。床上的她也开始颤抖。"这上面你要自私。"我在她耳畔窃窃私语。想起我娘曾提及云雨之事，我加了一句："女人也该懂得享受欢愉。"

在我让她醒来前，她得承诺我一些事。"别说出我们讲过话或你见过我，"我说，为了能让我们继续会面，关于我们的接触她必须保持沉默，"没人，尤其是你的夫婿，想听到你梦里的这些事。如果你说他第一任妻子的闲话，吴人会认为你迷信又无知。"

"但他是我的夫婿！我不能瞒他。"

"所有女人都有瞒着夫婿的秘密，"我说，"男人也有秘密瞒着他们的妻子。"

这是真的吗？幸运的是，谈则和我一样经验不足，她没有质疑我。然而，她还是反抗。

"我的夫婿想要的是一位新型妻子，"谈则说，"他要寻找一位伴侣。"

听到那几个字——和吴人当初对我说的话如此接近——一股不近人情的怒火从我心底喷涌而出。在那一刻，我变得面目狰狞：丑恶、可憎而可怖。自那以后，谈则再也不敢给我找麻烦了。一夜又一夜，我造访她的梦境，直到她不再反抗我。

就这样，谈则成了我共侍一夫的妹妹。每晚，我盘旋在房椽等着她走进卧房。每晚，我从栖息处滑下，爬上婚床，指导她提臀弓背，向我们的夫婿敞开身子。我品味着她双唇发出的每声呻吟，我享受着她因欲壑难填所受的折磨，正如我之前对他的操纵。当她稍有反抗，我只需伸出手，触下她这里或那里裸露的部分肉体，确保暖流渗入她的身体，直至她进入全然的欢愉，直至她狂野到发鬓凌乱，衣饰散乱床榻，直到她抵达那销魂一刻，融入那片云雨之中。

谈则突然变得炽热似火，这将我们的夫婿从流莺之地拉回了家。他渐渐恋慕起自己的妻子。每一次她给他带来欢爱——屡试不爽，都是我想出来取悦他的各种新方式——他立刻用自己的新意回应和挑战她。谈则身上有许多敏感点有待发掘，而他找到了全部。她从不抵抗，因为我不允许她抵抗。如今当她离开房间，我听不到院落里发出抱怨、挑剔或任何恶言恶语了。她开始往吴人的书房端送茶水。他的兴趣也成了她的。她渐渐亲切公允地对待仆从了。

这一切让吴人喜不自禁。他给她买各样小礼物。他命仆从为她调配各样特别食物好勾引和刺激她的情欲。云雨过后，他停在她的上方，观望着她那张姣美如梦的面庞，嘴里流出各种倾慕的甜言蜜语将她拽入爱河。他对她的爱，正是我所期待的他能爱我的方式。他如此爱她，以至于忘了我。但她还留有一分冷漠并保持一定距离，因为尽管我赐给她身体的每一次颤抖，她湿润的嘴吐出的每一次呻吟，以及她所有肉体的欢愉——毕竟，我是第一位妻子——还是有一件事我无法操控她。她不愿意对望他的双眼。

但我绝不动摇决心，我要让她成为我希望她成为的妻子。吴人说过他希望一种伴侣式的婚姻，所以我要调教谈则，让她成为腹有诗书的女子。我让她阅读各种诗集和史籍。她变成了一个教养良好、痴迷沉溺于阅读的人，甚至梳妆台上都放着书卷，与她的镜子、妆粉和首饰同在一个桌面上。

"你对知识的渴慕和对形象的修饰双管齐下，用心良苦。"有一天吴人也发现了。

他的话语启发我继续加油。我让谈则对《牡丹亭》产生了兴趣。她一遍又一遍阅读我批注过的那卷书，很快便手不释卷，能背诵出我的大段评注。

"你从没漏过一个字。"吴人欣赏地称赞道，而我也感到高兴。

最后，谈则开始在小纸片上写下各种关于这出戏的评注。这是她自己原本的想法，抑或是我硬塞给她的？两者皆是。记得当吴人告诉我爹他在梦中和我一起创作诗文时发生的事，我警告谈则千万别将她的写作——或我的——告诉任何人。在这点上，她是个顺从的继室，默认了我这正室的要求。

然而，尽管万事进行得很顺利，我还是遇到了一个大麻烦。我是一个饿鬼，且变得越来越虚弱无形了。

中　元

　　女孩子家在世时，有些事无论你是否欢喜，它总会定时发生，例如每月的月事。月有阴晴圆缺。农历新年到来，先是春节，之后有七夕、中元和中秋。对于时序我们没有掌控力，但我们的身体却随之起伏变幻。新春佳节，我们洒扫庭除，预备食物，供奉祭品，这不仅是出于职责和习俗，也是因为四季更替和节气轮换刺激引诱着我们，迫使我们去实践这些行为，对于鬼魂而言许多方面也是相同的。我们可以自由游荡，但我们也受到传统、本能以及求生渴望的驱使。我想每时每刻都待在吴人身边，但七月降临，我就感到饥饿难耐，那种强烈而失控的感觉像痉挛抽搐般难受，像鼓胀的满月，像爆竹火星子乱窜，将天上的灶神派往各家各户。即便我栖息在房椽上，或在我那共侍一夫的妹妹的床榻上盘旋，我依然感到自己被召唤诱惑着往外拽。

　　受到强烈难抑的饥饿感驱使，我离开了安全的卧房，从院落笔直穿过，飘游出了吴家大门，身后两名仆从手里拿着纸和端着罐子。我一穿过那里就听到大门关闭的声音，回头看时我受到了惊吓，两名仆从正往门上粘贴护符，为了保护门内的人不受我这样的鬼魂搅扰。那是七月半中元节。就像我那共侍一夫的妹妹成为欲望的牺牲品一样，我的行为也不由自主。

　　我拍打着大门："让我进去！"

　　我听到周身都是尖叫和哀号："让我进去！让我进去！让我进去！"

　　我四处打转，看到那些饿鬼们穿着碎布片，枯槁的脸，又灰又瘦，布满皱纹，身子因孤独、丧亲和悔恨而萎靡下垂着。有的已没有了四肢，有的则散发着恐惧、可怕或复仇的邪恶气息。那些溺水身亡的饿

169

鬼身上滴下液体，散发着腐鱼的恶臭。但还有那些孩子！许多幼小的孩子——大多是被遗弃、被拐卖、被虐待，直到最后被家人全然忘却的女孩——她们一起被捆扎在包裹中，惊惶如鼠窜，她们的眼里满是无尽悲哀。所有这些鬼魂有两大共同点：饥饿和愤怒。有些因为饥饿和无家可归而愤怒；有些因为愤怒而饥饿，变得流离失所。我被吓坏了，旋即转回大门口，拼命地敲打着。

"让我进去！"我又一次尖叫起来。

然而，仆从们在门上贴了护符，面对它们，我的双拳绵软无力，这些护符和门联是用来对付我和我的同类的。我的同类。我用额头抵着大门，闭上双眼，让它深入我的意念。我是这些恶鬼中的一分子，而且我感到极度饥饿。

我深吸一口气，将自己引离墙外，强迫自己转身走开。其他饿鬼对我也失了兴趣，纷纷回去干它们一直在做的事情：埋头争抢吴家供奉的食物。我试着从这群狠命扭动的身躯中挤出一条路来，但它们毫不费力地将我推开。

我在路上飘游，每每经过一处有供桌的人家我就停下，但不是我到得太晚，就是其他饿鬼都在野蛮争抢。最后我只剩下一张张开的嘴和一个空空的胃。

人们敬拜祭奠众神和先祖，将其视作无上的力量，他们施于佑庇，赐下福祉；他们在天之灵得以聚合、生长并超生。人们精心烹煮食物，置于漂亮的盘盏中，配以充裕的各样食具。但鬼魂却不受待见，我们被视作低劣之物，连乞丐和麻风病人都不如。人们觉得我们什么都不是，只会带来厄运、不幸和灾难。意外、无嗣、病患、歉收、玩牌输钱、生意不佳等等不祥之事都会怪罪到我们头上，当然，还有死亡。所以中元节给我们供奉低廉而惹人厌的食物又有何可怪？人们敬神祭祖时端上的盘子里放着大蟠桃、香米饭和整只的酱汁鸡，但我们只收到生米，丢给猪吃的烂蔬菜，还有一块块没拔毛的腐肉，也没有配置碗筷。人们以为我们会像狗一样埋头啃食，用牙撕咬，接着将它们带入地府阴暗的角落。

人们不明白，我们中许多幽灵出生于好人家，却孤绝于家人，但和他们祭奠的先祖一样关爱他人。作为鬼魂，我们无法逃脱自身属性，但这并不意味着我们拼命想伤害别人，好像我们就和那只烫人的火炉一样危险。目前为止我还未曾施用自己的阴骘故意致人伤残，或变得冷酷残忍，不是吗？然而当我沿着西湖游荡，为了争抢一个霉变的橘子或是一块还没被吸尽骨髓的骨头，我击退那些比我还胆小的饿鬼们。我行走、飘移、匍匐，拖着自己的身躯从一户人家到另一户人家，寻找我可以找到的东西，舔食供桌上被其他饿鬼们争抢剩下的残渣，直到我来到陈家大院的墙门。不知不觉地，我已绕湖一路来到这里。我真是饥肠辘辘。

我可从没在中元节到过自家风火门外，但我记得当年仆从们在节前总要准备多日，议论在门前要摆放、捆扎或吊起如何丰富的食物：或死或活的鸡鸭、猪肉和猪头、鲜鱼、米糕，还有一整盘熟透的菠萝、西瓜和香蕉。节日过后，当鬼魂们吃完这些食物，乞丐和穷人会来分享剩余食物，就像陈家施舍的盛宴那样。

每家每户都是这样，供桌前的争抢野蛮而激烈，但这是我家啊！我理应得到这些食物，于是我开始向前挤。一个男鬼身着撕碎的汉服，胸前绣的补服显示他是个五品官阶学士，他用胳膊肘将我推搡出去，但我太瘦小，很快从他臂下滑出。

"这是我们的！"他大吼道，"你没有权利跑这里来，滚开！"

我抓着供桌不放——尽管这也帮了一把那些挤不进来的饿鬼——看在他位有官阶的分上，我用尽可能尊敬的语调跟他理论。

"这是我的家。"我说。

"你活着时的地位在这阴间不起作用。"我右边一个饿鬼低声咆哮道。

"如果你真有什么地位，就该被好好安葬。又一个没用的废物。"一个女鬼嗤之以鼻道，她的肉全都腐烂了，皮里露出一部分头骨来。

那个身着官服的饿鬼朝我的脸张开他的大嘴，哈出腐臭的气味："你的家人忘了你，也忘了我们。我们来这里几年了，看看他们现在给我们些什么！几乎没啥东西了。你爹领养的那个儿子看样子还不明白自己犯的错。咳！"他冲我吐出一口恶臭的气体，我都可以嗅到他咽喉里腐烂供物的味道。"你爹在京城，那个宝儿就不看重鬼节了。像从前那样最好的供物，如今都被他拿去自己房里和几个小妾分享了。"

说时，这个穿官服的饿鬼从后面揪起我的脖子，将我甩了出去。我一下撞到对街院落的墙上，沿着墙壁滑落到地面，眼睁睁看着其他饿鬼猛扑上去啃咬抢食仅有的一点供物。我从他们身上爬过，无力地拍打着我家那扇风火门。活着的时候，我只想离开家院外出远足；如今我只想进去。

我已太久没想过家人了。莲儿和彗儿如今该已出嫁住在夫婿家了，但我的婶婶们还在里头，那些小妾们也在。我那小堂妹兰儿估计也已待字闺中。我想到家里那十来口人——阿嬷们、仆从们、厨子们，当然最想念的是我娘——他们都住在那扇门的后面。一定有法子见上我娘的。

我绕着院落走了一圈，试着大拐弯避开墙角，但却毫无希望。陈家大院只有一扇大门，而今为了防饿鬼紧锁着。娘会不会在盛莲阁想我呢？我抬眼望天，想瞥见望乡台。祖母会不会正看着下面的我呢？她是不是摇着头笑我愚笨呢？

鬼魂和活人一样，也不愿意接受事实。我们自欺，为了保存颜面，表面上假装乐观，在极其不堪的困境中继续前行。就像我不愿承认自己是饿鬼，饥肠辘辘时甚至会将脸埋在一盘腐臭的水果中。我长叹一口气。我还是很饿。这一天我得吃饱，这样才能过活一整年。

当我还在望乡台时，我会时不时观望古荡的钱家，就是爹在我死后那个新年下访过的那户人家。找到方向后我开始出发，必要时在路上和其他饿鬼们争抢食物，遇到转角时尽量拉大角度拐弯，后来在曲曲折折的田间小道中迷了路。

夜幕降临，更多饿鬼出来找寻食物了，但在乡间我遇到的鬼魂却不多。外面这些地方，多数人意外死于地震、洪灾、饥荒和各种瘟疫。他们在自己家中或附近死去，所以尸身都完好地被掩埋，很少出现意外发生后尸身了无踪影的事，顶多可能大火吞噬了一家人，或洪灾冲垮一座桥，将某个正去往市场的人和他的猪冲走了。因而大多数在乡间死去的人们都得以被细心掩埋安葬，他们灵魂的三部分也得以去往各自的安息处。

然而，我也确实遇见几个死不安宁的灵魂：一位母亲没被妥善安葬，导致她的尸体被树根刺穿疼痛难熬；一个男人因棺木被洪水冲破以致尸魂分离；一个少妇的棺木放置地面时移动了尸体，导致她的头骨扭曲，灵魂再无投胎机会。这些灵魂躁动不安，为了找寻帮助，他们给各自的家人也带来了麻烦。无论沉入梦乡、喂养婴孩还是和夫婿云雨时，谁愿听到痛苦不安的鬼号声？除了撞上这几个不安魂灵，我的旅程还算平顺，当然也是孤独的。

我来到钱家。尽管这家人贫穷，但他们的心地良善；他们的供品简单素朴，但却是我吃到现在最好的食物了。一旦吃饱，我便飘到屋子跟前，想在回城前歇一下，享受饱食后的满足感，也期待和这些与我家关系密切的人有短暂的接触。

然而中元节期间，钱家的窗门紧闭，外面还覆着木栅。我嗅到烹煮米饭的香味。门底下漏出几缕灯笼的火光。我听见里面传来低吟。

仔细聆听，那是钱夫人的声音和着一首诗："一辞拾翠碧江湄，贫守蓬茅但赋诗……"我对这首诗非常熟悉，它让我内心感到悲伤，乡思骤起。但我又能做什么呢？我形单影只，无亲无故，连诗和艺的陪伴也没有了。我掩面啜泣起来。我听到房内椅子挪动和人受了惊吓的声音。这些人供给的饭食安慰了我，但我现在却吓着了他们。

中元节过后，我回到了吴人和谈则的卧房，如今的我气力增加，意志增强，精神无比专注。这是自我死后许久以来第一次得到餍足，但也带来另一种饥切感——渴望完成我生前评注《牡丹亭》的遗愿。如果我可以在此前评注的眉批边上添加些东西，使之成为能让吴人认出我深蕴内心的"自画像"呢？杜丽娘的自画像和我的诗文不都是可以成为我们灵魂的寄托吗？

突然间，我和共侍一夫的谈则妹妹一样自私起来。我教她品读《牡丹亭》，深深影响她的思想，她便写下那些小纸片悄悄藏在卧房里。如今她该为我做些事了。

我开始让谈则白日待在卧房，尽量和我在一起，而不是去和她的夫婿婆婆一起食用早午膳。我不喜欢光亮，因而强迫她紧闭门窗。夏日里房内很凉快，这是我所喜欢的。秋日里，仆从们送来了被褥。冬日里谈则会穿上夹袄或裘皮大衣。新年到来春又至。四月时分，院外繁花向阳绽放笑脸，但即便是白日里，我们依然在室内阴暗处互相陪伴，静享安闲。

我让谈则重读我在《牡丹亭》上册所写的评注，接着让她去吴人书房里找寻我死前没寻到的三册集子的资料。我帮助她拾起毛笔，在我那些评注边上写下各种回答和我的思想。既然我能让她替我的夫婿"品箫"，让她提笔书写又有何难？小菜一碟而已。

但我远不知足。我急切需要找到《牡丹亭》下册。下册从柳梦梅和杜丽娘的"冥誓"写起，接着他为她的神主牌位点主，掘出她的尸身，让她起死复生。如果我让谈则写下我的想法，让她拿去给吴人阅读，这会不会启发吴人仿效柳梦梅的做法呢？

入夜后，我在谈则梦里和她相会，在她最爱的那片池塘边，我对她说："你需要找到下册。你必须拿到这本书。"几周来我就像只凤头鹦鹉，不断重复这两句话。但是谈则是为人妻，不可随意迈出房门去找这册书籍，即便我活着，这也是不行的。她得依赖为人妻的伎俩、魅力和夫婿的爱才能将书册带回来。谈则有我的助力，但她也有她自己的法子。她可以不依不饶，撒娇恃宠，而我们的夫婿也爽快应允了。

"我好想读《牡丹亭》下册，"她给他斟茶时说道，"我很久前看过戏，现在想读读这位大作家的文字，以便和你交流。"吴人抿了口热茶，她望着他的双眼，纤纤手指轻抚他的衣袖，补充了一句，"有时我不太明白汤显祖笔下的比喻和暗语，你这么优秀的一位诗人，或许能指教我。"

入夜后，吴人在我们中间躺卧床榻上，为了保暖，被褥高高叠起，她在他耳畔低语："我每日都想到陈同姊姊，丢失的《牡丹亭》下册总让我想起她的青春早逝。你一定也很想念她。若是我们能将她带回我们中间该多好。"说着说着，她的舌头从双唇中轻吐出来，逗引地舔着他的耳垂，继而别的事情便随之发生了。

我变得愈发胆大。夏日来临，我开始离开卧房，搭着谈则的双肩，任她带我从这间厢房穿梭到那间厢房。以这样的方式飘游，我就不必担心角落拐弯的问题了。我就像追随这位妹妹的一缕清风。当我们来到厅堂享用晚膳，吴夫人会放下扇子，让仆从关上门以免凉风突然袭来，又命他们燃起火盆里的煤炭，哪怕是一年中最热的几个月份。

"你的双唇又变薄了。"吴夫人那晚对谈则说道。

这是婆婆经常会唠叨的事儿，因为每个人都知道，嘴唇单薄代表性格各啬，且还意味着子宫单薄。言下之意：我何时才能抱孙子？真是老生常谈。

桌下吴人牵起谈则的手，脸上露出关爱的神情。

"爱妻，这是夏天，但你的小手冰凉。明儿和我一起出去吧，我们在池边坐坐，赏看花蝶，让日光晒晒，你的肌肤也会润和些。"

"这些天我不宜看花，"谈则嗫嚅着，"蝴蝶让我想到死去的亡灵。当我望见水，我只会想到溺毙。"

"依我看，"我的婆婆仔细审视道，"晒太阳也帮不了她。无论去哪儿，她都带着一股寒气。我们就别指望太阳能暖和到她了。"

谈则的眼里涌起泪水。"我该回房了，我还要看书。"

吴夫人将自己的披肩裹紧她的双肩。"也许这才是最好的。我明儿找个大夫给你看看。"

谈则夹紧大腿。"不用了。"

"那你怎么能生儿子……"

生儿子？相比给吴家诞下子嗣，谈则对我而言有更重要的事要做！她在帮助我，我们不需要儿子。

但赵大夫可不关心这些。他来出诊了，我死后就没见过他，我也不乐意再见他。

他像往常一样把脉，看看谈则的舌苔，将吴人拉到一边宣称："这种情况我此前已见过多次。你妻子绝食，又将自己幽闭在暗处。吴公子，我只能得出一个结论：你妻子患上了相思病。"

"那我该怎么办？"吴人警觉地问道。

赵大夫和吴人在花园内的石凳上坐下。

"通常来讲，和丈夫一夜春宵就可解决妻子的相思病，"大夫说道，"她是否已不愿再和你云雨了？这是不是她还未怀孕的原因？你们成婚都过了一年多了。"

赵大夫如此建议让我甚为恼怒。我真希望自己有复仇鬼的能力，那样我定会让这大夫为这些指责付出代价。

"在这方面我的妻子奇好无比。"吴人回答。

"你有没有——"言至此，赵大夫犹豫了片刻，继续道，"将你的精气传输给她？女人一定要内里接受这些才能维持身子康健。你不能只挥霍在她温香绵软的三寸金莲之间。"

在大夫的催问下，吴人坦陈了每日房事细节，赵大夫无从再指摘两人任一方激情、技巧、次数或食物摄取方面的问题。

"或许因为其他什么事情导致你妻子犯思春病。她还有其他什么需求吗？"赵大夫询问道。

吴人次日离城了。我没法跟踪他，因为忙着和谈则在一起。吴夫人遵照医嘱，来到卧房，打开门窗，将厚重的窗帘也取走了。杭州炎夏最常见的溽暑溢入我们的房间，真难以忍受，但我们尽媳妇职责，将个人感受和不适置于一边，学着适应和顺从。我尽可能地靠近谈则给予她安慰以免除外界打扰。看到她在棉袄外又穿了件大衣，我感到满意。婆婆们会命令你如何如何，我们可以表面装作顺从，但她们不能每时每刻监视我们。

三日后一个早上，吴人归来。

"我走遍每个村庄，"他说，"功夫不负有心人，最后我在笤溪得到了回报，我很抱歉没有早点做这事。"他从背后拿出一卷上下册合订的《牡丹亭》，"这是我能给你的最好的礼物了。"他略显犹豫，我知道他想起了我，"我将这完整的故事赠送给你。"

谈则和我在他的怀里幸福得都快化了。他接着说的话使我更确信他心里记挂着我。

"我不希望你相思成疾，"他说，"从今天起你会好起来的。"

我想，是的，是的，我会好起来。谢谢你，我的夫婿，谢谢你。

"是的，是的。"谈则重复着，叹了口气。

我们应该庆贺一下。

"让我们庆贺一下。"她说。

尽管还是清早，仆从们端来了酒和玉杯。我的妹妹并不习惯饮酒，而我也从未饮过酒，但我们如此欢欣，吴人都还没动，她便饮了第一杯。每次她放下杯盏，我轻触杯沿，她便斟满。这是个大白日，窗户敞开，暑气逼人，但夫妻间的光和热也开始蠢蠢欲动。一杯，一杯，又一杯。谈则饮了九杯酒。她的双颊随着酒气泛起红晕。吴人更为清醒，但他让妻子欢欣，而她以我们两人共有的感激回馈了他。

午后他们二人沉入了梦乡。次日，吴人一如既往准时起床，继而去书房创作。我任那不能喝的妹妹继续酣睡，因为我需要她养精蓄锐。

心 梦

阳光照上床幔挂钩时，我唤醒了谈则。我让她将过去几个月写下的小纸片一并收起，接着前往吴人书房，她低下头，向他呈上手中的纸片。

"我可否将自己和陈同姊姊的评注一起写入那本新的《牡丹亭》？"她问道。

"好的。"他回道，头也没抬，低头看书。

我觉得自己真是有幸，婚姻并未使我的夫婿关上他宽广的心，我对他的爱也愈来愈深了。

但有一点我得澄清：让谈则将我的评注抄入新的《牡丹亭》是我的主意，也是我让她将其评注附在我的评注之后，更是我想出来让她继续娘烧毁下卷后我未完成的工作。因此，新一册《牡丹亭》里的所有评注都变得颇有意义。

谈则将我原先的评注齐整地抄入《牡丹亭》上册，花了两周时间。梳理她的小纸片将上面的文字誊写至下册留白处又花了她两周时间。接着我们开始在上下两册书中添加新的评注。

道家思想告诉我们，我们应该写下自己从经验中所得的认知，应该开阔心胸，和真实的人事进行交流。我也相信叶绍袁为他女儿叶小鸾遗稿《返生香》所写序文中的句子："笔墨精灵，庶几不朽，亦死后之生也。"因此，我让谈则写下评注时，她对于这出戏结构和情节的点评比我当初这个卧病床榻的春恨少女更有见地。我希望吴人能看到谈则的笔迹，听到我的心声，知道他依然拥有我。

三个月过去了，常时，太阳躲在云后，继而迅疾地西沉。我们紧闭窗户，垂下帘幔，关起门隔绝外界的寒气，并燃起火盆。环境变化对我有利，也刺激着我的头脑。几周来我专注于自己的点评本，鞭策谈则，几乎不让她步出房门。但有一晚，我听到吴人就寝前和我这位妹妹说话了。他坐在床沿，手臂环绕着她的双肩，她和他比显得极其娇弱。

"你脸色愈发苍白，"他说，"而且又瘦了。"

"看来，你娘又在怨我了。"她冷淡道。

"别提你婆婆。这是你的夫婿在跟你说话。"他轻触着她双眼下面如月晕一般的黑眼圈。"我们成婚时你都没有这些黑眼圈。看见它们让我伤心。你和我在一起不快乐吗？你想回娘家省亲吗？"

我帮着谈则给出合宜回应。

"姑娘家在自己娘家只是客人，"她弱弱地念诵道，"如今我属于这里。"

"那你想不想外出散散心？"他问。

"和你守在一处我很满足。"她轻叹，"明儿我会多花点心思妆扮自己，尽力讨你欢心——"

他厉声打断了她："这与讨我欢心无关。"见她听后发颤，他声调变得温和些了，"我想让你开心，但我发现早膳时你既不吃也不说话。白日里几乎看不到你。你过去会给我端送茶水，记否？我们往日还常在书房里聊天。"

"我明儿就给你奉茶。"她允诺道。

他摇了摇头："这与侍奉不想干，你是我的妻，而我现在为你难过。仆从们送来晚膳你也不吃。我担心我们又要去请大夫了。"

我见不得他忧伤，从房椽悄悄滑下来，缠绕在谈则身后，接着伸出我的指尖轻触她的后脑勺。我们现在靠得非常近，以至于她毫无抵抗地听从我的指挥。她转过头一言不发便吻向他的双唇。我不希望他担心，也不希望听到各种忧虑。

我这让他安静下来的方法总是奏效的，但今晚却不行。他推开她，说道："我是认真的。我以为将那册《牡丹亭》带回家能治你的病，哪知问题更严重了。相信我，这不是我所希望的。"再一次，我浮现于他的脑海，"明儿我去把大夫请回来。请你准备好就诊。"

他们就寝后，吴人双臂怀抱着谈则，将她拥入胸前，充满呵护之情。

"明儿起一切都不同了，"他轻声细语道，"我会在炉火边给你念书。让仆从们端来饭菜，就我们两个人吃。我爱你，谈则。我会让你好起来的。"

男人们总是如此自信，他们有这份勇气和信念。他们相信——真的相信——只要说了他们就能让事情办成，而且好多次他们确实办成了。我喜爱吴人的这一点，我希望看到他对我妹妹的这份关爱。看到他用自己的身子去温暖她，我想到柳梦梅是如何让杜丽娘冰冷的失魂肉身复活的。随着吴人的气息减缓和加深，谈则的呼吸也随之均匀起来。我几乎都等不及他入睡，他一沉入梦乡，我就把谈则从床上拽了起来，让她秉烛磨墨，开始书写我们的评注。我颇为兴奋，精神焕发。这是我回到吴人身边和他重聚的方法。

我没有让谈则写下很多，只是一小部分：

> 此记奇不在丽娘，反在柳生。天下情痴女子，如丽娘之梦而死者不乏，但不复活耳。若柳生者，卧丽娘纸上，而玩之、叫之、拜之，既与情鬼魂交，以为有精有血而不疑，又谋诸石姑，开棺负尸而不骇，及走淮扬道上，苦认妇翁，吃尽痛棒而不悔，斯洵奇也！

我笑了，对自己的书写才艺深表满意。接着，我让谈则重回夫婿舒适温暖的怀抱，自己则沿墙飘回到房椽上休憩。我得确保吴人满意自己的妻子，否则我无法再利用她写作了；如果我不能再用她，吴人就听不见我说话了。那些个夜晚我看着他俩入睡，在脑海中搜索娘和婶婶们谈论为人妻的那些言论。"每日清晨比你的夫婿早起半个时辰。"娘昔日这么说道。因而次日早上我在吴人睡醒前就让谈则起床了。

"少睡半个时辰不会影响你的康健和美貌的，"当她端坐梳妆台前，我在谈则耳畔轻语，"你觉得你夫婿希望看到你沉沉入睡的样子吗？不。花十五分钟清洗脸庞，梳理发鬓，穿戴整齐。"我拿出闺房的各样规矩，指导她调粉、涂抹胭脂、盘发并装点上羽状的发饰。我确保她穿上粉色的服饰。"再花一刻钟为你夫婿备置衣物，放在他枕旁，待他醒来，准备好新打的温水、毛巾和梳子。"

待吴人走出房门，我提点谈则。"你要不断修持自己作为女人的品位和德行，千万别将你做大小姐的顽劣、任性和嫉妒带入我们家门，他在家门外都能知道，因此你要不断学习。阅读能丰富你的谈吐，茶道能给他带来温暖，抚琴和插花能陶冶你的情操，同时为他带来盎然生气。"接着，忆起我娘让我帮忙给兰儿缠足那日，我补充了一句，"夫为天，你怎能不服侍他呢？"

今儿，这是第一回我把她推出卧室，将她引入厨房。毋庸置疑，谈则此前从没去过那里。当她以不满的神情斜视仆从时，我撑开她的睫毛，让她睁大双眼，显得轻松愉悦。她或许曾是个娇生惯养的女孩，心不在焉的妻子，但毫无疑问她娘曾教导过她一些事。我让谈则待在那里，直到各种简易食材进入她的脑海中。谈则将一壶水煮沸，放入一把米，不停搅动，直到煮成一锅粘稠的粥，仆从们则在一旁紧张地观望着。她的双眼扫过篮子和橱柜，发现新鲜蔬菜和花生，将它们剁碎放入佐料小碗中。她将粥倒入大碗中，将大碗和其他碟碗汤勺放入托盘上，端着托盘进入膳堂。看着谈则低头服侍，双颊因厨内蒸汽和粉衣的色泽映衬而泛起红晕，吴夫人和吴人惊讶得说不出话来。随后，谈则随着她的婆婆进入女眷闺房，两人在那里边刺绣边聊天，我不会让她们发生口角，而吴人也不必去请大夫了。

我坚持要谈则遵循这些仪礼，以安抚她夫婿的焦虑，也赢得她婆婆的尊重。当谈则下厨时，她会烹调得宜，菜肴生香。她往餐桌上端出一条西湖鱼，安静地看着大家享用。当她婆婆或夫婿的杯子快见底时，她会给他们斟茶。一旦这些仪礼恭行就绪，我将她拉回卧房继续我们的书写评点。

到如今，我在婚事和性爱方面已颇有习得，这不是《牡丹亭》中石道姑或花神暗指的污秽下流之事。我如今已明白这是一种通过肉体的亲近所达到的灵魂交融。我让谈则写下：

> 丽娘道："鬼可虚情，人须实礼。"丽娘不会也不愿因梦中与柳梦梅云雨交欢而授人话柄。她不会在梦中或是以鬼魂之身怀孕。但梦中云雨不会导致严重后果，也无须承担责任，更不致为之蒙羞。故少女大多喜行此道，这不会玷污其人品。女儿家常常借此得以知情。丽娘不以为然，又道："聘则为妻，奔则外家。"她将夫妇之道由情色提升至优雅之境。

但情不可能只限于夫妻之间，那母爱又为何物？我仍然思念我娘，渴望见到她。穿越湖面，她一定也在想我。那是否也可称之为情呢？我将谈则置于母女重逢团圆的场景中，当丽娘回生后在钱塘客店偶遇她娘。多年前，我只将"遇母"这出视作戏剧下本充斥各种争战与政治阴谋情节里的一个过渡桥段，如今当我再读时，我被拽入情的世界——那是女性化的、抒情的、感性的。

当丽娘从阴影中走来时，杜夫人和春香都吓坏了，以为她们见到了鬼。丽娘轻声啜泣，那两人则颤抖着退后，充满了恐惧和厌恶。石道姑提着灯笼走入房间。快速估算了下情势，她上前拽住杜夫人的手臂："**休疑惮。移灯就月端详遍，可是当年人面？**"从幽深误解中走出，杜夫人发现面前这姑娘确实是自家闺女，而非一个鬼魂。她想起丽娘死时所感受的那种近乎绝望的悲恸；如今，她必须克服对于冥界生物的恐惧。母爱之深便是如此，它可能更深于此。

我握着谈则的手写下：

> 聚后诉说离情，眼泪都从欢喜中流出。

对我而言，这是对母爱最纯粹的定义。一代代经历所有痛楚、苦难和争执，娘亲为自己的女儿找到在这世上的位置，先为人女，次为人妻，再为人母，及至为人祖母、婶婶和闺密。

谈则和我不停地写啊写。春日，经过六个月劳心劳力的专注写作，我也差不多消耗殆尽。我想我写下了所有关于爱的文字。我回看自己这位共侍一夫的妹妹。她的双眼因疲惫而红肿，鬓发松软无力并开始分叉。她的肌肤极其苍白，因着我们的工作及多少个无眠之夜，外加取悦她的夫婿和婆婆。我得承认她在我的写作计划中功不可没。我温和地向她吹了口气。她轻颤着不由自主地拾起毛笔。

在那册《牡丹亭》合订本最前的两张空白页上，我帮谈则写了一篇序文，解释何以这些点评得以完成，留下些世人眼中看似陌生且不可信的文字。

曾经有一位恼春少女爱上了《牡丹亭》。这个姑娘名叫陈同，已与诗人吴人订婚，深夜里她在这册书的空白处写下自己关于爱的冥思。她死后，吴人又娶了另一位姑娘。这第二位夫人遇见了她前任的遗墨。很想继承她前任未尽之业，但她没有下册。当她的夫婿带回家上下册整本《牡丹亭》后，她喜极酣饮。自那以后，每当吴人与谈则闲暇赏花时，他便笑她醉饮那日酣睡整日直至次日天亮方醒之事。谈则勤学好思，她完成了评注，决意将它呈给那些拥护情理的读者们。

这篇文字浅显、纯粹、近乎实情。我的当务之急便是让吴人读到它。

我早已习惯了谈则对我的顺从，以至于我都没注意到，吴人离家去西湖边茶馆访友时，她将我原本的上册《牡丹亭》取了出来。当她携之出门时我也未曾多想。我相信她是为了好好再读读我的文字，寻思我对她关于爱的各种训教。当她穿过曲桥步向吴家水塘中央的夏亭时，我还是没有多留心眼，无论如何曲桥的大弯角是我无力穿越的。再说，我本也没有任何防备。我坐在池塘边的花架上，在那棵终年不长叶、不开花、不结果的梅树下，享受着眼前的宁静景致。那是康熙十一年的五月，我想，如许宁谧的暮春，和谈则这位美丽但唇薄的年轻妻子共同欣赏这宁和的池面盛开的莲花。

然而，当她从袖中取出一支蜡烛，光天化日中点燃它时，我立刻跳了起来。我焦急地前后调整着步伐，周身的空气也随之打旋。看见她撕下上册里的一页纸，慢慢地故意将其置于火苗中，我陷入极度惊恐。随着纸页燃烧蜷曲成黑色，谈则笑了。当纸片烧到她无法再拿捏时，她将剩余的碎纸片扔过了栏杆。纸片最后那部分未及触到水面便已灰飞烟灭。

她又从书中撕下另外三页，再次将它们点燃投向亭子栏杆外的池塘。我试着奔向曲桥，但我的三寸金莲不管用。我跌倒，刮伤了自己的下巴和双手。我爬起来冲向曲桥，走上桥刚到第一个转折处我就僵住了。我没法穿过这个转角。九曲桥的这种设计是我这样的鬼魂难以逾越的障碍。

"住手！"我尖叫道。那么一刻，天地都颤抖起来。鲤鱼在池中停止跳跃，鸟儿在空中陷入静寂，花瓣片片离枝飘堕。但谈则连头也没抬，她一张张撕下并一一将它们烧毁。

我奔跑、绊倒、爬起、双手挥舞着，回到岸边。我冲着池塘大叫，将波浪推向曲桥和亭台，掀起旋动的空气企望能将蜡烛吹灭。但谈则很狡猾，她拿着蜡烛从岩边挪移开，在亭中蹲下身子，以此避开我吹去的大风。一旦她稳住了，一个新的更残忍的念头进入她的脑海。她将所有书页都撕了下来，揉皱它们，堆成一堆。她倾斜蜡烛，犹豫了片刻，接着任由蜡油滴在纸页上。她迅速瞥了下四周，双眼悄悄扫了一下岸边和四围厅堂，确保无人在看后，她将火苗引向纸页。

我们经常听闻《焚余草》里的各样故事。但眼前此事并非意外，甚至也不是因为作者对诗文创作丧失信心而做出的举动。这是那个我视作妹妹的女人反抗我而故意为之的行径。我悲恸号哭，就好像自己被焚烧一般，但她置若罔闻。我扭动身子，扑打双臂，直到春天的叶子像雪片一般在我们周身飘落，但这是我做的最糟糕的事，因为这一阵乱风煽动着火苗。如果我待在亭子那里，我可以吞下烟雾，吸入自己的所有文字。但我不在那里。我在岸边，双膝跪地，眼见我沾着泪水、亲手写下的文字被烧成灰烬化为乌有，我伤心欲绝，泣不成声。

谈则等在亭内，直到灰烬冷却，才将它们扫入池中。她穿过曲桥回来了，脚步轻快，既不烦忧也不后悔，这让我感到疑虑重重。我跟她回到卧房，她打开那册合订本《牡丹亭》，上面她誊写了我的评注并加上了她自己的。她每翻开一页，都让我惊惧发颤。她会不会把这册书也毁了？她翻回解释"真正"点评著作人的前两页序文，以迅疾直接，快得像插入一把刀子的动作，将这几页撕了下来。这比我娘将我的书烧毁更让我揪心。不久之后，除了那个遗落储物间没有点主的神主牌位，尘世再也没有我的印迹了。吴人再也听不到我，我将被彻底遗忘。

接着，谈则将那两页纸藏入另一本书的夹页中。

"为了妥善保管。"她自言自语道。

这一举动让我感觉自己总算逃过一劫。这就是我的感觉：逃过一劫。

但我的灵魂和肉体都受到重创。谈则肆无忌惮的恶劣行径差点让我魂飞魄散。我爬出房间，双手沿着盖顶的回廊将自己的身子支撑起来。当我意识到自己无法走远时，我滚到回廊边缘，将自己缩得很小，继而滑入地缝中。

两个月后，我钻出地面外出寻觅中元节时留下的食物。我无法飘游，无法回访自己娘家，也无法跋涉前往爹的领地到钱家讨要食物。我仅有的力气，只够拖拽自己离开藏身之处，滑入池底，吃食园丁丢给池内鲤鱼的饭团，接着我又急促地从岸边溜回来，再次将自己藏身于暗处。

我这样一个出身高贵、受教良好、相貌娇美且才智聪颖的姑娘，为何会遭受如许多不幸之事？难道是我前世造孽要来偿债？我的这些遭遇是要来取悦众神吗？抑或我注定是个苦命的女子？接下去的几个月里，我无法找到答案，但我开始恢复气力，找到决心，再次记起，我，就像所有女人和女孩一样，想要——也需要——让人听见我的声音。

贤 妻

又过了五个月。有一天，我听到头顶上回廊中人们来回奔忙的声响：有人冲出去迎客，有人朗声互道吉祥，还有人端送着盛有供品、香气四溢的餐盘，这是为了庆贺新年的到来。铙钹和爆竹的声响将我带回日光之下。我的双目因刺眼的光线而烧灼。我的四肢因好几个月的蜷缩而僵硬。我的衣服更是褴褛不堪。

吴人的兄长及家眷从山西回家过年。多年前，吴人的嫂嫂曾赠过我汤显祖初刻版的《牡丹亭》。我没能活着见上她。如今她来了，她身材娇小，姿态优雅。她的闺女妞儿年方二八，刚嫁给杭州一位地主，新年也同行造访。她们的衣衫绣工精巧，样式古雅，且极具个人风格，显示了母女俩的个性和品位。她们声调温和，听得出颇有教养且喜好诗歌。她们端坐在吴夫人身旁，聊起假日里的远足。她们造访了山里的寺院，在竹林中漫步，前往龙井村观看茶叶的采摘和晒炒。她们让我怀恋那逝去的岁月。

谈则进来了。在过去七个月里，因我住在回廊地下，没听到多少她的声音。我期待看见那薄嘴唇、尖下巴和满眼不屑的神情。我希望她就是那副德性，而她确实如此，但是，当她一张嘴，居然满口都是好话。

"妞儿，"谈则面朝吴人的侄女说道，"你的夫婿定以你的才学骄傲。为人妻知书达理、贤淑优雅真是令人称羡。我得知你在家是个极好的女主人，令文人雅士倍感舒适。"

"诗人们经常来我们家作客，"妞儿坦承道，"您和叔叔以后找一天来吧，我很乐意招待你们。"

"当我还是个小女孩时，我娘也带我出去郊游，"谈则回应道，"如今这些日子我更喜欢待在家里，为我的夫婿和婆婆烹饪美食。"

"婶婶说的是，不过——"

"为人妻须得倍加小心，"谈则继续道，"我们得如履薄冰，光天化日之下，随时会有流言蜚语，我不想折辱自己，或让我夫婿感到羞愧。唯一安全的地方就是我们的闺房。"

"那些来拜访我夫婿的文士们身份显要，"年轻的姉儿平静地回答道，没有在意谈则刚才所说的，"叔叔若是和他们见见，想必也有益处。"

"我一点儿也不反对外出走走，"吴夫人插话道，"若吾儿能从交际新友中获益。"

即便成婚两年了，她也从不公开批评自己的儿媳，但她每个手势和表情都显示这个媳妇任何方面都不及陈同。

谈则叹了口气："如果娘同意，那我们就去。只要我夫婿和娘开心，我怎么着都行。"

这是怎么回事？难道我先前藏在暗处训导谈则的那些功课竟已对她产生了影响？

在吴人长兄造访的这一周，四个女人每天早晨都在女眷闺房中共度。吴夫人受她儿媳和孙女启发，邀请了其他亲友来访。吴人表妹李淑和林以宁相偕而来，林家与吴家可谓世交。李和林都是诗文作者，林以宁更是遐迩闻名的蕉园诗社五子之一，这个诗社由女诗人顾若璞创设，社内成员都认为挥毫创作诗文与女红刺绣针黹之间并无冲突，她们将"四德"的定义引向新的方向，相信"妇言"的最佳模范是女性写作。因此李淑和林以宁造访时，室内熏香缭绕，窗户敞开，人们挥毫书写着。谈则抚琴为众宾客助兴。吴人与其兄长施行各式仪礼为吴家先祖安魂、供食、奉衣。吴人在众人面前对谈则充满爱怜。如许多人，却没人会稍微动念想到我。我只能旁观并忍受着这一切。

接着我时来运转。我叫它运，但或许这就是命。姊儿拾起那册《牡丹亭》，开始阅读我的评注，那些谈则誊写至书页的文字。她向这些温柔的述说敞开心扉，动以七情。她反省自己的生活和她所经历的爱与欲的各个瞬间。她想象着自己年老后怀揣着失落、苦楚和悔恨……

"则姊姊，这册书可否借我一阅？"姊儿问道，样貌纯真而无辜，我那共侍一夫的妹妹怎忍心拒绝她？

因此那册《牡丹亭》离开了吴家大院，去了杭州另一户人家。我没有跟随姊儿前去，深信自己的文字在她手里总比在谈则那里安全些。

姊儿和她夫婿邀请吴人、谈则、李淑和林以宁至他们家作客。当轿子来接迎他们时，我搭着谈则的双肩穿过院落。当我们来到迎候的轿前，她移步入内，而我爬上了轿顶。我们被抬着下了吴山，经过寺庙，穿越湖泊来到姊儿的家。这并非我这已死姑娘往生后一次偶然的飘游，也不是我在中元节的疯狂觅食之旅。最终我实现了吴人允诺的我们成婚后可做的特别之事：他会带我游山玩水。

我们抵达姊儿的家，这是我第一次踏入既非我爹也非我夫婿的家门。姊儿在一座缠满紫藤的亭阁迎候我们，她说那些紫藤已年逾两百。一簇簇巨大的紫色花束垂挂下来，空气中弥漫着芳馨。如先前所说，姊儿也邀请了文社中的诗友。她的塾师，留着细长的胡须，显示出他的年龄和智慧，他受邀坐上了贵宾座。戏剧家洪昇和他怀孕的妻子携来美酒和坚果，以此为礼。几位已婚女子，其中有几位擅诗，她们恭喜李淑的新剧本刚刚付梓。最让我印象深刻的是徐士俊的出现，他撰有杂剧《春波影》叙小青之事，以支持出版女性作品而闻名。今日他受邀来此讲论佛教经典。我的婆婆是对的，吴人今天能在这里结识很多有意思的朋友。他和谈则并肩而坐，望去宛若一对璧人。

《礼记》所言，男女有别，不可同用衣架、巾子或梳子，更别提并肩而坐。但这里的男人女人——陌生人——济济一堂，毫不在意旧规陈俗。茶沏好了，蜜饯在宾客间递送。我坐在栏杆上，沉醉于紫藤的馨香与诗歌的字里行间，它们就像鸟儿盘旋亭上，在云中穿行啾鸣。这时姅儿的塾师清了清嗓子，亭中所有人都安静下来。

"我们可以整个下午都诵诗作文，"他说道，"但我乐意让姅儿将过去这几周所读妙文推荐给诸位。"不少宾客点头表示赞同。"和我们说说，"姅儿的塾师向吴人说道，"你给《牡丹亭》写的那些评注。"

我讶异万分，从栏杆上滑落下来。一阵大风刮向亭阁，妻子们赶忙紧了紧她们的丝衫，男人们则耸了耸肩。我对自然的把御稍有失控，但我试着让自己安定下来。风止住了，姅儿望向吴人，微笑着问道："您是如何写出这些评论文字来的？"

"我岂敢对这部名剧妄加评议，"吴人答道，"真可谓卑之无甚高论！"

"您太谦虚了，"姅儿的塾师说道，"我们都知道您是一位极有造诣的批评家，写过不少戏剧评论——"

"但从没写过任何关于《牡丹亭》的文字。"吴人接着前面的话头。

"这怎可能？"姅儿的塾师问道，"我的学生从您家带回一本《牡丹亭》。毫无疑问，留白处点评是出自您手泽。"

"我什么也没有写。"吴人宣称道。他疑惑地瞥了一眼身旁的妻子，但她默不作声。

"姅儿读完将这书给了我，"洪昇的太太轻声评论，"我认为男子没有如此敏感的情思。这些文字出于女子手笔。我想象得出，作者是个和我一样的年轻姑娘。"她补了一句，顿时面呈羞赧之色。

姅儿的塾师好像挥去臭味般地摆了摆手，否认道："我所读到的那些文字不可能出自姑娘家——或是一个女人，尤其是有些内容，"他说道，"姅儿允我，让杭城在座无论男女文士传阅下这些评注文字。"说时他手指向亭内在座诸人，"我们被这些文字深深打动。我们自问，谁人会对温情、忠贞、挚爱的内涵有如此惊人的领悟？姅儿邀请在座诸位为我们解此疑窦。"

吴人牵起谈则的手。"这是你那册《牡丹亭》吗？那册你花了好多心血，最早源自……"

谈则注目前方，就像他在和其他人说话似的。

"是谁写下这些美丽的字句？"洪昇发问了。

连他也读了我的评注文字？我尽力克制自己，差点兴奋地跳叫出来。吴人侄女的举动真是非凡。她不仅将我的思想带入她的家中，带给她的塾师，更带给了国内最受欢迎的剧作家之一。

此时的谈则一脸疑惑，好像她不知怎的忘了是谁在页边写下这些文字。

"是你的夫君吗？"姅儿的塾师探问道。

"我的夫君？"谈则像所有谦卑的贤妻那样低头轻声道，"我的夫君？"她甜甜地重复了一句。接着停顿许久，她说："是啊，是我的夫君。"

难道这女人对我的折磨就是这般没完没了吗？她曾是温顺听话的，但她从我这里学得太多了，作为妻子已经贤良过头了。

"但是，爱妻，关于这部戏剧我什么评论也没写过啊！"吴人坚持道，他看了看周围宾客接着补充，"我知道有这些评注，但不是我写的。"他对姅儿道，"请你给我看下可好？"

姅儿向仆人点头示意将书册取来。所有人都等着，甚觉奇怪，这对夫妻居然言辞对不拢。我呢？我以三寸金莲平衡自己，尽力保持镇静，但内心里在翻腾：夹杂着害怕、震惊和期待。

那个仆人将书册取来递到吴人手中，他翻看书页时，众宾客也观察着。我真想奔向他，在他脚前跪下，当他读我的话语时能凝视着他的双眸。你听见我说话吗？但我让自己镇定下来。任何有意或无意的干扰都会毁了这一刻。他轻翻着书页，在几处地方稍作停顿，继而带着期待又怅然的稀奇表情抬起眼来。

"这不是我写的。这些评注是由一位女子开始书写的，她本会成为我的妻子。"他转向李淑和林以宁两位亲戚，"你们记否？我曾与陈同订了亲。她开始了这项书写工作。我现在的妻子谈则继承了她的工作，将自己的评注又加入下册中。你们都是我的亲人，自然知道我所言非虚。"

"如若你所言确凿，"未及几位姑娘回应，姅儿的塾师就插嘴道，"为何谈则的文笔和陈同的如此相似，以至于我们都无法辨别？"

"或许，只有丈夫——熟识这两位女子的男人——才能听出这是两种声音。"

"唯有夫妻关系亲密，爱意才能生长，"洪昇同意道，"月光洒落西湖之上，丈夫岂能独处空房？玉簪滑落鸳鸯枕旁，妻子又何堪孤枕独眠。但请告诉我们，一位待字闺中的姑娘家怎会对爱有如此深的认识？而你最终并未与她成婚，又怎能辨识出她的心声？"

"我认为吴先生说的是实话，"座中一位妻子羞怯地打断道，让吴人免于回答这个尴尬的问题，"我发现陈同的文字富于浪漫，谈则因补充对情的理解也完成了出色的点评。"

其他几位妻子也纷纷颔首表示赞同，谈则仍是默不作声。

"这些评注让我读来颇为欣喜，即便没有剧作本身。"姅儿宣称。

是的！这正是我期待听到的。

接着徐士俊冷哼一声表示怀疑："有哪个妻子希望自己的名字会为外人道也？妇人没理由为了沽名钓誉而丢了脸面。"

这话竟出自他？一位以教导女子闻名，曾对小青遭遇显出极大同情，且热心支持妇女著作出版的名士？

"没有女人——更别提两名妻子——希冀以这样公开的方式展现她们私密的想法，"座中另一位丈夫承接徐士俊令人惊异的立场补充道，"女子都是在闺阁内谈论这些。自由主义、女子外出、男人支持女性以书画谋生等等，这些最终导致扬州大屠杀。谢天谢地，一些女子今日总算回归到传统妇道上来了。"

我感到恶心。那些拥护者们怎么不说话了？为何李淑和林以宁这两位女文人没有反驳他？

"为人妻者当知书达理。"婶儿的塾师说道，那一刻我感觉稍好一些，"她们应当通晓最高准则，那样才能教导自己的儿子。然可悲的是，并非事事都如期望的那样。"他遗憾地摇了摇头，"我们允许女子读书，但接着发生了什么？她们渴读那些经典吗？不，她们阅读戏曲、小说和诗歌，她们读书是为了消遣，这只会削弱她们的温良品性。"

这些粗暴残忍的话语让我浑身发麻。我死了九年了，事情怎会发生如此戏剧化的转变？我爹或许不允我步出家门，我娘或许不让我读《牡丹亭》，但如今这些思想远比我成长时所受的教育尖刻。

"那么，我们都认为谜团已解决了吧，"婶儿的塾师总结道，"吴人完成了一项真正独特的工作。他为我们开启一扇窗，让人思忖爱的缘由和真谛。他是一位伟大的艺术家。"

"心思如此细腻，"一位男士说道。

"太细腻了！"林以宁补充道，她的声调中听得出有几分苦涩。

整个交谈过程中，谈则一言不发。她端坐着，安静守礼。她的双眼低垂，双手藏于袖中，她的言行无可指摘，堪称是个地道的贤妻。

徐士俊将那册写有评注的《牡丹亭》带了回去，并付梓，其中还有他为吴人作的序文，赞誉他对爱情、婚姻、欲望颇富见地。接着他巡游全国，大肆宣扬这册点评本，宣称吴人是这项杰作的作者。因此，我的文字、思想和情感不仅在杭城文学圈极受追捧，甚至在全国都颇为畅销。

吴人拒绝任何赞誉。

"我什么也没做，"他说，"我亏欠自己的妻子，还有订了亲未过门的那姑娘。"

他总是得到相同的回应："吴先生，您过谦了！"

尽管他否认——或许正因他否认——他因为我和谈则的写作大获名声。编辑们追着他要出版他的诗作。他受邀参加各种文学聚会。随着声名鹊起，他有时要外出好几周。他赚了不少银两，这让他的母亲和妻子都感到高兴。最后他学会接受人们的赞美。当人们说"没有女人能写出如此具有洞见的文字"时，他只是低头不语。那日做客姵儿家的女宾中无人为我申诉。显然，在这动乱年代，不去伸张或庆贺另一位女子的成就倒是更简单些。

我本该为我心上诗人的成功感到自豪。如若活着，我或许会和谈则一样，谨守为人妻的本分，尽一切可能为丈夫带来尊荣。但我不属于这尘世，身为女人，当自己的声音无法发出时，我觉得愤慨、失落，甚而有一种幻灭感。我已倾尽心力，但我感到吴人根本没有听到我的声音。我快崩溃了。

疗妒羹

拜访姗儿一家后，谈则回来就歇躺在床上，也不点灯，也不说话。即便餐饭送入房内，她也拒绝进食。她不再梳妆打扮。自她做了负我之事后，我再也不帮她了。吴人终于从行旅中归来，她还是不愿起床。他们云雨一番，却回到新婚初夜那时的窘境，她是如此了无生趣。吴人试着哄谈则开心，要陪她去花园溜达，或是外出和友人一起用餐，但她没有答应，双臂怀抱自己摇着头问道："我是你的妻子还是你的小妾？"

他盯着从床上直起身来的她，她的脸上有斑，肤色灰黄暗沉，手肘和锁骨从她骨瘦如柴的身子里凸了出来。"你是我的妻子，"他回答道，"我当然爱你。"

她掩面哭了起来，吴人做了男人想到的唯一可做的事——将大夫请来。赵大夫宣陈："少夫人思春病又犯了。"

然而谈则不可能犯思春病。她确实在绝食，但她已不是少女，也不是处子之身。她已是个十八岁的已婚女子。

"我没有犯思春病，我内心没有爱！"谈则在床上大哭起来。

那两个男人默然对视，接着低头望向这卧床不起的女人。

"夫君，你还是离我远点。我已成了一个梦魇、一个吸血鬼、一个诱惑男人的邪女。若你与我同寝，我会拿锥子刺入你的双脚，吸干你骨髓里的血液，以此填饱我内在的空虚。"

这是她拒绝云雨的一种方式，但我再也不想干预了。

"或许少夫人是担心她的地位，"赵大夫推断道，"您有没有和她闹别扭？"

"小心点！"谈则警告赵大夫，"否则下次你入睡时我会拿绸布勒断你的脖子。"

赵大夫并不理睬她的暴怒情绪："是不是吴夫人批评她过于随性了？即便是婆婆一句疏慢的评点，也会招致小媳妇的焦躁。"

吴人向赵大夫声称这些都不可能，大夫开了个猪蹄食疗方子，帮谈则解决情的困扰。

谈则不愿进食这下三滥的东西。

接着赵大夫命厨子煮了猪肝汤来给谈则进补，没多久他试了猪身上各样器官为病人补气，但没一样奏效。

"你本该娶的是另一个人，"赵大夫私下和吴人说道，"或许她回来索要应得的名分了。"

吴人不认同这想法："我不信鬼神的。"

赵大夫伸了伸下巴，回去给谈则把脉。他询问她的梦境，她说充满了邪灵和可怖的画面。

"我看到一个皮包骨头的女人，"谈则回忆，"她的欲念朝我袭来，绕着我的颈项，令我窒息。"

"我先前诊断得不够准确，"赵大夫如今向吴人承认，"少夫人的思春病和我原来所想的不同，她得的是女人的通病：吃醋。"

我们当地人说吃醋，换言之，便是嫉妒。

"但她没理由嫉妒啊。"吴人反对道。

听闻此话，谈则抬起一根纤弱的手指指向他："你不爱我。"

"那您的第一任夫人呢？"赵大夫又绕了回来。

"谈则是我的第一位夫人。"

这话真伤人，难道吴人将我全忘了？

"或许您忘了，陈同去世前我曾给她诊过脉，"赵大夫提醒他，"按传统，您该晓得，她是您的首位妻子。你们的八字不配吗？您家聘礼没有送入她家吗？"

"你的思想真是迷信老套，"吴人不以为然道，"这哪是什么鬼附身，鬼魂之说只是父母用来吓唬小孩的，给年轻人借口得以与浪荡女子鬼混，或是训诫姑娘家不要执着于妄想。"

他怎会说出这些话来？他忘了我们曾如何讨论《牡丹亭》的？难道他忘了丽娘就是个鬼吗？如果他不相信有鬼魂，他又是如何听到我说话的？他的话语如此可怖残忍，我只能觉得他是为了安慰谈则，帮她消除疑虑才这样说的。

"许多妻子绝食是因为她们嫉妒，肝火郁结。"赵大夫试图换个角度暗示道，"她们试着将怒气撒到他人身上，让别人遭受歉疚和悔恨的折磨。"

赵大夫开了个食疗方子：用黄鹂肉炖汤调制一碗疗妒羹。在关于小青的戏剧作品中有一部就叫《疗妒羹》，这个食补方子就是用来对付那位妒妇的，它能有效抑制妻子的嫉妒情绪，但也在她的皮肤上留下了痘印。

"你想毁了我吗？"谈则推开那碗汤，"那我的肌肤怎么办？"

赵大夫用手碰了碰吴人的臂膀，他的话语如此大声，谈则都能听见。"谨记，嫉妒是休妻的'七出'理由之一。"

若我懂得够多，我本可以做些什么。不过，若我懂得更多，或许我自己也不会死了。我盘旋在房椽上观察着房内的一切，大夫用的药还不算烈，试图驱除谈则胸中过剩的火气，又用野芹为补药给她清肠。便壶一次次满了被端走，但谈则仍然没恢复气力。

接着算卦的道士来了，我离他远远的，因为他在谈则床头挥舞着一把染血的宝剑。当他喊叫出各种咒语时，我把耳朵掩住了，但是谈则并没有被邪灵附体，因而他的努力也毫无结果。

六周过去，谈则的病情日渐恶化。清晨醒来她便吐，白日里稍稍移动她也会吐，当婆婆端来清汤，谈则转过脸去又吐了起来。

吴夫人将赵大夫和道士一起招来。

"我这儿媳给两位添了不少麻烦，"她神神叨叨道，"或许这是自然反应，或许你们应该再给她查查，这一次请从她已为人妻而我儿子已为人夫的角度多加考量。"

赵大夫看了看谈则的舌头，仔细查验她的双眼，又一次给她把脉听诊。道士挥着一枝绵软的兰草在桌子与桌子之间移来移去，又询问了谈则和吴人的出生星象。他在一张纸上写下个问题，在香炉中烧毁，让这些话语传达天庭，继而从这些灰烬中寻找答案。随后，这两个男人交头接耳地商讨并修正他们的诊断结果。

"为母的真是明智，"赵大夫最后宣布，"女人总是第一个发现征兆，您儿媳可是思春病里最好的那种：她有身孕了。"

过了这么多礼拜都是这样子，我简直不能相信这个诊断，但我还是好奇。这是真的吗？尽管房内有好多人，我还是跳上了谈则的床。我在她身旁坐下，向她肚中窥看。我看到一个小小的生命颗粒，一个期待出生的灵魂。我早该发现的，但我太年轻，对此毫无经验。那是个男孩。

"这不是我的！"谈则尖叫起来，"把他赶出去！"

赵大夫和道士温和地笑了。

"我们常听到少夫人们这样说话，"赵大夫说，"吴夫人，请给她再看下房事秘籍，解释下情况。少夫人，稍安勿躁，多多休息，避开困扰，注意饮食，远离荸荠、麝香鹿肉、羊肉、兔肉等。"

"而且记得腰间佩上玉簪花，"道士补充道，"它能帮您减轻生产之痛，保证诞下一个健康儿子。"

吴家上下一片欢腾。吴人和他母亲，还有几位仆从，纷纷猜测着孩子是男是女。"是儿子最好了，"吴人说道，"若是女儿，我也喜欢。"

吴人就是这样的男人，这也是我为何至今爱着他的原因。

但谈则并不因有了孩子而开心，而且她的状况未见好转。她没机会接触麝香，厨子彻底不让鹿羊肉进入吴家院落了，但谈则深夜悄悄潜入厨房啃食荸荠。她将腰间的玉簪花揉皱丢到地上。她拒绝为肚中的孩子努力加餐。她熬到深夜在纸上写下这孩子不是她的。每次她看到自己的夫婿，她就哭声连连："你不爱我！"不哭闹、不苛责或不拒绝食物时，她便是呕吐。没多久，我们都看到仆人从她房里端出来的水盆，她吐出来的东西都是染血的。所有人都明白情况严重。没人想看到深爱的人死去，而一个女人因怀孕或临产致死将遭受恐怖的厄运：她们死后将被遣往血湖。

中秋节来了又去了。谈则连水都不喝了。镜子和筛子高悬房门口，幸好这些东西没有指向我藏身之处。

"她没出什么问题，"谈大人来看望谈则并宣称道，"她不想怀上孩子，因她心里空空如也。"

"她是您的闺女，"吴人提醒他，"也是我的妻子。"

谈大人不为所动，丢下建议和忠告就走了："孩子出生后，记得离她远点，那样才是最安全的。谈则目中无人，眼里只有她自己。"

谈则不得安宁。她似乎每天都备受惊吓——颤抖、哭喊，双眼见不得光。夜里她也不得安歇，辗转反侧，出声哭闹，醒来一身冷汗。道士用桃木制作了一个特别的神龛，在里头燃烛焚香。他写了张符咒，烧毁后用泉水调和灰烬。他右手执剑，左手端着这一小盆兑了水的灰烬，嘴里念念有词："洁净这间屋子，赶走所有潜伏在此的邪灵。"他用柳枝在水杯里蘸了一下，然后向东南西北四方点洒。为了巩固咒语的魔力，他含了满嘴灰水，然后向谈则床边的墙头喷吐。"清除这女人脑海里的黑暗之灵。"

然而，谈则的噩梦并未停止，甚至情况愈发糟糕。梦境是我了解的，我以为我能帮上忙，但当我去往谈则的梦里时，我发现那里并没什么可怕或异常。在梦里，她根本没有受到惊吓或伤害，这让我感到非常好奇。

冬日初雪降临，赵大夫再次造访。"少夫人怀的孩子不妙，"他告诉吴人，"他缠住你妻子的肠子不放，如果你允准，我会用药打了这一胎。"

表面上，这似乎是符合逻辑的解释，也是可行的解决方案，但我能看见那个孩子。他不是什么邪灵，他只是试着存活下来而已。

"但若是个儿子呢？"吴人问道。

赵大夫犹豫了。当他看到谈则书写的纸片四散在房内时，他悲哀道："每日看到这些，我都不知该怎么办。文学对女人是致命的威胁。我见得太多了，那些健康快乐的年轻姑娘因为不肯放下笔墨，日渐消耗衰弱。我担心——"说到这里，他握着吴人的手臂以表安慰，"将来回看此事，只得怪罪文学创作引起相思成疾，最终导致少夫人的死。"

我很清楚，这不是第一次了：赵大夫对女人和爱都知之甚少。

在这阴郁不祥的时刻，吴家上下都在为谈则临终看护，我爹领养的那个儿子来了。阿宝的样貌让我们所有人都大吃一惊，当我们大家都将精力集中在一个日渐消瘦的病人身上时，眼前却出现了一个极其臃肿的家伙，他那肥嘟嘟的手指里捏着我死前藏于我爹书房那册筑堤书籍里的诗句。阿宝是怎么发现它们的？看他白软的双手，他可不像设计堤坝或委以建设堤坝任务的人。他那双小眼睛窄得眯成了一条缝，不像是有兴趣阅读文学作品的，更别提从中发现乐趣了。定是别的什么事让他翻开了那册特别的书籍。

当他因为我的几首诗张口向吴家要钱时，我才发现这不是我那领养的哥哥打算赠送给吴家的礼物，我想陈家大院约莫情况不妙。这在我意料之中。他们不能置我的死于不顾，而期望逃过其所带来的后果。阿宝定是寻遍了书房才发现那些诗文的。但我爹呢？变卖书房前他已将那些小妾卖了。他是不是病了？还是已经死了？如果他不在了，我不是该听到些什么？我是不是该赶回自己娘家去？

然而现在这里才是我的家。吴人是我的夫婿，谈则是我共侍一夫的妹妹。她病了，就在此时此刻。噢，是的，我曾有段时间生她的气，甚至偶尔怨恨她。但她去世时我愿意陪在她身旁。我会迎接她来到阴间，感谢她曾是我的妹妹。

吴人支了些银两给我那领养来的哥哥。谈则的情况很不妙，因而他都没空读那些诗句。他从书房选了本书，将那几页纸夹入书中，把书放回架上，回到卧房。

我们回来继续守候。吴夫人给她的儿子端来茶点，他几乎都没碰。谈大人和谈夫人又来看他们的女儿了，当他们得知谈则真的要离开，先前的冷酷无情也消退了。

"告诉我们到底怎么回事啊。"谈夫人哀求她的女儿。

听到娘的呼唤，谈则的身子变得柔软，双颊有了些血色。

谈夫人受到鼓舞，又试了一次："我们可以带你离开这里，回家睡在你自己的床榻上，和我们在一起你会感觉好些的。"

听闻这些话语，谈则身子一僵，紧抿双唇，眼睛看向别处。见此状，谈夫人眼泪扑簌簌流了下来。

谈大人盯着自己倔强的女儿。

"你永远都那么倔，"他看着她道，"但我总想起那晚我们观看《牡丹亭》，那一刻，你的情感就像顽石一样难以改易了。这以后，你再也不听我给你的任何建议或警告，如今你付出了代价。逢年过节，我们会祭奠思念你的。"

当吴夫人陪同谈大人夫妇出门坐回轿子时，这个病恹恹的姑娘呻吟着道出了不愿告诉她父母的病痛。"我感到虚弱无力。我的四肢不得动弹。我的眼里干得流不出眼泪。我的灵魂被冰封住了。"

每隔几分钟，她睁开眼睛，盯着头顶的天花板，颤抖着又合上了。整个过程中，吴人都握着她的手，在她耳畔柔声低语。

那个深夜，一切沉入黑暗，我不再害怕镜面反射，任由自己下潜至房内。我吹开窗帘，月光照亮了卧房。吴人躺在座椅上睡着了。我轻触他的发丝，感到他在打战。我坐在我那共侍一夫的妹妹身旁，感到寒冷刺入她的骨髓。吴家院落所有人都沉入各自的梦境中，因而我待在她身边守护安慰着她。我将手放在她的心口。我感到它慢了下来，先是漏跳了数下，接着加速，继而又慢了下来。随着黑夜转为粉色的晨晖，房内的空气变了。谈则的身骨碎了，她的魂魄分散开来，就像她要穿越天际一般。

血 湖

谈则的魂魄一分为三。一部分开始其前往阴间的旅程,一部分等着进入棺木,最后一部分四处飘游直等进驻神主牌位。她的尸身在仪式上温顺地任人摆布。赵大夫从谈则腹中取出死婴并丢弃,这样孩子不会随她去往血湖地狱,才有机会超生。大家洗净她瘦弱的身子并为她更衣。吴人一直待在她身旁,目光追随着她苍白的面庞和依然红润的双唇,像是等着她苏醒。我在卧房内等候她飘游的那部分魂魄现身。我深信她看到我这熟人会放松一些,但我大错特错了,她一见到我便龇牙咧嘴起来。

"你!我就知道会见到你!"

"一切都会好的。我在这里是为了帮你——"

"帮我?是你害了我的命!"

"你弄错了。"我安慰她道。我也曾因自己的死亡而失去判断力。她算是幸运的,因为有我在这里帮她厘清思路。

"我知道甚至在我成婚前你就想着害我,"她继续道,声调里满是怒气,"我大婚那日你就在那里,不是吗?"我点了点头,她说,"我真该往你坟上泼黑狗血。"

这是一个人对亡灵做出的最恶劣的行径了,因为人们相信这种狗血和女人的经血一样脏污可憎。如果她那么做了,我会走上一条追杀在世每个家人的道路。我因她的苦毒感到震惊,但她没有那么做。

"你从一开始就在吓唬我,"她继续道,"暴风雨夜,我曾听到你在风中呼啸。"

"我以为我能让你快乐——"

"不！你迫使我阅读那部戏剧，接着又迫使我写下那些文字，你迫使我在所有事上都模仿你，直到最后我什么也不是。你因这戏而死，接着你迫使我学你学丽娘那样。"

"我只是希望吴人能更爱你。你没发现吗？"

这话某种程度上让她冷静下来。接着她低头看自己的指甲，它们已经变黑了，可怕的现实处境击溃了她剩余的怒气。

"我试着保护自己，但我哪有机会反抗你？"她可怜兮兮地问道。

确实，面临她的逆反行为，我多次对自己说：我那共侍一夫的妹妹岂是我的对手！

"我以为，一旦他读到那些评注，深信这都是我写的，我就能使他爱上我，"她继续道，声调中又恢复了先前的责备，"我不想他读到的是你的相思成疾。我不想他相信我继承你的笔墨是为了尊崇你这第一位夫人。我才是他第一位妻子，你没听到我夫君说吗？你们俩从没成婚，他一点儿也不在乎你。"

她死后还是那么尖刻残忍。

"我们是天造地设的一对，"我说，而且我至今对此深信不疑，"但他也爱你。"

"你不仅病态，又耍心机，你让我遭寒受冷，将我驱入黑暗，在梦里恐吓我，害得我茶饭不思，行坐不宁——"

语出《牡丹亭》的这句"行坐不宁"让我不安，因为确实是我逼迫她的。

"我唯一能逃避你的方式，就是躲入池旁的亭阁，那里才能保我安全。"

"那座曲桥。"

"没错！"她又龇牙咧嘴起来，露出她煞白的牙齿，"我烧了你那册《牡丹亭》，为了将你的邪灵从我生活中驱赶出去。我以为我成功了，但你阴魂不散。"

"我不能离开，你做了那事之后我更不能了。你让众人相信是我们夫君写了那些评注。"

"还有什么比这方式更能显示我的奉献吗？还有什么比这更好地证明我是一名理想的贤妻？"

当然，她是对的。

"但我呢？"我问道，"你试着把我抹杀掉。我们共侍一夫，情同姊妹，你怎能这样对我？"

谈则讪笑我提出如此愚蠢的问题："男人们是纯粹阳性的生物，但像你这样的鬼魂都是属阴的病死之物。我试着对抗你，但你持续不断的搅扰置我于死地。走开，我不需要，也不想要你的友谊。我们不是朋友，也不是什么姊妹。我会被人纪念，而你将被遗忘，这点我深信不疑。"

"就凭藏起那几张记录真实著作权的纸页——"

"你迫使我所写下的一切都是谎言。"

"但我给了你荣誉，几乎所写都是关于你——"

"我并非渴望继承你的工作才作这些评注的，我所写并非出自心所愿。你将自己的心魔变为我的心魔。你是个鬼，你不会承认自己所做的事，因此我从书里撕下那几页。吴人永远也找不到它们。"

我再次试着让她看清事实真相。"我想让你快乐——"

"因此你利用我的身子。"

"得知你怀了身孕，我很高兴——"

"那孩子不是我的！"

"他当然是你的。"

"不！是你违背我的意愿将吴人一夜又一夜带来我床上。你让我做那些……"她又愤怒又嫌恶地颤抖着，"接着你将那婴孩塞到我腹中。"

206

"你错了。我没有将他放在那里。我只是查看他是否安全——"

"咳，你害了我，也害了那孩子。"

"我没有……"

然而，她说的绝大多数都属实，我否认这项指控又有何用？是我让她整夜不眠，先是为了夫婿，接着又是为了写作。我把她的房间变得阴冷，将她关在黑暗里，为了保护我敏感的眼睛，无论她去往哪里，我都吹去一阵风。当我强迫继续我的书写工作时，我不让她和夫婿婆婆一起用餐。接着，当她烧了我的原作将荣耀归给吴人后，我是如此沮丧，再也不鼓励她进食。我完全意识到了这些，就像当年否认自己所见所做的那样。我开始感到真相难以下咽，我都做了什么呀？

她耷拉下双唇，再次露出鬼魂丑陋的恶相。我转过脸不看。

"你杀害了我，"她宣布道，"你躲藏在房椽上以为没人看见，但我看得见你。"

"你怎么做到的？"我先前所有的自信烟消云散。如今我成了那个发出哀怜声音的人。

"我即将死去！我看到了你。我试着闭眼不看你，但每次我睁开眼你就在那里，用你那双死人的眼睛紧紧盯着我。接着你滑了下来，将你的手放在我心口。"

哇，难道我真的对她的死负有责任？难道我对那项书写工作的痴迷如此盲目，以致先是害死自己，如今又害死了我这位妹妹？

看到我脸上显出明白真相后的惊恐状，她露出了胜利的微笑。"你害死了我，但我赢了。你似乎忘了《牡丹亭》里最深奥的玄机。这是一个以死实现爱情的故事，而我正是完成了这件事。吴人会纪念我，他会忘了那个愚蠢的未出阁的姑娘。你枉费心机，最终归于无有。没人会记得你的书写评注，没人——没人——会纪念你。"

她再没说一句话，转身离开了房间，飘游而去。

七七四十九天后，谈则的爹来为她点主，她的神主牌位接着被置入吴家祠堂。因她死时已怀有身孕且已婚，她的一部分魂魄被封存进了棺木，棺木敞开着，直到将来吴人去世，吴家会将两人合葬，以此为宜。她魂魄的最后一部分被拖入血湖地狱，在那里她将受一百二十种酷刑伺候，被迫每日饮血，遭受铁棍扑打，永世不得超生。除非她的家人为她念经超度，向僧侣众神供奉食物，为她祈祷并贿赂地狱狱官。如此这般，或许会有一条船载她脱离怒气冲天的血湖，载她到对岸，在那里她会成为先祖或是重生至极乐之地。

　　至于我，我意识到假如我对谈则和她孩子的死起过推波助澜的作用——有意或无意地——那我已无道德可言：没有同情心、没有廉耻心、没有是非观。我以为自己十分聪明，甚至帮了很多忙，但谈则是对的。我是鬼魂中最恶的那一类。

三、梅下

放　逐

　　我娘曾说过，鬼魂并非性本恶。如果一个鬼魂自有归属之地，它就不会为非作歹。但许多鬼魂因怀着伺机报复的欲念起而作祟。即便是像蝉这般微小的生物，遇到伤害者，也会做莽撞的反击。我并没想过要伤害谈则，但我确乎伤害到她了。我的内心充满自责，生怕自己无意中还会对我的夫君造成致命伤害，我自我放逐离开了吴家。冥诞二十五岁那年，我舍弃了原先的计划。我日渐消耗，几乎什么都不是，正如谈则所预言的。

　　放逐……

　　不知去往何方，我绕着西湖去往陈家大院。令我惊讶的是，我们家的房子比先前更漂亮了。阿宝给每个房间添置了家具、瓷器和玉雕。闪闪发亮的新丝绸壁毯挂于墙上。但同样令人惊异的是，这里一切都沉入一种怪异的清静。如今这里人口少了许多，爹依然在京城，他的两位兄弟过世了。我祖父的侍妾们也都过世了。彗儿、莲儿，以及我其他几位堂妹都出嫁了。随着陈家人的减少，仆从们也渐被解雇回乡。整个庄院显得富丽华美，但却没有孩子的声音、欢笑和奇迹。

　　在异样的静寂中隐隐传来筝声。我发现了兰儿，如今她已十四岁了，正在盛莲阁为我娘及其他几位婶婶弹奏。她出落成了漂亮的姑娘家，她的三寸金莲尤其有型，我脑中片刻闪过一丝骄傲。坐在她边上的正是我娘。只过去九年，她的头发全白了，她的眼里满是深深的哀楚。当我亲吻她时，她颤了一下，藏于衣褶中的锁钥也碰撞出了声音。

　　阿宝的妻子颇为憔悴，不育的忧伤笼罩着她。她没有被卖掉，但她丈夫又纳了两个小妾，她们俩也不能生育。那三个女人坐在一起，不争也不抢，只是为自己的不能生育而感叹。我没有看见阿宝，但我细想或许自己对他先前的看法不准确。他完全有权利将这几个女人卖掉，但他没有。过去这些年，我曾预期——或是希望？——这个领养来的陌生人会因管理不善、喜好赌博、吸食鸦片毁了我的家人。我曾以为会看到我们家道中落，阿宝将我爹的书籍、茶叶、山石、古董、沉香等统统变卖掉。相反，这些东西聚集起来还增加了不少。阿宝甚至还将我娘烧毁的那些书册重买回来。我不愿承认，但阿宝或许就是在阅读那册筑坝书籍时发现了我的诗。但他为什么要卖掉它们呢？家里没人缺钱啊。

我来到宗族祠堂。祖父母的画像还悬挂在祭坛之上。我是鬼，但我依然向他们行礼致敬，接着又在其他亲戚的供桌前鞠躬行礼。之后，我去了储物室，那里藏着我的神主牌位。我无法进入，因为转角的角度很大，但我看到了我的神主牌位，上面积了一层灰，架子上都是老鼠屎。即便如此，我娘还经常悼念我，其余家人则早将我忘得一干二净了。我祈愿他们都平安无事，但这里已没有什么值得我留恋的了。

放逐……

我应该去别处。我唯一去过的别处就是中元节的古荡村落。那里的钱家喂养了我两年。或许我可以在他们那里找个安顿处。

夜幕降临大地时我出发了。萤火虫在我身边飞掠，照亮我的前行之路。没有饥饿的驱使，形影相吊，这段路程就显得相当漫长。我的双脚受了伤，双腿酸楚疼痛，破晓时我的双眼像灼烧一般。正午时分我抵达了钱家。他家两个大女儿正在外面棚下工作，用新采的桑叶喂养几个蚕架上的蚕宝宝，老三、老四和其他十来个女孩在一个敞篷下，她们的手浸在热水中，清洗蚕茧，剥茧抽丝，纺成丝线。钱夫人在房内准备午膳。钱宜，我第一次见她还在她娘的襁褓中，如今已三岁了，她长得好小，瘦弱而苍白。她坐在主厅一张矮木桌上，那样她娘可以看顾她。我在她身边坐下，当她扭动身躯时，我将手放在她的脚踝上，她温和地咯咯笑起来，她太弱了，看上去都活不过七岁。

钱大人——尽管我很难将这个农民视作什么大人——从桑树林里归来，全家坐下享用午膳，但没人给小钱宜东西吃，再喂养她一个月她仍会死去。

吃完午饭，钱大人就指使起他的几个女儿来。"挨饿的蚕虫可不会吐丝。"他厉声道。听闻这句，她们几个立即起身，吧嗒着大脚丫出去继续干活了。钱夫人为她的丈夫斟茶，清理桌子，抱着小钱宜回到矮木桌边。钱夫人取出一只竹篮，往小姑娘的手里放了一块缠有针线的布片。

"她不需要学习刺绣针黹，"她爹轻蔑道，"她需要强身健体，那样才能帮我。"

"只怕她不会长成你所想要的样子，"钱夫人回应道，"她像我这个娘。"

"你这赔钱货，生的全是女儿——"

"而且我对养蚕帮不上什么忙。"她结束了对话。

我气得发颤，这个修养如此良好的女人，却遭此羞辱，她的日子真不好过。

"钱宜这样，我很难将她嫁出去，"他抱怨道，"哪家人家会要个没用的妻子？她一出生我们就该任她死掉。"

他咕唧一声将茶呷尽，便走出门去。他一离开，钱夫人就将她全部的注意力转向钱宜，教她如何一针针绣出象征幸福的蝙蝠。

"我的爹娘都曾是名门之后，"钱夫人对小钱宜说道，梦幻般地回忆起来，"但因为扬州大屠杀，我们什么都没了。那些年，我们成了沿街流浪的乞丐。我十三岁时来到这个村子，你爹的家人出于同情将我买下。他们钱也不多，但你瞧见了吗？人生路是那么艰难，我必得坚强，你娘我是坚强的。"

听她这话，我的绝望感愈发强烈，是不是每个女孩来这世上都要遭一番罪？

"我因缠了足，无法在你爹田里工作，但我以其他方式为他补贴家用啊，"钱夫人继续道，"我能制作做工考究的床褥、绣花鞋和服饰，它们得以在杭城售卖。你姊姊们一辈子都将做体力活，我只能体谅她们心里的苦，却帮不上她们。"

她低下头，羞愧的泪水夺眶而出，浸湿了她那粗布棉裙。我悲伤难耐，偷偷离开了这栋房子和四围的田地，为自己的软弱感到尴尬，又生怕无意中会伤害到这家人，他们的日子已够艰辛了。

放逐……

我在路边坐下来。我可以往何处去？多年来头一回，我想起自己从前的丫鬟柳儿，但我无法找到她。即便找着她，她又能为我做些什么呢？我视她为朋友，但在我们最后一次谈话中我才得知，她从没这么想过。我活着时都没有一个好友，死后希冀能融入那些怀春少女的圈子。我试着成为谈则的好姐姐，但却失败了。我来到这里也是个错误。我从来都不是钱家一员，他们也不属于我的世界。或许我这辈子将放逐终生……在死亡中。

我得找到某个安身处，确保自己在那里不会伤害任何人。我回到了杭城。好几日，我沿着西湖搜寻，但有太多其他魂灵已入驻洞穴，或在山石后安身，或在树根底下做了窝。我毫无目的地游荡。我来到西泠桥，穿桥而过来到孤山，那是多年前小青被嫉妒成性的大房驱逐后的避居之地。这个地方静谧辽远，正适合我安抚自己的哀伤与悔恨。我寻寻觅觅找到了小青的墓冢，它隐匿于西湖和小池塘中间，她常在那里对着水中羸弱的身影哀怜沉思。我蜷曲在墓冢门道上，聆听两只黄鹂在头顶的树上鸣唱，追思自己对那无辜少妇所做的一切。

接下来两年，我甚少独自一人。几乎每天都有妇人少女离开闺阁来到小青墓前，她们把酒祭祀，诵读诗词，谈论着爱情、忧伤与悔恨。看来我只是这百来名伤春女子中的一员，我们渴慕念想着爱情，又因爱情而饱受折磨。她们不像恢春少女那般深受影响——例如小青和我——因太多情最终身亡。但她们渴望那样，她们每个人都渴望被男人爱，或是飞蛾扑火般地爱着那人。

而后又一日，蕉园五子也来到小青墓前凭吊，从各方面来看，她们实属名门闺秀。这五名女子喜好雅集、郊游、作诗，她们不会因为自我怀疑或是身份低微而烧毁自己的手稿，这些作品都付梓了——不是由她们家人作为纪念册刊印的，而是由书商刊印并在全国发行售卖她们的作品。

两年来，这是第一次，我为好奇心驱使，离开了小青墓冢的庇护。我跟随这几名女子，她们沿孤山的林间小道溜达，造访经过的庙宇，在亭间坐下，一边品茗一边嗑着葵花籽。她们登上画舫，我也加入其中，坐上船舷，水从船舷边滑过。敞亮的白日高空之下，她们欢笑、宴饮、戏耍，一个接一个互相挑战，吟诗作对。当一切活动结束，她们各自回到家中，只留我一人在船上。第二次她们在湖畔雅集，我又守在那儿，自欺欺人地丢开内心所有谴责，追随她们浪游四方。

活着的时候，我一直渴望出游。刚死时，我曾漫无目的地飘游，如今我坐在画舫船舷上，途经各家院落、客店、饭馆和歌楼，我边听边学，闲散度日，好像整个世界进入了我的家乡杭城，我听到各种方言，见到形形色色的人：有挥金如土的炫富商贾，也有靠笔墨书画一夜成名的艺术家，还有摆摊的农民、屠夫、渔人等。每个人都想着来这里做买卖：流莺们脚下踩着三寸金莲，嘴上说着吴侬软语，将自己最私密的部分出售给前来造访的船主们；女史们将其诗画作品出售给颇有鉴赏力的收藏家们；女箭手售卖她们精湛的箭术，以此取悦盐商；工匠们向大家闺秀和名门少妇们出售杭城特产的剪子和纸伞，她们来到我美丽的家乡，散心、消遣，找乐子。在杭城西湖，神话传奇和日常生活相遇相生；湖畔的自然美景、静谧的竹林和高耸的樟木，与城内的喧嚣市井相映成趣；在外打拼的男人与从闺阁内解放出来的女人在此相会交谈，没有任何户牖、壁栏、屏风或帐幔的区隔。

草薰风暖的日子里，画舫游船穿梭往来于湖面，甲板上支起华美的绣花篷帐。我看见一列列身穿奢华丝袍的女人，耳戴金玉坠子，发缀翠羽头饰。她们目不转睛地盯望着我们，因为我这船上的女子身份并不低微，也不是什么暴发富户，她们出身名门，和我娘和婶婶们一样，这些大家闺秀在笔墨纸砚的世界中交流分享，她们的妆饰发式都很低调，她们吸入呼出的文字就像柳絮在空中飘扬。

先哲训示我们，人要超然于红尘。我无法弥补昔日犯下的错，但蕉园五子让我明白，我所渴慕与所遭受的经历，终会让我从这物化世俗的世界中解脱。但当我心下释然时，蕉园五子的活动却笼上一丝不祥之影。清廷已解散了诸多男子诗社，但还未发现女子集社。

"我们须得继续集会。"顾玉蕊某日为众人沏茶时急切道，她是才女顾若璞的侄女。

"我们忠于明室，但对清廷而言我们无足轻重，"林以宁回应道，语气颇为犹豫，"我们只是女人，我们不会倾覆政府。"

"但是，妹妹，我们总是个忧患，"顾玉蕊坚持道，"我姑姑常说，论及才女的自由，思想之自由比身子解放更大有可为。"

"是的，是她启发了我们所有人。"林以宁深表赞同，并向周围的姑娘们示意，她们和我们陈家墨守成规、面对恶犬笑脸相迎的女眷们截然不同，也不像深陷情网早夭的怀春少女们。蕉园五子是自己选择

216

集社聚会的，她们创作的主题无关园中的蝴蝶和花卉。她们直指文学、艺术、政治，还有在外的所见所闻，通过这些文字，她们鼓励自己的夫婿和儿子在新政权下坚守忠贞。她们勇敢地探索深沉的情感，甚至有时是非常严肃的内容：湖上渔夫的孤独、母女分离的悲苦、沿街乞女的绝望。她们营造了一种围绕书写的姐妹情谊，经由阅读凝聚起一个智性女子社团。在寻求慰藉、尊严和自我认识的过程中，她们将问题带给其他女人，那些女人有的还被深锁庭院内，有的则被清廷逼回闺阁中。

"为何生儿育女侍候家人的我们就不能考虑公务与国事？"林以宁继续道，"婚嫁生育并非女人们获取尊严的唯一出路。"

"你说这些是因为你希望自己是个男人。"顾玉蕊逗她道。

"我受我娘教育，怎会这样想呢？"林以宁反驳道，她的手指轻击水面，涟漪从湖面荡开去。"我自己也已为人妻为人母，但若我是男人，我将获得更大的成就。"

"如若我们都是男人，"旁边一人插嘴道，"清廷或许根本就不准我们写作或发表。"

"我所说的是，我也通过写作孕育作品。"林以宁继续道。

我想起自己那项失败的评注工作。它岂不就是我竭尽全力心系吴人在这世界诞下的孩子吗？我一阵发颤。原来我对他的爱从未衰退，只是发生了转变，如酒或泡菜的发酵与腌制那般，我对他的爱是愈发深沉醇厚了，它如飞流直下的瀑布，直贯我心。

我不会任由这股情感洪流对我肆虐，我开始学会驾驭它的力量。当座中某位姑娘对不上诗句时，我会帮她一把。林以宁吟道："我思故人。"我便接道："如烟含雾。"崭新的月亮可以冲破云层绽放光辉，但也可能将我们拖曳至忧伤境地，提醒我们人生亦是圆缺不定、稍纵即逝。每当我们陷入悲楚无法自拔时，她们总会想起扬州大屠杀墙上一些绝望的妇人们留下的诗句。

"予心空，万念俱如死灰，须臾千行泪。"顾玉蕊一日诵念起来，唤起的这首诗作似乎道出了我的悲凉境遇。

蕉园五子会开玩笑说自己对清廷无足轻重，但她们显然对传统伦理道德的束缚感到担忧。不知何时，清廷与其追随者们会将所有女人——从春日在湖上画舫郊游的，到以阅读拓宽心智的女人们——最终赶回她们的闺阁中去？

母　爱

　　三年来，我一直害怕见到吴人。但这一年七夕将近，我不由自主地想到牛郎织女，并想到喜鹊为之搭桥，使两人七夕夜得以相会。吴人和我会否也有这样一个重聚之夜呢？到如今我已历尽坎坷，我不会伤害到他的。因此，七夕前两天——也是吴人和我初会后的第十二个年头——我飞离孤山，滑升至吴山，直抵他家。

　　我在吴家院门外守候，直至他从家中出来。我觉着，他一点也没变，还是那般俊美。我喜欢他身上的气息、他的声音和他特有的风度。我依着他的双肩，那样就能被他携着前往书房，他是去那里和一群男子闲聊。聚聊散后，他有些不安和焦躁，便以醉酒和撂蒱打发其余时光。我跟着他回了家，谈则去世后，卧房就没变动过，她的古筝还在墙角的琴架上，她的胭脂水粉、眉笔和头饰都积了灰，妆台上也结了蛛网。翌日他起得很晚，从书架上取出她的几册书，然后翻阅起来。他是在想她还是想我，抑或想着我们两？

　　吴人睡到午膳后才起床，重复着日前同样的流程。接着，七夕这天，恰逢我二十八岁生日，吴人和他母亲一起消度午后时光。她为他诵诗、沏茶，轻轻拍着他那张悲伤的脸庞。此时我确信他在思念我。

　　吴母就寝后，吴人又拿出谈则那几册书来翻阅。我退回旧日躲藏的房椽上，在那里，想起吴人、谈则和我自己的人生，愧疚和悔恨如涟漪一般在我心间回荡。我铸错累累，如今看到我的诗人这样——他将一册又一册书打开，思绪飘回昔日遥远的时光——这是一种难以测度的隐痛。我闭上双眼，不愿看到眼前这些令人伤心的画面。我用手掩住耳朵，它们从未习惯尘世的喧嚣，但我依然能听到书页的声响，每翻动一页，就好像提醒着吴人和我，往事已逝，已成前尘。

当他在下面呻吟，这种声响撕扯着我的心。我睁开双眼向下张望，吴人端坐在床边，手里抓着两页纸，身边放着那本书。我悄悄地径直向下滑去，在他边上停下。他手里的那两页纸，正是谈则从我们那册《牡丹亭》上无情撕下的，上面记录了我们的评注是如何写成的。这便是证据，让吴人知道谈则是和我一起完成这项工作的。我感到高兴，但吴人看上去并不开心，也未显轻松。

他折起这两页纸，塞入衣袖，出门走入夜色中，我悬在他肩上随之出发。他在街巷中穿梭，来到一栋我不认识的宅子前。他被引入一个房间，里头坐满男人，他们都等着自己的妻子来共行七夕庆典，并公开夜宴。空气里氤氲着烟和香，起初吴人未被人认出。稍后洪昇起身前来，记得我第一次出游那日在吴人的侄女家见过这位剧作家。洪昇看出吴人不是来参加七夕庆典的，于是一手提灯，一手携着杯盏酒壶，两个男人便走向外面的凉亭坐了下来。

"你吃过了吗？"洪昇问道。

吴人婉拒并另启话题："我来是——"

"爹爹！"

一个双脚还未缠足的小女孩跑了过来，爬到洪昇的腿上。我想起当时见过剧作家尚有身孕的妻子，肚中怀的便是这孩子。

"你不是和你娘还有其他人在一起吗？"洪昇问道。

小孩扭动着身躯，表示对闺房内的游戏毫无兴趣。她直起身，双臂环着她爹的脖子，将小脸埋在他的肩下。

"好啦好啦，"洪昇说道，"你可以留下，但你必须乖，安安静静的，等你娘来了你得和她回去。不许哭闹啊！"

多少次我在爹那里寻求庇护？这小女孩是否和我从前一样错看了自己的亲爹？

"记得几年前我们一起去我侄女家做客吗？"吴人问道，"我家婶儿和其他人读到了《牡丹亭》上的评注？"

"我也读了。我对你的作品印象深刻，至今如此。"

"那日我告诉所有人这些文字非我所写。"

"你那是谦虚，这是好品行。"

吴人取出那两页纸，将其递给他的这位友人。洪昇在油灯下倾着纸页辨读着。读完后，他抬眼问道："此事可当真？"

"这一直是真的，但没人愿听我说。"吴人低头道，"如今我想告诉所有人。"

"如今你再改变说法有何好处？"洪昇问道，"最好的结果也是显得像个傻瓜，一个竭力为自己女人扬名的傻男人。"

洪昇是对的。我心目中的好事，却使吴人陷入更深的悲伤和绝望中。他拾起酒瓶，给自己斟上，一口饮尽。当他再去抓取酒瓶时，洪昇将酒瓶从他手上夺走。

"我的朋友啊，"他说，"你须得回到你自己的创作中，忘掉所有苦痛，忘掉那姑娘和你妻子的悲剧。"

如果吴人忘了这一切，我会如何呢？但将我们铭记心间，于他却是一种折磨，从他的孤独、醉饮和爱抚谈则书册的样态中，我可以看出这点。吴人得摆脱苦痛忘了我们。我离开凉亭，思忖着自己是否还该见他。

一轮明月高悬夜空，空气潮湿而温热，我走啊走，知道每一步都将我带入更遥远的放逐。我整夜都盯着天空，再也没有看到织女和牛郎重逢。也不知道吴人是如何处理那两页纸的。

仅过了七天，中元节到了。这么多年后，我明白自己是谁，也清楚该做什么。我彳亍而行，抓到什么就往嘴里填塞。我一家家过来，和往常一样，我本该依照自己意愿改变线路，但我发现自己又一次来到陈家大院。我将脸埋入熟透的、软糊的瓜皮中啃食时，听到有人在叫唤我的名字。我猛猛作响，四下旋转，发现我娘和我正面对面。

她的双颊被抹上了白粉，身上裹了层层叠叠的上好丝绸。当她发现真的是我时，她往后跟跄了一下，她的眼里满是惊恐，她往我这儿边投冥币边向后退了几步，跌跌撞撞中被裙摆绊倒在地。

"娘！"我跑向她那边，将她扶起。她怎会看得见我？难道发生奇迹了？

"走开！"她向我这边抛了更多冥币，引来其他一群鬼魂抓抢。

"娘，娘——"

她又开始转向边上，但我跟着她，直到她的背贴上了对街院落的墙壁。她左右张望，想法子找出一条退路，但她被那些想抢更多钱的鬼魂围住了。

"将它们要的丢给它们。"我说。

"但我已经没有了。"

"那就向它们显明你已经没有了。"

娘举起她空荡荡的双手，接着放入她的衣衫，她向鬼魂显明，除了两只鱼形锁，里头什么也没藏。其他一些鬼魂——因着饥饿难耐——转而冲向供桌。

我伸手去触摸她的面颊，它柔软冰凉。她闭上双眼，她的整个身子因为害怕而颤抖着。

"娘，你为何在外面？"

她睁开双眼，困惑地望着我。

"你随我来。"我说。

我挽着她来到我家院落的一隅。我向下看，我们俩都没有投下阴影，但我拒绝承认这个事实。我拉大角度沿着湖畔飘游。当我看到软泥上没留下我们的足印，我们的裙摆也没被玷污时，我也置之不理。当我意识到娘若不摇摆无法走过十步时，我才接受这个事实。我娘死了，她在飘游，只是她自己还不知道这事。

我们来到院里的赏月亭，我扶她越过栏杆，接着我也进到亭中。

"我记得这个地方，我曾和你爹来过这里，"娘说，"但你不该来这儿，我也该回去了。我要去摆放些新年供物。"又一次她满脸疑惑道，"但那些都是给先祖的，而你——"

"是的，我是个鬼，我知道这点，娘，而且现在不是新年。"她定是最近刚死，因为她的疑惑还是如此强烈又执着。

"怎么会呢？你有一块神主牌位。你爹让人给你做了一个，尽管这不合传统。"

我的神主牌位……

祖母说了我无法被点主，但或许我可以让我娘帮帮我。

"你最后一次看见它是何时？"我问道，试着让自己的声调显得平和。

"你爹带着它上京了，他无法忍受和你分离。"

我组织着语句想告诉她世间发生的一切，但尽管我尽了力，嘴里还是吐不出这些话来。一阵可怕的无助感向我袭来，我已经可以做许多事了，但这件事却不行。

"你看上去和走时一模一样，"娘说道，停顿良久，"但我从你眼里看到如许多的东西。你长大了，你和从前不同了。"

我也从她眼中看到太多：孤寂、无奈和愧疚。

我们在赏月亭中待了三天。娘没再多说什么，我也没有。她的心需要安静下来，那样才会明白她已经往生的事实。渐渐地她恢复起记忆，自己正在为亡灵准备餐宴，然后摔倒在厨房。慢慢地，她想起了自己另外两条魂魄，一条正等待被埋葬，另一条正在前往阴间的道上。此时和我一起的这第三条正自由地飘游，但娘犹豫着是否要离开赏月亭。

"我不打算外出。"第三晚她开口了，在我们周遭，花影婆婆，"而你也不该离开。你属于这个家，待在这里你是安全的。"

"娘，到现在为止，我已飘游了很久。没什么——"我仔细斟酌字句，"伤及身子的坏事发生在我这儿。"

她盯着我看。她还是那么美：纤瘦、优雅、颇富教养，但因深深的忧郁而更显端庄有尊严。我活着时怎么就没发现这点呢？

"我去过古荡，看了我们的桑田。"我说，"我外出去了不少地方，加入了一个诗社。你听说过蕉园五子吗？我们坐上画舫游赏西湖，我还协同她们一起吟诗作文。"

我本可以和她说说我书写评注《牡丹亭》的事，还有我在这上面花了多少心血，我的夫婿因此最终获得了声望。但在我活着时她并不知道这些，死后我对此耗费心力甚至导致了谈则的死。娘不会以我为荣的，她会为此感到厌恶和羞愧的。

但当她开口时，似乎根本没听见我前面说的这些："我从来都不想你出去。我一直在尽力保护你。有太多事我不想你知道。那些事你爹和我不想任何人知道。"

她将手伸进衣衫，掏出藏起的锁钥，定是我的婶婶们埋她时放置在那里的。

"早在你出生前，我就梦到了你，知道你会成为什么样儿，"她继续道，"当你七岁时，你就写下了第一首诗，非常之美。我希望你的天赋能助你像鸟儿那样展翅高飞，但当它显现时我又感到害怕。我担心有什么事会在你身上发生。我发现你的情感如此锐敏可触，我就知道你的人生不会有太多快乐。这也是我从牛郎织女的故事中吸取的真实

224

教训，她天生的聪颖和在织布上的才艺并没消解她的悲伤，而恰恰导致了她的不幸。若她并非织艺精湛得可以为诸神服务，她或可在地上与牛郎永远生活在一起。"

"我一直觉得你给我们讲这故事是因为它浪漫，我从前并不明白这些。"

一阵长久的沉默。娘对这个故事的释解如此幽暗凄然，于她我真有太多事都不甚了解。

"娘，求你了，告诉我你身上发生了什么。"

她避开了我，目光投向别处。

"我们现在是安全的，"我指着四周说道，我们在自家院落的赏月亭，蟋蟀啾鸣歌唱，眼前铺展开的湖面清冷平静。"在这里，没什么坏事会发生在我俩身上。"

娘听后，微微一笑，继而试着开始讲述。她追忆起自己嫁入陈家、和婆婆外出郊游的时光，她追忆起自己的诗文创作及写作对她的意义，还有她收集那些被遗忘的女诗人的作品，她们的创作和我们国家的历史一样绵长悠久。听娘讲述时，我看见并感受着她所说的一切。

"千万别信他们说的'女人从不创作'，她们写了很多，"她说，"你可以回溯至两千多年前的《诗经》，其中许多诗作都出自妇人姑娘家的手笔。难道我们应该认为这些诗作只是她们随口张嘴无心吐出的字句吗？当然不是。男人们使用文字追名逐利——他们写下演说、记录历史、告诉我们生存之道——但我们女人是另一群人，我们拥抱情感，收集日常生活中看似不足珍的碎屑，我们为周而复始的平庸生活所触动，想着家庭成员发生的各样事情。我问你，牡丹，这不比为皇帝呈上八股文更重要吗？"

她并不等我作答，我觉得她甚至不想要一个答案。

她又谈到扬州大屠杀前后的那些日子，以及屠杀期间发生的各样

225

事情，她所说的和祖母先前告诉我的完全吻合。说到她们几个女人来到那座女眷窥外的亭子，她收集了其他女人身上的珠宝银子。说到此，娘的叙述停了下来。

"我们曾因离了闺阁得以外出而感到兴奋难耐，"娘说，"但我们不明白，自愿外出和被迫赶离的巨大区别。我们接受诸多教导，关于如何表现和应该践行的事项：我们应该生养子嗣，为夫婿和儿子牺牲自我，宁死也不让家族蒙羞。我对此深信不疑且遵守至今。"

娘因最终能道出这些显得释然了，但她还是没有说出我想知道的那部分。

"你离开那座亭阁后发生了什么事？"我温和地问道，将她的一只手拿来紧握起来。

"无论你说什么做什么，我都依然爱着你。你是我的娘，我会一直爱你的。"

她望着亭外，目光穿越湖面，直抵笼着雾气的黑暗的对岸。

"你从未出嫁，"她最后说了，"所以你对云雨之事并无了解。和你爹云雨交欢是美妙的——云气蒸腾，雨水倾落，我们在一起就像灵魂融为一体，而非两个个体。"

我对云雨之事的了解多于我告诉我娘的，但我不太明白她在讲些什么。

"那些清兵对我做的不是云雨之事，"她说，"那是粗暴残忍、毫无意义的行径，甚至他们自己都得不到满足，你知道那时我怀孕了吗？你不可能知道。除了你爹，我从未和任何人说过。我怀孕五个月了，穿着衣裙还看不出孩子的迹象。你爹和我决定，这是我分娩前最后一次出游。在扬州的最后一晚，我们正准备告诉你的祖父母，但没来得及说。"

"因为满清鞑子闯入城内。"

"他们想毁了任何我所珍视的东西，当他们押解起你爹和你祖父，我知道自己的责任所在。"

"责任？你欠他们什么？"我问，想起我祖母的苦楚来。

她惊讶地望着我："我爱他们啊。"

我急邃地凝聚心神追随她的想法。她不经意地抬了抬下巴。

"清兵抢走了珠宝也将我掳去。我被许多男人轮奸，但那对他们还不够；他们用剑侧击打我，将我打得皮开肉绽；他们还猛踢我的肚子，但他们会注意不弄伤我的脸。"

她说这些时，雾气在湖面凝聚，先是蒙蒙细雨，最后下起大雨来。祖母定是在望乡台听着这一切。

"这就像千百恶鬼将我拽向死亡的深渊，但我吞下伤痛藏起眼泪。当我里头开始流出血来，他们退后，看着我从他们身边艰难地爬向草丛。那以后，他们将我丢下。这种极度的痛楚是如此深切，以至于盖过了我的恨与怕。当儿子从我肚下溢出，三个刚才轮暴我的男人走上前来。一个切断脐带拿走了我的孩子，另一个在我宫缩时将我身子举起，倒出胎盘，最后那个握着我的手，用他一口粗野的鞑子方言喃喃了几句。他们为何不杀了我算了？他们已经杀了那么多人，还差这一个女人吗？"

这一切发生于扬州大屠杀最后一晚，这时男人们突然开始记起他们是谁。那几个清兵将棉花和死骨一起焚烧，用灰烬涂抹治疗我娘的伤口，接着给她穿上一件干净的丝衫，从掠来的物品中找出布料垫在我娘两腿之间，但他们那么做并非出于好心肠。

"我以为他们想起了自己的母亲、姊妹和妻女。但不是的，他们视我为战利品。"娘紧张地握了握衣下的锁钥，它们发出了声响，"他们为我的归属权发生了争吵，一个想将我卖给妓院，一个想将我掳回家做奴隶，最后那个想纳我为妾。'她长得还不难看，'那个想卖我的说，

'如果你们把她给我，我付你们二十两银子。''少于三十两我可不会放她走。'要我做奴隶的那个咆哮起来。'她看上去生来就是唱歌跳舞的，不是织布纺纱的料。'第一个人找理由道，他们几个就这样争论不休。我那时只有十九岁，在一切发生之后且还将发生之间，我经历了人生最黑暗的时刻。将我卖进妓院或将我卖给一个巨贾当妻妾、奴隶其实有何不同？将我买卖或作抵押，这跟市场上买卖盐有何区别？是的，就因我是个女人，我的价值甚至还比不过盐。"

次日清晨，一名满清高级将领和一名大脚的满清女子来到这里，将领身穿红袍、腰间佩剑，女子的全部头发梳往脑后盘成一个发髻，太阳穴边别了一朵花。他们俩是一位满清亲王的亲信。他们将娘从那几个清兵手里带走，送回那晚之前关押她和婆婆、小妾及其他离家被掳女人们的那座院落。

"连着四天四夜的雨水和屠杀后，"娘回忆道，"太阳出来了，炙烤着整座城。地上尸横遍野，令人瞠目，但我们头顶却是无垠的青天碧空。我等着轮到自己被检查。我周围的女人们都哭了起来。我们为何没有自杀？因为我们没有绳子、刀子，也没有悬崖可跳。接着我被带到那个满清女子面前，她检查我的发鬓、手臂、手掌和手指，她隔着衣衫摸了摸我的胸部，戳了戳我肿起的肚子，她掀起我的裙摆看了看我的小脚，这双三寸金莲道出了我作为女人的身份。'我看出你的天赋所在了，'她鄙视道，'就你了。'一个女人怎能对另一个女人做出这种事来？我又一次被人带走，被独自安置在一个房间内。"

娘以为或许自杀的机会来了，但她没有找到任何可以割喉的工具。她被关在一楼，所以也无法从窗口跳楼自杀。她没找到绳索，但她有自己的长衫可用。她坐下撕扯自己的裙边，将编好的几根长条拧在一起。

"最后我终于准备好了，但我还有一件事须得去做。我在火盆边发现了一根炭条，我拾起它在墙上试着划了几道，接着我开始在墙上写字。"

当我娘开始诵读她写下的诗句时，我惊得心跳都快停止了。

枯枝伫立，悲鸿宵鸣，血泪渐浸桃蕊，春已逝……

我加入她诵读出最后几句：

予心空，万念俱如死灰，须史千行泪。

祖母曾和我说过娘是个天赋异禀的诗人，但我却不知她是所有人中闻名天下的那位——她正是在墙上留下这首悲凄之诗的作者。我惊讶地看着我的娘。她的诗作堪与小青、汤显祖及其他伟大文人的相媲美。难怪爹会让我娘给我的神主牌位点主。她是位卓绝女性，而我本有幸——应该说荣幸——能够被她点主。如许多错误，如许多误解。

"写下这些文字时我并不知道自己会活下来，也没想到其他旅客，大多数是男人，他们会恰巧读到它们，抄录下来，付梓并广为传播。"娘说道，"我从没想过要因这些诗句被人认出来，也不想被人标记为一个追名逐利的人。哦，牡丹，当我那日在盛莲阁听到你背诵那首诗时，我差点气都喘不过来。你是我唯一的血脉传承——我唯一的孩儿——我想你明白，因为你和我是母女，我们的关系是如此亲密。我以为你为我感到羞耻。"

"如果我知道那是你写的，我绝不会背出来，我绝不会以那样的方式来伤害你的。"

"但我真是怕极了，我将你锁入闺房，从那以后我也活在悔恨之中。"

我什么也做不了，但我责怪我爹和我祖父在扬州的作为。他们都是男人，他们本该做些什么的。

"当爹要你来救他，而祖父利用祖母来救他俩后，你怎么还会回到爹的身边呢？”

娘蹙起眉头。“我没回去找你爹，是他来找我的。因为他我活了下来并成为了你娘。我写完那首诗，将自己用手拧成的那股绳绕了个圈挂于房梁上，套进脖子，但紧接着那个满清女子过来逮住了我。她气急败坏，重重地掴我耳光，但这无法动摇我的计划。不管怎样，我知道自己后面总有机会。如果他们关住我准备将来卖给满清某个亲王，就得给我吃穿住，我总有办法临时做个武器出来。”

那个做皮肉买卖的女人将娘带回主厅。将军在桌边坐着，我爹双膝下跪、额头触地地等着。

“起初我以为他们会抓了你爹把他拉去砍脑袋，”我娘继续道，“那我所做、所遭受的一切都白费了。但他回来是要将我买回去。经过几日恐怖屠杀后，满清鞑子试着证明他们也是文明的。他们如今希望在无序中重整秩序。我听到他们在那里讨价还价。我因为伤痛和悲愤早已麻木，以至于很长时间后我才开口说话。‘夫君，’我说，‘你不能将我买回去，我已经被糟蹋了。’他很清楚我的意思，但他未被吓到。‘而且我失去了我们的儿子。’我坦白道。泪珠从你爹的双颊滚落。‘我不在乎这些，’他说，‘我不想你死，我也不想失去你。’你看，牡丹，经历了这一切他还是收留了我。我已遭摧残，他本可以将我卖掉或用作交易——就像那些轮暴我的男人一样——或者他也可以完全将我丢弃，但他没有。”

祖母有没有听到这些？她为了惩罚我爹和我祖父一直不让我们家诞下儿子。如今她是否发现自己错了呢？

“你祖母和我，我们自己做了选择，又怎能责怪男人们呢？”娘问道，似乎追随着我刚才的所思所想。“你爹将我从本要自我了断的悲惨命运中救了出来。”

“但爹现在为清廷工作。他怎能这样做呢？难道他忘了他们对你和

230

祖母所做的一切了吗？"

"他怎会忘记呢？"娘反问道，朝我耐心地微微一笑，"他永远都不会忘记的。他剃了额前的头发，编起辫子，穿上清服，这些都不算什么，只是一种伪装，一种服饰罢了。他向我证明了自己：一个忠于家庭甚于一切的男人。"

"但他在我死后上京了，将你一人丢在家中。他——"我接下来的话题肯定要转向我的神主牌位了，因为我都没法继续说下去。

"那是早就计划好的事。"娘又转回了我死前的事，"你本要出嫁的。他太爱你。他无法忍受失去你，因而接受了京城的职位。你死后，他避开思念你的想法就更强烈了。"

这么长时间以来，我都以为他不是个正直的人。但我错了，到如今我对太多事情的认知都是错误的。

娘轻声叹气，又一次突转话题："我只是不知道，如果宝儿不赶紧生个儿子，家中又会发生什么事。"

"祖母不会允准的。"

娘点头赞同："我爱你的祖母，但她可能会报复。但是，在我这事上，她错了。她死在扬州，并没看见我身上发生的一切，而当你活着时她已离开尘世。你爹爱你，你是他掌心的宝，但他须得有个儿子回馈先祖。你祖母有没有想过，如果我们没有儿子、孙子或曾孙承传香火，她和其他陈家先祖都会发生什么？只有儿子可以做到这点，她也明白这些。"

"爹领养了那个男人，那个宝儿。"我说，毫不掩饰自己心底留存至今的失望，爹那么轻易就找了个人取代我并寄托他的情感。

"他花了些时间适应和融入，但宝儿对我们都很好。看看他如何料理我的后事的，给我穿上等寿衣，用供品喂养我，给我准备的冥币足够我这一路上使用——"

"他发现了我的诗作，"我打断道，"他跑到吴人那里将它们卖了。"

"你听上去就像个好嫉妒的姊姊，"娘说，"别那么想。"她轻触我的面颊。这是很久以来我第一次接受爱抚。"当我整理你爹的书架时，我偶然发现了你的诗作。当我阅读它们时，我让宝儿拿去给你的夫君。我告诉宝儿确保吴人是买下它们的。我想提醒他你有你的价值。"

她用手臂环抱着我。

"满清鞑子闯入我们这片区域，因这儿是国家最富庶的地区。我们有太多易遭劫掠的宝物，"她说，"他们知道此处人杰地灵，我们也确乎有最好的资源可使家国复兴。许多方面他们都是对的，但我们家中所失去的一切何以修复？我回到家就闭门谢客。如今，当我看着你，我明白即便为娘的再如何努力也无法保护自己的女儿。自你出生起，为了保护你，我就将你深锁闺中，但也没防到你会过早香消玉殒。而如今瞧瞧：你已坐过画舫，四处旅行——"

"我还害了人。"我坦白道。在她告诉我一切后，我是否还欠她一个我对谈则所作所为的真相？"我那个共侍一夫的妹妹是因我而死的。"

"我听到的却不同，"娘说，"谈则的娘责怪她闺女不尽妻子的责任。她是那种让丈夫端茶送水的人，是真的吗？"

我点点头，她继续道。

"你不该为谈则的绝食自责，对女儿而言，此事古已有之。再没什么事比一个女人让自己的夫君眼睁睁看着自己死去更具杀伤力或残忍了。"她将我的脸捧入手中，望着我的双眼，"无论你觉得自己做了什么，你都是我亲爱的女儿。"

但娘并不知道所有的事。

"除此之外，你还有何选择呢？你娘和你爹让你失望。我觉得自己尤其责任重大。我希望你在绣工、绘画、弹奏古筝上修持技艺。我希望你静默，端出笑脸，学会顺从。但看看发生了什么。你飞出了陈家大院。你在这里找到了自由——"她指向我的心，"在你的灵府深处。"

我发现了她话中的真意。我娘确保我受到良好教育，那样我可以成为一名贤妻，但在这个过程中她也启迪我脱离了年轻女子在婚姻节点上的惯常模式。

"你有一颗强大而良善的心灵，"娘继续道，"你不必为任何事感到羞愧。别总想你的那些欲望，想想你有的知识，还有你这里所有的——你的心。孟子在这点上说得很清楚：无恻隐之心，非人也；无羞恶之心，非人也；无辞让之心，非人也；无是非之心，非人也。"

"但我不是人，我是饿鬼。"

就这样，我告诉了她，但她没问怎会变成这样的。或许现在告诉她这些对她而言太多了，因为她问："但你体验了所有这些，不是吗？你对谈则身上发生的一切感到同情、羞耻、悔恨和悲伤，不是吗？"

我当然体会到了这些。我放逐自己以此来惩罚自己的所作所为。

"我们如何才能测试出人与非人呢？"娘问道，"通过你是否投下影子或在沙上留下脚印吗？汤显祖在你痴迷的那出戏里给出了答案，他说只要是人，活着就有喜怒哀惧爱恨欲，所以，从《礼记》《牡丹亭》，从我这里你拥有了这些情感，对我而言，便是这七情塑造了我们人，而你内里仍有这些情感。"

"但我犯下的错该如何弥补呢？"

"我不认为你做错了。但如果你做错了，你就得利用你作为鬼所具的超自然力对之因势利导。你须得找到另一个女孩，她的命运需要你的助力去改善。"

那个女孩一下闪过我的脑海，但我需要娘的帮助。

"你愿意和我走一趟吗？"我问，"这路途很遥远……"

她笑了，脸上熠熠有光，映亮了幽暗的湖面。"那是件好事，我本就该四处飘游啊。"

　　她起身，最后一次环顾了下赏月亭。我帮助她翻过栏杆，走下湖岸。娘伸手探入衣内，取出那几个鱼形锁。一个又一个，她将它们丢进湖中，每一个投向湖面都激起无声的水花，未及荡出涟漪便沉入湖底消失了。

　　我们启程出发。我带领着我娘，她的曳地寿裙拖在身后。穿过整座杭城，次日清晨我们抵达乡间，田野阡陌在我们周边延展，仿佛新织的锦缎。桑树上枝繁叶茂。头戴草帽的大脚女人们穿着褪色的蓝布衣裳爬到树上采摘桑叶。她们下面，其他女人们——被日头晒黑的健硕的劳动者们——有的在犁地播种，有的正背负着装满桑叶的篮子。

　　娘不再害怕。她的面庞因为平安喜乐而发光。很久以前和我爹在一起的日子里，她也这样快乐过，她尝到了那种久违的感觉。我们以信心、关切和爱来交流——所有这些只有母女可以分享。

　　很长时间以来，我一直渴望有种姊妹般的情感。活着时我没能从闺阁里那些堂妹中找到这份感情，因为她们都不喜欢我。我也没能从望乡台的怀春少女中找到这份感情，因为她们的相思病和我不同。我更没能从蕉园五子中找到这份情感，因为她们都不知道我的存在。但我在我娘和我祖母那里找到了。尽管我们软弱和失败，总有一根线绳将我们捆绑在一起：我祖母，尽管她糊涂困惑；我娘，尽管她深受伤害；而我，尽管是个可怜兮兮的饿鬼。娘和我共同在夜色中行走，我终于明白自己不是孤独的了。

女 命

次日一大早，我们抵达古荡村，并一路前往村长家。到如今我已飘荡了好久，这些长途旅程再也伤不到我了，但娘须得坐下歇息，揉揉她的双脚。一个小孩尖叫着，光着脚丫从房内跑了出来。那是钱宜，她的发髻被扎成一簇簇小辫子，和她苍白瘦弱的小脸相比，这些辫子为她的样貌增加了不少生气和光亮。

"就是她吗？"娘疑惑地问道。

"我们进去吧，我想让你瞧瞧她娘。"

钱夫人正坐在屋子角落里刺绣。娘仔细看了看她的针黹手艺，惊讶地望着我，说："她和我们一样出身名门。瞧瞧她的双手。即便在这样的地方它们还是又柔又白，而她的针黹技艺精湛。她怎会最终沦落到这里？"

"因为扬州大屠杀。"

娘的困惑转而成了担忧，因她脑海中立即浮现出当时可能发生的各种画面。她伸手探入裙中，找寻那几个一直能让她安心的锁钥。发现什么也没找到后，她紧扣双手。

"考虑下这个姑娘吧，娘。"我说，"她难道也该遭罪吗？"

"或许她是来偿还前世欠下的孽债，"娘提示道，"或许这就是她的命。"

我蹙眉道："若她的命恰是待我们介入让其转运呢？"

娘神色疑虑道："但我们能做什么？"

我以自己的一个想法回答了她的问题："记否，你曾和我说，缠足是反抗满清鞑子的一种表现？"

"过去到现在，一直都是。"

"但在这里不是。这家人家需要他们的大脚女儿们去劳作。但这小姑娘却做不了那些。"

娘对我的看法表示赞同。"她活了这么长时间我挺惊讶的，但你怎么帮她呢？"

"我想给她缠足。"

钱夫人召唤着她的这个女儿，钱宜顺从地走上前来，站在她娘身边。

"只给她缠足无法改变她的命运。"娘说。

"若我是为了赎罪，"我急切道，"那我不能拣容易的做。"

"是的，但——"

"她娘在扬州大屠杀中沦落，为何钱宜就不能上升呢？"

"上升至什么？"

"我也不知道。但即便她命定只能做一匹瘦马，那是否也比现在这样好些？若那是她的人生轨迹，给她缠上完美的小脚也许会让她进入更高阶层的人家。"

娘环顾了一下装饰素朴的房间，接着回看钱夫人和她的女儿。"这不是缠足的季节。现在太热。"当她这样说时，我知道我已经赢了。

将这个念头植入钱夫人脑中并非难事，但要让她丈夫同意却又是另一回事。他列出各种理由表示反对：钱宜无法帮助他饲养桑蚕（这是真的），而且乡下没有男人想娶一个缠了足的没用女人（这尖刻的话语是针对他妻子的侮辱）。

钱夫人耐心地听着，直等到她有机会开口。轮到她说话时，她道："你似乎忘了，夫君，卖了女儿也可以给你赚笔小钱。"

第二天，即便娘再次提醒我这季节不适合缠足，钱夫人还是找来了明矾、止血药、缠足布、剪子、指甲钳和针线。娘蹲在我身边，我将冰冷的双手覆在钱夫人双手之上，帮她清洗女儿的双脚，接着将它们放入浸有软化草药的水中。随后，我们给钱宜修剪脚趾甲，涂上止血药，将趾头弯折下，将缠足布沿着脚上下缠绑，最后用针线缝牢，这样钱宜就没法自己拆开了。娘在我耳边柔声低语，鼓励我，赞扬我。她将她的母爱给我，而我通过双手将其传递到钱宜的小脚上。

这孩子起初没有哭闹，直到那晚深夜，她因双脚血液不通和缠足的强压发胀发痛才哭了起来。接下去几周，我们每四天绑紧一些，让钱宜来回走动时给折断的足骨加多压力，我下定决心严酷地执行计划。夜晚时分是最难熬的，当钱宜哭泣时，因为极度的痛频频抽噎打嗝。

这个过程持续了两年，钱宜以她的勇敢、内力和坚韧鼓励了我。每次缠足，钱宜自然就从她爹和她姊姊中又往上爬了一个阶层。她再也不会从她娘身边跑开，也不会跟着她的赤脚姊姊们在灰尘滚滚的村庄里走来走去了。她如今成了闺中姑娘。她娘也明白这点。屋内通风欠佳，但我幽魂所到之处都能带来凉爽空气。而在最炎热的那几个夏日，我都难以抵御难熬的湿热，钱宜遭的罪就更甚了。几周后还将更加难熬，钱夫人这时就会拿出《诗经》，每当她诵读几十个世纪前那些女性创作的情诗时，小钱宜白热化的疼痛就得以缓解。但没过多久，小钱宜双脚灼烧般难耐的疼再次让钱夫人不得安宁。

钱夫人从床上起来，踩着莲步来到窗前，对着窗外的田野凝望了一会儿。她咬了咬上唇，紧紧抓住窗台。她是否和我想得一样，觉得这真是个可怕的错误，给闺女带来如此深的伤痛？

娘来到我身边。"所有为娘的都有这样的怀疑，"她说，"但谨记，这是为娘的为了给她闺女提供更好生活的一个办法。"

钱夫人紧抓窗台的手指松开了。她眨了眨眼，忍住泪水，深吸一口气，然后回到床上，再次打开书册。

"缠了足，你就和其他姊姊不一样了，"她说，"但还有一样更重要的礼物我要给你。今天，娘的小女儿，你将开始学习识字。"

钱夫人指向几个汉字解释着它们的源头和字义，钱宜就忘了双脚的疼痛。她的身子放松了，因疼痛难忍而惨白的肤色也缓解了些。钱宜已经六岁了，这个年龄开始受教其实有些晚了，但有我这个赎罪的人在，且读写都是我所擅长的。在我的帮助下，她很快能跟上进度。

几天后，娘也发现了钱宜的好奇心和聪颖天资，宣布道："我觉得这孩子需要一份嫁妆。一旦我的生活安定下来，我要想办法帮她。"

我们娘俩集中精力在钱宜身上，我不再关注时光的流逝。娘七七四十九天的飘游也要结束了。

"我真希望我们有更多时间，"我说，"我希望能一直这样。我希望——"

"别再追悔了，牡丹。答应我，"娘和我拥抱，继而推开我，那样她可以看着我的脸，"很快你也会回家的。"

"回到陈家大院？"我疑惑地问道，"回到望乡台？"

"回到你夫君的家。那里是你的归属地。"

"我不能回去那里。"

"在此证明你自己，然后回家。"随着她开始渐渐消隐至她的神主牌位中，她大声喊道，"当你准备好了，你就知道了。"

接下来的十一年，我一直待在古荡，将心血都花在钱宜和她家人身上。我对自己最底层的饿鬼本性的控制力已日臻完美，我在自己周身建起防护，依凭自己的意志对其收放自如。夏日里，我潜入房内和这家人在一起，为他们解暑降温。秋天到来，我将火盆中的煤炭吹旺给他们增添温暖，我已掌握了技巧，吹煤时不会烧伤我的皮肤，也不会烫坏我的衣衫。

所谓瑞雪兆丰年，事实确乎如此，我在古荡的第一个冬天，皑皑白雪覆盖着钱家的屋宇四周。新年到来，当宝儿来此视察爹的田地、劝诫农人提产时，他得讯：妻子怀孕了，而他也没像陈家往常那样征收更多租金和供品。

又一个冬天到来，雪更白净了。这回宝儿来时宣布他的妻子生了个儿子，我知道娘在阴间做了很多工作。宝儿没有给每家每户送去庆祝新生儿诞生的红蛋。他所做的更令人嘉许：他奖给每村为我爹管理雇工的村长一亩田地。接下来几年，他的妻子又怀孕了，次年又诞下一个儿子。如今陈家有香火续接了，宝儿也颇为大方，每年诞下新的男丁，他都给村长奖励一亩田。这样，钱家也日渐繁荣。那些年长的姑娘们备好小份嫁妆就出嫁了。同时，收受聘礼也为钱家增添了收入。

钱宜日渐长大，她的三寸金莲也变得愈发动人：小巧、精致，形状完美。她还是病恹恹的，即便我赶走了那些捕猎体弱者的邪灵。随着姊姊们纷纷出嫁，我得确保她吃得更多，且她的情也日益强盛起来。钱夫人和我将这个小女孩从一块无甚用处的璞玉打造成一位备受珍视、教养良好的姑娘。我们教她跳舞，当她踩着莲步舞起来时，仿佛在云中飘浮般曼妙优雅。我们教她弹奏古筝，她能奏出清澈的弦音。她尤擅于弈棋，棋艺精进，搏杀凌厉凶狠。我们还让她学习唱歌、针黹和绘画，但我们缺少书籍。钱大人并不欣赏书籍的功用。

"宜儿的教育是一项长期投资，"钱夫人提醒她丈夫，"你想想，她就像那盘蚕宝宝，需要精心照料才能吐丝结茧，你不会忽视那份财产的。如果你精心照料我们的女儿，她也会变得价值连城。"但钱大人心意已决，因而我们只能尽力使用那册《诗经》。钱宜能够记下诗句加以背诵，但她并不太明白这些诗作的含义。

转眼间钱宜已长大，枝头的梅正等着人来折摘。年方十七的她娇小、纤瘦、美丽动人。她的外形玲珑精致：墨黑的秀发，敞亮的前额犹如白绸，杏儿般的双唇，还有她雪花石般的双颊，每每笑起来就显现两个小酒窝。她的鼻梁挺直，她的双眸绽出明亮的光芒，顾盼间显出她的好奇、独立和聪颖。从小到大，疾病、忽视、缠足，还有总体虚弱的身体，她一路挺过并活了下来，显示了她隐于体内的不屈和坚韧。她须得找个门当户对的好人家。

但在乡下，钱宜出嫁的几率微渺。她无法胜任当地人对她要求的体力活。她还是病恹恹的，每当她开口欲说些什么时她总有些结巴。她受了教育但还不够完美，因而想找到一户愿娶乡下姑娘的城里人家，她也不算合宜的。富贵门第或书香门第更不愿娶二女、三女、四女，别提五女儿了，因为这预示着这家人血脉里只会诞下姑娘家。由于所有这些原因，当地媒婆宣称钱宜是嫁不出去的。我则不以为然。

十一年来，我第一次离开古荡前往杭州，径直来到吴人家中。他刚过四十一岁生辰。在许多方面他看上去一点儿也没变。他发鬓乌黑，还是个高高瘦瘦的谦谦君子。他的双手依然使我痴迷。我离开的这些年，他已停止饮酒，也不去花街柳巷了。他给好友洪昇广受赞誉的剧作《长生殿》写下自己的见解和评注。吴人的诗作被收入我们当地最佳诗人的集子。他以卓越且备受尊敬的戏剧评论家身份闻名遐迩。他还曾一度考上了举人。换言之，他在没有我、没有谈则、没有女人陪伴的情况下找到了平静。但他也是孤独的。如果我还活着，我已三十九岁，我们成婚二十三年，也到了我为他觅个小妾的时候了，但我想给他找个妻子。

我去吴夫人那里，我们同名"牡丹"，而且我俩都爱着吴人。她一直乐于接受我，因而我在她耳畔低语。"身为儿子的唯一职责是为家里生下儿子传宗接代。你的大儿子没能完成这项任务，你往生后就没人照料了，吴家先祖也会被遗忘的。如今只有你的小儿子可以帮你了。"

接下来几天，吴夫人细心地看管照料吴人，测度他的心情，观察他独处时的生活，提及家中院落已经好久没听到孩子的声音了。

日中，当我的婆婆休憩时，我就为她扇风。"不用担心门第问题。吴人与陈姑娘订亲或后将谈姑娘娶进门时，他也不是金童。那两桩婚事最后都以悲剧收尾。"我从不在我婆婆面前坐下以示我对她的尊重，但这次我不得不近身催催她。"这可能是你最后一次机会了，"我告诉她，"你如今得做些什么，那样一旦风吹草动社会变化也便于应对。"

那晚，吴夫人向吴人开口提到娶新媳妇的事。他并未表示反对。那以后，她招来城里最好的媒婆。

媒婆推荐了好几位姑娘，但我得确保她们都遭拒。

"杭城里的姑娘太受宠，被骄纵坏了，"我在吴夫人耳畔低语，"你们过去娶回家的那位就是这样，并不适合你们。"

"你得到远些的地方去找，"吴夫人指示媒婆道，"找那种单纯乖巧的，等我老了能陪伴我的，我没多少年可活了。"

媒婆坐进轿子去往乡下，一路上时不时这里或那里有山石挡路，使得她的轿夫依照我的指示一路去往古荡。媒婆四下打听，被带往钱家，那里生活着两个识过字、缠过足的女人。钱夫人非常沉着，如实回答了关于她女儿的所有提问。她还拿出一张谱牒，上面记录了钱宜母家三代祖先，包括她外公和曾外公的官衔。

"这姑娘学过些什么？"媒婆问道。

钱夫人——列举她女儿的技能，接着补充道："我教导她夫为阳、妻为阴，太阳不会改变它的圆满状态，但月有阴晴圆缺，妻子也当学会变通。男人凭其意志行事，女子则依凭情感。男子好冲动，女子当忍让。这也是为何男人总在外闯荡，而女子留守闺阁之中。"

媒婆若有所思地点点头，接着要求见见钱宜。在约燃尽一支蜡烛的辰光，钱宜被带了进来，媒婆细细打量她，商量她的嫁妆，讨论可能的聘礼。钱大人愿意拿出五年内丝绸收入的百分之五，外加一亩地。

此外，姑娘还会带上几车床褥、鞋履、衣衫以及其他新娘自己绣的丝绸织品。

听闻这些，媒婆岂不留下了深深的印象？

"通常来讲，妻子家庭背景稍低且不如男家富裕倒更好，那样她更易于适应在婆家当媳妇的新地位。"她说。

媒婆回到杭城后，径直去往吴家大院。"我给令公子寻到妻子了，"她对吴夫人宣称，"只有那已失去两个妻子的男人愿意娶她。"这两个女人算了算吴人和钱宜的生辰属相，确保两人八字相配，接着考虑到女方父亲只是个农民，她们又商讨了聘礼准备事宜。随后媒婆又回了古荡。她带去金银珠宝，四坛好酒，两匹布料，一些茶叶和一只羊腿，以之为聘礼。

康熙二十六年，吴人和钱宜成婚。钱宜的爹因能将这无用而累赘的女儿嫁出去倍感轻松；钱宜的娘欣喜于她家运数终得逆转。我有很多金玉良言想赠给钱宜，但在母女分别之际我让她娘和她说话。

"记得要恭敬谨慎，"她建议道，"要勤勉，晚睡早起，一如从前。为你的婆婆沏茶，要温柔地待她。若他们有家禽，记得喂养它们。好好保养你的双脚，仔细整理你的衣物，梳理你的发鬓。绝不要发火。若你遵循这些，就会有贤妻的好名声。"

她将闺女紧紧抱在怀中。

"还有一件事，"她温和道，"一切发生得太快，也不知媒婆对我们是否有所隐瞒。如果你嫁去后发现夫君原来是个穷人家，别责怪他。如果他是瘸子或脑子比较愚钝，也别抱怨、背叛和变心。如今你别无选择，只得依靠他，嫁出去的姑娘好比泼出去的水，收也收不回来的，人要知足。"说着说着，泪珠从她双颊滚落，"你一直是个好女儿，记得别把我们全忘了。"

说完，她将红盖头放下，遮住钱宜的脸，扶她进入花轿。一个小的丝竹班子奏起乐来。为了驱避邪灵，当地风水先生一路播撒谷物、豆子、水果和铜钱。但我没见有什么鬼魂，倒是村里孩子抢着拾掇这些款待物将它们带回了家。要说鬼魂，那只有我一个，且为这婚事感到高兴。钱宜别无选择，就这样离开了家乡的村庄。她对情爱无所期待，但内心继承了她娘的勇气。

吴母在门口迎候花轿。她看不见这姑娘的脸，但可以观察她的双足，发现它们胜过普通姑娘的缠足。这对秀足摇曳着莲步穿过院落来到新房。在这里，吴母将新婚秘籍递到媳妇双手中。"好好读下。这书会告诉你今晚当做什么。我期待九个月后能抱上孙子。"

几个时辰过后，吴人进来了。我看着他掀起钱宜的盖头，对这美丽的姑娘微笑起来。他是满意的。我为他们祈愿三福——好运、长寿，并且子嗣繁荣——接着便离开了婚房。

我不能像先前对谈则那样再犯错了。我不会待在吴人和钱宜的卧房，那样我可能禁不住诱惑会用过去那些方式干预他们。我忆起丽娘在花园被带到梅下后的感慨："这梅树依依可人，我杜丽娘若死后得葬于此，幸矣。"在那里，她想着或许可以在夏日阴雨中安葬香魂，与梅树的根相生相伴。丽娘死后，她爹娘遵循她的遗愿安葬她于梅下。后来，石道姑将一枝梅花插入瓶中，置于丽娘的供桌之上。丽娘的幽魂以撒下梅花的花瓣雨作为感恩的回报。我来到吴家的梅下，自我死后这棵树再也没开花结果。它无人照料的情形正合我意。我在树干四周青苔覆盖的岩石下安顿了新家。在这里，我可以照看着钱宜和吴人，但不会太多打搅到他们。

钱宜很快适应了为人妻子的生活。她所拥有的财富远超她昔日所想，但她从不炫耀。从孩童时起，她就一直在寻求内在的沉稳，而非外在的美貌。如今作为妻子，她更是力争做得更多，而非只做家中的一只花瓶。她的魅力完全是自然散发的：她的肌肤比玉还润，她的莲步优雅如生花，步态轻盈，掀动裙摆，宛若薄雾。她从不抱怨，即便孤独时思母心切，她也不会哭泣，斥责仆役或使性摔物，而是白日里坐于北窗下，只点燃一支香，修持安定自己的心境，而我，则默默陪伴着她。

她学着去爱吴人并且敬重吴夫人。女眷房内从无冲突，因为钱宜尽全力使吴夫人畅心。她也从不轻论前两任妻子，不会取笑我们早逝，也不想伤了我们的自尊。她更愿意用自己的歌舞、筝乐演奏来取悦吴人和她的婆婆，而他们也喜爱她的纯真与活泼。她心胸开阔，好像一条大路为每个人敞开。她对仆从也非常友善，经常赞许厨子，待仆役就像自家人。因着所有这些言行，钱宜得到婆婆的赞赏，也深受吴人怜爱。她得以享用美食、锦衣，以及条件更好的宅邸，但对这样一个家族她的学养还稍嫌不足。既然我能进入吴人的书房，我也可以好好教她，当然我不是仅凭己力。

我回想起爹曾如何教导我阅读理解诗文，因而某天我也让钱宜坐到吴人腿上。吴人欣喜于钱宜的真率，他通过询问她的阅读给予帮助，催促她思考并发表评论。钱宜成了我和吴人之间的沟通渠道，通过对她的教育，我们合二为一。她长进很快，日渐熟通典籍、文学和数理。吴人和我对她在知识技艺上的成长倍感自豪。

但有些技艺对她而言尚有难度。钱宜还是不擅毛笔书写，这令她写下的笔触歪歪扭扭，颇不中看。吴夫人介入了，通过她我训练钱宜临摹《笔阵图》，将当年五婶教我的所有法宝悉数用上。和我那些年经历的一样，钱宜的书法也日渐长进。当她有时鹦鹉学舌般毫无情感地诵读诗歌时，我知道自己的教导用力还不够。我想起吴人的远亲，我出门将李淑带回家，她成了钱宜的塾师。如今钱宜能声情并茂地背诵诗文了，她开启我们的心扉直抵七情，带领我们身临那些记忆或想象中的境地。家中上上下下渐比从前更喜爱她了。

对此，我毫不嫉妒，也从没想过对她下毒手，例如吃了她的心，让她身首异处任凭吴人去找寻之类，而且我也从没想过在她面前显现或是到她的梦里见见她。但如今我能力强大，能做任何事，当他们清晨醒来，我为他们凉下洗脸水；当钱宜梳理云鬟时，我变为梳子上的一根根梳齿，轻松地为她撇开每一簇分叉纠结的发丝；当吴人出门时，我为他开路，推开路障，驱除危险，将他安全地护送回家。夏日三伏天里，我唆使仆从给西瓜结网放入井中，接着我自己下到黑暗的井下，渗入水中，将西瓜变得更冰。我喜欢看着吴人和钱宜饭后享用着新鲜可口的西瓜。我以所有这些方式感谢这位钱宜妹妹善待吴家母子，在多年寂寥后为他们带来喜乐和陪伴。但这些都是小事情。

每当我瞧着钱宜坐在吴人腿上听他解释蕉园五子诗中的隐喻时，便有一种幸福自内心升起，且想着让他们分享以作回报。那会是一件怎样的事情呢？每对夫妻都向往的一件事？一个儿子。我不是祠堂中的某位先祖，因而我不认为自己可以赐下这个祝福。但当春日来临，一些神奇的事发生了。梅树开花了。到如今我才明白是我自己让它开花的。当花瓣缤纷落下、果子开始成形时，我知道我能使钱宜怀孕了。

心 珠

　　吴人和钱宜云雨共欢时，我遵守先前诺言驻留卧房之外，但我以其他方式密切关注着房内动静。某些不吉之夜不利云雨，潜藏危险。风雨之夕、云雾遮绕或是溽暑难耐之夜，我得保证钱宜送吴人出门访友、诗聚或是讲演。雷电交加、日月食或地震之夜，我就让钱宜犯头疼。但这些灾害之夜甚少，所以，每每等到床褥窸窣声响归于平静后，我就悄悄从窗户缝隙中潜入房内。

　　我将自己缩得很小，钻入钱宜的身子继而行事，我在里头找寻着最适宜的种子带去和卵子会合。尽管我在窗外听到吴人和钱宜咯咯的笑声和呻吟，得知他们享受云雨并互相取悦着对方，但生一个婴孩并非这么简单，此关乎两个灵魂的结合，从前世带来一个灵魂，继而开始在这尘世的新生命。我在母腹的翻腾海浪中游啊游，找啊找，直到几个月后我找到了我想要的那个精子。我带着它游往钱宜的卵子并入驻其间。我将自己变得更小，那样我可以安慰这个新生灵魂，随他来到这个暂居之家。我一直陪伴着他，直到他穿越钱宜的子宫壁安顿下自己。如今他安全了，我还有其他的事要处理。

　　钱宜的月事停了，极大的喜乐充溢着吴家上下。只是兴奋之余，也潜伏着忧患。上次院落里那位孕妇的死，预示着邪灵追随着她。所有人都认为，钱宜身子本就虚弱，极易受到阴间邪灵的侵扰。

　　"你永远不能对先前两任妻子掉以轻心。"在与道士会诊时，赵大夫说道。

　　我深表同意，但我安慰自己，因我知道谈则还在血湖中煎熬。但是，道士接下来说的话令我胆战心惊。

"尤其是她俩当中先前那个没正式娶过门的。"他低声威胁道，但声音大得每个人都能听到。

但我爱钱宜啊！我绝不会做出任何伤害她的事！

吴夫人紧握双手。"我同意，"她说，"我也担心那姑娘。她先前报复谈则和她腹中的婴孩，从某个角度来看或许也不能全怪她，但这对我儿是艰难的伤痛和损失。请告诉我们该如何预防。"

多年来第一次，我羞愧难当，如坐针毡。我不知道我的婆婆会因谈则的事而怪罪于我。我得赢回她的尊重。最好的方式就是保护钱宜和她的宝宝，避免家中上下弥漫的惊恐。糟糕的是，因为赵大夫和那道士留下各种指示，我的任务变得更艰难了，而我那妹妹身为病人，意志顽强，并不顾及自己的羸弱身子。

仆从们制作了特殊的护符和各样偏方，但钱宜太过谦逊，不愿接受这些比她还穷的人家的馈赠。吴夫人试着让这儿媳卧床休息，但钱宜太过孝顺虔敬，依然起身给婆婆端茶烧饭，为她清洗缝补衣物，打扫房间，在她沐浴时送上热水。吴人悉心照料他的妻子，夹着筷子喂她食物，给她捶背、支起枕头，但她从不静坐以俟夫君的伺候。

从我的角度来看——作为一个生活在邪灵世界中历经伤害的鬼魂——我觉着所有的情况于她不利，他们的做法反而会令她更焦虑。

接着，某个暮春午后寒流来袭。我感到非常气愤。那个道士让钱宜下床，挪动家具摆开阵势，在钱宜和我之间建起屏障；他焚烧大量熏香试图将我驱赶出房间，但这让钱宜的胃倍感不适；而且，他还用手指猛戳钱宜的头，说活跃这些穴位可以加强她对我的防御力，但钱宜却被弄得一阵阵头疼。我嫌恶地大叫道："哎呀，你干吗不去置办一场冥婚让她一个人好好待着？"

钱宜震动了一下，她眨了眨眼睛，在房内四下张望。那个从没真正感觉到我存在的道士，整了下他的包裹，作了个揖便离去了。我依着窗待在房内，日夜守在那里，保护我最爱的这两个人。午后，钱宜卧床休憩。她手指紧张地抓着被褥，心中一片忧思。仆从递来晚膳，钱宜似乎想出了什么。

吴人最后来到卧房，钱宜说："如果每个人都那么担心陈同姊姊会来害我，那你们俩就该举办一场冥婚，那样她也会因得到你第一夫人的名分而安下心来。"

我被惊到了，以至于我一开始都没明白她话中的暗指，我在极度恼怒下随口说了这么一句，但我没想到她会听到并当真。

"冥婚？"吴人摇了摇头，"我不怕什么鬼魂的。"

我死死地盯着他，但我无法读透他内心的想法。十四年前谈则临死时，他也说过自己不信鬼神。当时我以为他是为了稳住谈则。但他真的不怕或不信鬼吗？那我在他梦里和他相会又怎么说呢？我给他谈则这样一个床头良伴和贤妻又怎么说呢？他如何看最近自己的孤寂得以解脱这事呢？他以为钱宜的出现只是命中注定的吗？

我或许对吴人有所怀疑，但钱宜没有，她朝他满怀爱意地笑笑。

"你说你不怕鬼，"她说，"但我能感到你的忧惧。我四下看看，到处是恐惧。"

吴人起身走到窗边。

"所有这些恐慌对我们的儿子不利，"钱宜继续道，"安排一场冥婚。这会让其他人都镇静下来。如果他们都放轻松了，我也能在安宁中诞下我们的孩子。"

她这番充满希冀的话语平抚了我受伤的心。钱宜真是人美心善。她道出这些建议，真的不只是为她自己而是为了给整个吴家大院带来平安吗？我很确定，她的宝宝不会有事的。但一场冥婚？这最终会到来吗？

吴人的双手紧握窗台。他看上去若有所思，颇为期待的样子。他到底有没有感受到我的存在？他知不知道我依然还那么深爱着他？

"我觉得你是对的，"他最终说话了，声音仿佛从远空传来，"牡丹本来是我的元配。"这是二十三年来他第一次说出我的真名。我震惊而狂喜。"她死后，我们本该以你所说的方式成婚的。但是……出了些问题，因此这个仪式没有举行。牡丹……她——"他的手指移离窗台，他将脸转向妻子道，"她永远也不会伤害你的。我知道这点，你也应该明白。但关于其他人，你说得对。让我们举办一场冥婚，祛除你周围那些人的担忧。"

我掩面而泣，在感恩中落下无声的泪水。几乎从我刚死那刻起，我就开始等待、渴求这一场冥婚的到来。如果这场冥婚得以举行，我的神主牌位也将从藏匿地里取出。有人会发现它还没有被点主，然后完成这项仪式。当那一切发生之时，我就不再是饿鬼了。我将走向往生之路，成为祠堂中已逝的先祖、吴家二儿子受到尊崇的元配。我这妹妹的建议一出，我的心里溢满了未曾念及的大喜乐；而得到吴人——我的诗人、我的爱人、我的生命——同意，就好像我的心头撒满了珍珠。

我随着媒婆回到陈家大院，看看大家如何商议我的冥婚聘礼。爹终于辞官归里享受着含饴弄孙之乐。他看上去还是骄傲自信，但表面之下我觉察得出我的死一直萦绕在他心头，令他伤恸不已。尽管他看不到我，我跪在他面前，顺服而谦恭，期冀他的某个部分会感到我的存在，原谅我曾经对他的质疑。当我起身后，我坐回角落，细心听着谈话，他试图争取一份新的——更昂贵的——聘礼，比我活着时他同意的聘礼更贵重，此事我起初并不明白。媒婆诉之于情，试图压低价格。

"令嫒和吴家二公子的八字相配。他们是天作之合。您不该再多要聘礼了。"

"我开出的价格就这些，不变。"

"但令嫒已经过世了。"媒婆寻出理由。

"你想想，利息都在随时间迁逝而不断上涨。"

自然地，聘礼没有商议成，我很失望。吴夫人也不喜欢媒婆给的答复。

"给我备轿，"吴夫人厉声道，"我们今儿就回那里去。"

抵达陈家大院，当他们步出轿子走入客堂时，仆从们匆忙上来奉茶，递上冰镇过的巾子，缓解他们大老远绕湖而来的疲惫。接着两个女人被带领着穿过一个个院落最后来到我爹的书房，他正躺卧在凉榻上，最小的孙儿和侄子趴到他身上，就像几只小虎崽。他将孩子们交给仆从，踱步来到书桌前坐下。

吴夫人坐在书桌前那把椅子上，就是我过去一直坐的那把。媒婆在她右肩后找了个位子，一名仆从站在门口等候我爹的命令。他轻抚额头，一手握捏着脑后的长辫子，在我还是个小女孩时他就常做这个动作。

"吴夫人，"他说，"太多年不见了。"

"我已经好久不出远门了，"她回答，"仪俗变化，但即便当年我出门，你也知道和男人会面于我是不合宜的。"

"过去会面，您总将夫君和我那些老朋友招待得很好。"

"我今日来就是因为昔日的友谊和忠诚。您似乎忘了曾经允诺我的夫君我们两家会结为亲家的。"

"我从未忘记此事。但我又能做什么呢？我的闺女已经去世了。"

"我怎会不知此事呢，陈大人？我看着我儿因为痛失令嫒二十年来几乎日日遭受着心痛折磨。"她身子前倾，用一个手指敲着书桌说道，"我诚心诚意派了媒婆来你家说亲，你却以无理的要求遣她回来。"

爹懒懒地向后靠着他的椅背。

"您很清楚所有须得办理的事，"她加了一句，"在商议聘礼前我到您这里也来过多次了。"

是吗？我怎么不知此事？

"我的闺女比你提出的筹码贵重得多，"爹说，"如果你想要娶她，你须付得起。"

我颇为理解地叹了口气，爹还是很珍爱我的。

"好。"吴夫人抿了抿嘴，眼睛眯成了一条缝。我见过她被谈则惹怒，但女人不得在男人面前发怒。"我要你知道，这次你不答应我是不会走的。"她深吸一口气，接着说道，"如果你想要更昂贵的聘礼，她的嫁妆里头我要附加些东西。"

这似乎正合我爹的心意，他们商讨来商讨去，互相讨价还价。他要求更高价的聘礼；吴夫人又复以更多嫁妆要求。他俩似乎对物物交换的事已非常熟悉了，着实令人惊讶，因为显然他们此前已有过多次这样的谈话。但接着整件事震动了我……令我欣喜万分。

当他们最后几近达成时，我爹突然抛出样新东西。

"今日起十天内你们给我送二十只活鹅，"他说，"否则我不会答应这门亲事。"

这算不上什么，但吴夫人要求更多。

"我依稀记得，令嫒原本嫁来时要带她自己的丫鬟。即便现在，当它抵达我们吴家时，也该有个人照看她的神主牌位。"

爹回敬了一个微笑："我正等着你问此事。"

他示意门口站立的仆从，那人离了房间，回来时带了个女人过来。她上前，跪下后在吴夫人面前叩头。当她抬起头时，我见到一张因着生活艰辛备受摧残的面孔。那是柳儿。

"这个仆从最近回到了我们陈家大院。多年前我将她卖出是个错误。如今我明白，她命中注定是照料我女儿的。"

"她也年纪不小了，"吴夫人说，"我可以使唤她什么呢？"

"柳儿今年三十九。她有三个儿子。他们和她之前那位主人在一起。他的妻子一直想要儿子，因而孩子们就都给了他们。柳儿或许不中看，"爹说得实际，"但你若需要她也可以收作小妾。我保证她会给你诞下孙儿的。"

"用她换二十只鹅？"

我爹点点头。

媒婆咧嘴笑了起来。她能从这桩亲事里得益不少。柳儿匍匐在地爬到吴夫人跟前，用她的前额叩着吴夫人的三寸金莲。

"我收下你这份礼，但有个条件，"吴夫人说，"我要你回答我一个问题。为何你先前不为你女儿筹办一场冥婚？一个姑娘死了，就因为你拒绝了我的请求。如今另一条携着我孙儿的生命也受到了威胁。这事本易办成，且能起弥补作用。冥婚也很平常，它可以省去那么多麻烦——"

"但这治不了我的心病，"爹坦白道，"我无法让牡丹走。这些年来我一直渴望她的陪伴。将她的神主牌位放在陈家大院，我就感觉自己和她一直还有联系。"

但我却从没在这里陪着他！

爹的双眼湿润了："这些年来，我一直希望感觉到她的存在，但我从未如愿。当你今日差媒婆来时，我决定终于是时候让我闺女走了。牡丹注定是和您儿子一起的。如今……很奇怪，我终于有了她和我在一起的感觉。"

吴夫人轻蔑地哼哼道："你本该为你闺女做正确的事，但你没有。二十三年啊，陈大人，这可是非常长的一段时间了。"

说完，她起身，轻摇着步子走出了书房。我待在原地，好为出嫁做准备。

冥婚不像阳间婚礼那般华美、繁缛或费时。爹安排递送货物、钱财和食物，为我安置嫁妆。吴夫人也以事先商议好的聘礼予以回报。我梳理发鬓、妆点整齐，抚平我那件破旧褴褛的衣裳。我想给我的双脚裹上干净的缠足布条，但自我离开望乡台后我就没更换过新的。我只是尽力准备，装扮好自己。

唯一真正的麻烦是找到我的神主牌位，没有它我就没法出嫁。但我的牌位已经被藏起很久了，没人记得昔日它发生了什么。事实上，只有一个人知道它在哪儿：邵妈，我们家干得最久的女仆，也是我家的奶妈。显然，她不再是奶妈，也不做仆从了。她牙齿全掉光了，头发也落得稀疏，且丢失了大部分记忆。她太老而卖不出去了，因为卖不出去也就没辞退她，而她也无法找到我的神主牌位。

"那个丑东西多年前就扔了。"她说。一个时辰后，她又改口道："它摆在她娘牌位的旁边。"两个时辰后，又一个全然不同的记忆浮现出来。"我将它放在梅树下了，就像《牡丹亭》里那样，牡丹会喜欢那个地方的。"三天后，在各个仆从、宝儿甚至我爹的恳求、命令和要求下，邵妈告诉了他们她将它藏在何处，这个受了惊吓的脆弱老女人号啕大哭起来。"我不知道它在哪儿，"她转而抱怨道，"你们为何不停打听那个讨厌的东西？"

如果她记不起将我的神主牌位放在哪儿，她一定也记不得自己导致我没被点主这事了。我好不容易走到这步，不能让事情就这样败了，只因一个老妇人不记得自己曾将一个丑东西藏在了储物室高高架子上一个腌萝卜的陶罐后面。

我到了邵妈的屋子。那是正午时分，她已睡着了。我站在她床边，从上往下盯着她看。我伸出手想摇醒她，但我的手臂无法触碰到她。到如今，我离安放自己的魂魄仅咫尺之遥，但我还是无法做任何事让我的神主牌位得以点主。我试了又试，但还是无能为力。

随后，我感到有一只手搭在我的肩上。

"让我们一起来做。"一个声音说道。

我转过头，看到我娘和我的祖母。

"你们来了！"我惊呼道，"但你们怎么出来的？"

"你是我的心头肉，"娘答道，"我怎能在遥远的地方看着我闺女出嫁呢？"

"我们求冥官开恩，获得了一次返回阳间的特许。"祖母解释道。

更多的珍珠涌入我心头。

我们等待邵妈苏醒。接着我祖母和娘分别到她两侧，托着她的手肘，带领她穿过院落来到储藏室，在那里邵妈发现了我的神主牌位。娘和祖母这时才放开她，退到一边。这位老妇人拂去上面的灰尘，尽管她眼力不行了，但我确信她会发现我的牌位没有被点主，会将它直接带到我爹那里。当这一切没有如愿发生时，我眼巴巴地看着我娘和我祖母。

"帮帮我，让她看见上面没有点主。"我乞求道。

"我们也没法子，"娘遗憾道，"我们能做的只有这么多了。"

邵妈将神主牌位带回我昔日的闺房。房内地上正中间躺着一个仆从们用稻草、纸片、木头、布匹填充制作的假人，这个假人会作为我的替身参加婚礼。它背靠地面，中空的腹部外露。柳儿在一张纸上涂上眼睛、鼻子和嘴巴，用糨糊粘贴到新娘脸上。邵妈跪在地上，很快将我的神主牌位塞进那个假人的肚中，她的动作太快，以至于柳儿都没机会看一下我的牌位。我的老仆从继而用针线将假人的肚子缝合起来。当她做完后，转身走到一个衣箱前将它打开，里面放着我的嫁衣。它本该和我的其他物品一起被扔掉的。

"你留存着我的嫁衣？"我问娘道。

"我当然存着。我始终相信总有一天它们会派上用场的。"

"而且我们还带了些礼物。"祖母补充道。

她把手伸进长袍，取出干净的裹足布和一双新鞋。娘展开包裹，从里头取出一条裙子和一件衣衫。这套寿衣好美，当我穿上它们时，仆从们也在做相同的事情，他们为那个人偶穿上内衣，继而是红绸裙，裙褶上绣有花朵云彩，以及象征吉祥的纹样图案。他们给人偶穿上衣衫，系上所有盘扣。他们又给薄纱覆盖的稻草制成的双脚缠上长长的裹足布条，直到那双脚缩小到可以放入我的红绣鞋中。接着他们扶起人偶靠上墙壁，将头巾置于它头上，给那张风格诡异的面庞盖上红绸盖头。如果我的神主牌位被点主了，我本可以完全住进这个人偶里了。

仆从们走后，我跪在人偶旁。我用手指轻触绸缎和凤冠上的金叶。我本该开心才是，但我没有。我很快就要踏上往生的正轨了，但因为神主牌位没被点主，这个冥婚仪式便毫无意义。

"我现在什么都明白了，"娘说，"我真抱歉，当年我因为太伤心没给你点主，又让邵妈将它从我身边拿走，后来又没询问你爹此事。我以为他将你的神主牌位拿去了——"

"他没有——"

"他没跟我说，我也没问，你在我死时也没告诉我。我是去了望乡台才发现这一切的，你为何不告诉我呢？"

"我不知该如何开口，你死的时候还很疑惑。而邵妈她——"

"你也怪不得她，"娘说道，她挥了挥手好像这事不重要，"你爹和我因为你的死深感内疚，以至于我们丢了自己的责任。你爹因你的怀春和早逝自责不已。如果他没和你聊过小青和丽娘，你也不会染上相思病……如果他不鼓励你阅读、思考、写作——"

"但正因这些我才成为我自己啊。"我大声叫道。

"确实如此。"祖母说。

"安静点，"娘命令道，口气颇为不敬，"你让这姑娘够心碎困惑了。"

祖母抬起下巴，转移视线道："对此我很抱歉，我不知道——"

娘轻触她婆婆的衣袖，让她不必再往下说了。

"牡丹，"娘继续道，"如果你只是听命于我，你就不会成为今日令我骄傲的女儿了。每个为娘的都担心女儿，但我担惊受怕极了。我只会想到那些可怕的事会降临。但可能发生的最糟的事是什么呢？我在扬州经历的那些吗？不。最糟的事是失去你。但看看这些年你做了什么，看看，你对吴人的爱让你绽放光彩。我在墙上写下那首诗时惊恐绝望。写那首诗时，我闭起眼睛，忘记了所有曾让我快乐的事情。你的祖母和我，以及其他诸多女子们，都希望自己的声音被听见。我们走出门去，一切就在我们身上发生了。接着那次我是真的被听到了——在墙上写下那首诗时——我想死。但你不同。经由死亡，你成长为一位令人称羡的女性，还留下了你的评注文字。"

我本能地转过身去。她曾烧毁了我的书，恨我痴迷《牡丹亭》。

"你瞒着我太多事了，牡丹。"她哀叹道，"我们遗失了太多时间。"

是的，而且时间永远追不回来了。我眨了眨眼睛，吞下悔恨的泪水。娘执起我的手，轻拍了两下。

"当我还活着时，我听说了吴人评注《牡丹亭》的事。"她说，"当我读到那些文字时，我觉得自己听到了你的声音。我想那不可能，因而告诉自己可能为娘的我只是太伤心了。直到和你祖母在望乡台相遇我才明了所有真相。当然，她也从我这里知道了一些事。"

"继续说，"祖母催促道，"告诉她我们此行的真实来意。"

娘深吸一口气。"你须得完成你的评注，"她说，"它不是一个绝望的女人在墙上随手写下的潦草字迹。你爹和我，你祖母，你全家——无论是尚存在这尘世的还是看顾你的世代先祖们——我们都为你感到骄傲。"

　　我思忖着娘的话。祖母曾希望自己被夫君听见并受到欣赏，但她只是错被归为贞洁烈妇。娘也希望自己的声音被听到，但却迷失了自我。我也希望被听见，但只被我所爱的那个男人。吴人曾在赏月亭中问过我这个问题。他想要听到我的真实声音。他为我创造了这种可能性，在整个世界、社会，甚至我娘和我爹宁愿我保持沉默的时候。

　　"但在发生了这一切之后，我又怎么可能再次奋起——"

　　"我准备赴死时写下了那首诗，而你确实因那些评注文字而死。"娘说，"我经历了刺骨的痛、在被那么多男人蹂躏身子后在墙上写下了那些诗句；我见你也是呕心沥血，字里行间都倾注了你的情。长久以来我觉得，或许我们需要这种牺牲，但这些年我看着你陪伴钱宜，我才意识到也许写作不需要这般献祭。或许，用纸笔和墨迹来体悟情感是我们的一份异禀。我怀着伤痛、恐惧和恨意而写作。你因着欲念、喜悦和爱意而写作。我们都为道出心声付出了沉重代价，揭示我们的内心，试着创作，但这是值得的，不是吗，我的闺女？"

　　我还未来得及回应，就听到回廊里传来笑声。门扉开启，我的四位婶婶、彗儿、兰儿、莲儿，还有她们的女儿们纷纷进入房内。我爹让她们一起过来，确保我妆扮得像个真正的新娘子。她们稍稍动了下那个人偶，整了整裙摆上的褶子，抚平丝衫，用几个翠羽发簪固定住凤冠。

　　"赶紧！"铙钹和鼓声响起，祖母叫道，"你须得赶紧。"

　　"但我的神主牌位——"

　　"现在先不想它了，"祖母命令道，"好好地享受你的婚礼，因为只此一回——至少它和你多年前独眠在床所想象的不一样。"她双眼闭了下，兀自若有所思地笑了起来。接着她睁开眼睛，轻拍双手道，"现在，赶紧！"

　　我记得自己该做的每件事情。我给娘叩了三个响头，感谢她为我所做的一切，同样给祖母也叩头三次以示感激。娘和祖母亲吻了我，接着将我引向那个人偶。因为神主牌位没被点主，我无法迈进去，只得自己环绕着它。

祖母是对的。我须得尽情享受这一刻，尽我所能并非那么难。我的婶婶们都说我很美。我的堂妹们为少女时期的那些作为向我道歉。她们的闺女们都因从未见过我而深表遗憾。二婶和四婶扶我起来，将我置于椅上，随后将我抬出了闺房。娘和祖母和陈家其他女眷一起穿过回廊、亭榭、池塘和山石来到祠堂。供桌上，在我祖母画像的旁边，挂着我娘的画像：她的皮肤被画得清润透亮，她的发鬓被盘得宛若新娘，她的双唇饱满而含着笑意。这定是她当初嫁给我爹时的样貌，画像中的她或许没法镇住家人，让他们谨守本分，但她却能鼓励大家。

供桌上，所有东西都呈单数摆放，以此提醒大家这不是一场普通的婚礼。三个香炉里分别盛放了七支香。爹为诸神呈上九杯酒时双手在颤抖，接着他又给我的每位祖先呈上三杯酒。他还供上五只蟠桃和十一只香瓜。

随后我的椅子被抬起，一直抬到风火门。好长一段时间我都渴望穿过这道门嫁去我夫君的家，如今梦想成真了。依照冥婚传统习俗，柳儿在我头顶举着一只筛米的篓子，为我遮挡天光。我被抬入一顶绿轿而非大红花轿。轿夫们抬着我绕过西湖，登上吴山，途经庙宇，来到我夫君的家。吴家大门向轿子敞开，我被扶出去放上另一把椅子。娘和祖母站立在吴夫人身边，她正依礼迎候我。接着她转身招呼我爹。冥婚典礼时，双方父母因邪灵离家甚感高兴，通常他们都在家私下庆祝，但我爹坐在自己的轿子里一路尾随我的绿轿，他要全杭城的人都知道他女儿——全城最受敬最富裕的人家的闺女——最终嫁出去了。当我被抬过吴家门槛时，我的心里溢满珍珠，吴家院落充盈着我的喜乐。

一行人，还有我这鬼魂共同前往吴家祠堂，在那里，墙上投下红烛高照的斑影。吴人等候在那里，一看见他我就情流奔涌。他穿着我为他缝制的婚服，在我这个鬼魂的眼中，他颇具阳刚之美。唯一将他和普通新郎区分开来的标志是他那双黑手套，它提示着在场每个人，这个典礼——于我是如此欢欣——却连接着那个黑暗幽秘的世界。

婚典开始了。仆从们抬起我的座椅，将其微微倾斜，那样我可以和我的夫君一起祭拜吴家先祖了，鞠完这一躬，我就正式离开娘家成为我夫家一员了。吴家摆下丰满奢华的婚宴，且这排场一点儿也没浪费。我的姊姊、叔叔，他们的女儿女婿及孩子们悉数到来，坐满一桌又一桌。宝儿——还是胖乎乎，双眼鼓鼓的——和他的妻子及儿子们坐在一起，他们也都是胖墩，眼睛眯成了一条缝。就连陈家的小妾们也都来了，尽管被安排至厅内靠后的桌席。她们在那里叽叽喳喳交头接耳，为能这样出来一趟颇为兴奋。我坐在主桌颇为显要的位置，夫君和爹分别坐我两边。

"家中有些人曾经认为我将女儿下嫁了，"随着最后十三叠菜肴摆上桌面，我爹对吴人说道，"尽管我们两家财富和地位并非相当，但我敬爱你的父亲。他是个良善的人。我看着你和牡丹长大，我知道你俩是天造地设的一对。能和你结合，她定会非常高兴的。"

"能和她结为连理我也很快乐，"吴人回道，他举起杯盏，抿了一口，"如今她和我永远在一起了。"

"好好照看她。"

"一定，一定。"

喜宴之后，吴人和我被引入婚房。我的替身人偶被置于床上，所有人随之离去。我颇为紧张地在人偶旁边躺下，看着吴人宽衣解带。面对人偶那张被画出来的面庞，他盯望良久，接着他也躺了下来。

"我从未停止对你的思念，"他轻声低语，"也从未停止对你的爱恋，你是我心中的妻。"

接着他用双臂环抱人偶，将它拉近。

清晨，柳儿轻敲房门。吴人已起身，正坐在床边，唤她进门。她进入房内，后头跟着我娘和我祖母。柳儿放下托盘，里头是茶叶、杯盏和一把刀子。她为吴人沏茶，接着去往床边。她将人偶新娘靠床扶起，开始给那件衣衫解开纽扣。

吴人跳了起来。"你在做什么？"

"我来取小姐的神主牌位，"柳儿低头温柔道，"它得放上你家的供桌。"

吴人穿过房间，夺下剪子，将它藏进衣衫。

"我不想用剪子伤她。"他盯着人偶新娘，"我等了好久才让牡丹和我在一起。我如今就想这样守着她。备下房间，我们在那里供奉她。"

我被他的想法深深感动，但这不会发生的。我转向我娘和我祖母。

"那我的神主牌位怎么办呢？"

她们爱莫能助地举了举手，继而消隐而去。至此，我的婚礼和我最快乐的一刻结束了。

正如钱宜所预言的，这场冥婚抚平了吴家上下的恐惧。每个人重归自己的日常生活，让钱宜在平安中孕育婴孩。吴人为我的替身人偶设下一间面朝花园的房间，柳儿在那里侍候一切。他每日都来探望，有时待上一个小时阅读或写作。钱宜为我奉供祈祷，遵循所有习俗仪礼将我视作正室，但我内心却默然哀伤。我爱吴家，他们也实现了我与吴人行冥婚的愿望，但是没有神主牌位——那个丑东西——被点主，我还是个饿鬼，只是穿上了娘和祖母为我准备的华美崭新的寿衣、绣鞋并缠上了干净的裹足布而已。我当然也不会去想娘和祖母提出的完成评注的建议，更别提钱宜现在还怀着身孕。

妊娠的最后一个月到来。钱宜谨遵嘱咐，二十八天没有洗头。我得确保她是放松的，不要上楼梯，饮食清淡。钱宜临盆那日，吴夫人举行了特殊的法事，驱散那些专伤害待产孕妇的邪灵。她摆出盛有食物、熏香、蜡烛、花朵、冥币的盘子，桌上还放了两只活生生的大闸蟹。她念诵护符咒语。法事一结束，吴夫人就命柳儿将活蟹扔到外头大街上，说是它们爬出去就将邪灵钳走了。熏香燃后的灰烬被裹进纸中挂于钱宜床头，从婴孩出生算起要挂满三十天，以此保护她免入血湖。然而即便如此，钱宜的生产还是不太顺利。

"一个邪灵不让这孩子来到世上，"接生婆说，"这个鬼魂颇为特殊——或许是上辈子某个人回来这里讨债了。"

我离开了房间，害怕她指的是我，但当钱宜叫得更惨时，我又回来了。我一回房她便平静下来。接生婆给钱宜擦拭额头时，我四下观望。我什么也没发现，但我感觉到某种力量——邪恶的，且超出了我的视线范围。

钱宜身子愈发虚弱。当她开始呼唤她娘时，吴人出去寻来道士，他探看现场——凌乱的被褥，钱宜两腿间血流如注，接生婆手足无措——他立即命令摆下另一个供桌。他取出三张七厘米宽、近一米长的黄色符咒。一张贴于门楣上，驱赶邪灵进入；一张贴在钱宜颈项上；第三张则烧毁，将灰烬搅入水中，让钱宜喝下这碗浑水。接着他开始焚烧冥币，念咒，敲击桌子，倒腾了半个时辰。

但婴孩还未坠地。他被某样我们无法看见的东西牵制住了。我使了那么大的劲将钱宜这份礼物赠给我的夫君。我已尽我所能了，不是吗？

道士说："婴儿紧抓着他娘的肠子，这是邪灵要夺去你妻子的性命。"——这和他上次在谈则床头说的完全一样——我想我不得不冒险尝试某种激烈方式。我让道士再次念咒施法，让吴夫人往钱宜的肚子上擦拭热水，让柳儿坐在钱宜背后将她身子支起，让接生婆按摩打开产道。接着我穿梭而入直到我和吴人的儿子面对面。脐带缠绕住了他的脖子，每次子宫收缩，它就缠得更紧。我抓着脐带一头拉扯，试着从里头更深的地方将其松开，有什么东西将其拉回，婴孩的身子随之抖动。这里好冷，毫无温暖舒适可言。我沿着脐带滑下，试着疏解婴孩脖子上的压力，接着我抓着脐带另一头拉扯，试着解开它。我们慢慢朝外移动，我顶着每一次宫缩，护着吴人的儿子，直到我们滑出来落入接生婆的双手之中。但我们只是暂时开心了。

即便婴孩来到这世上呼吸了第一口气，最后被放入他娘怀中，他还是青肿无力。毫无疑问这婴孩被放置于不详的环境中，我担心他存活不了。担心的人并非我一个，吴夫人、柳儿，还有媒婆帮着道士又做了四次法事。吴夫人拿来她儿子的一条裤子，将其悬挂在床尾。接着她坐在桌前，在一张红纸上写下四个汉字——"厄运入裤"，将其折起放入裤子中。

随后，吴夫人和接生婆用串有铜钱的红线绳轻轻捆缚婴孩的手脚，铜钱被当作驱邪的护符，捆上线绳是为了防止婴孩调皮，希望他此生都是乖巧顺从的。柳儿将钱宜脖子上的黄符取下，将它折成一顶帽子戴在婴孩头上，延续母亲对孩子的护佑。同时，道士取下门楣上的黄符，焚烧之后将灰烬混入水中。三天后，他们用这水来给婴孩洗第一把澡。随着婴孩被洁净，致命的青肿最后也不见了，但他的气息依旧纤弱。吴人的儿子需要更多的护佑，我让他们找来更多的吉物护符，纳入囊中，挂于门外：从暗角旮旯扫出的头发能驱避猫狗的叫声，免得惊吓到他；炭条可以令他坚韧不拔；洋葱让他聪敏机智；橘皮可以给他带来成功和好运。

母子终于活过了头四周，家中摆下盛大的满月酒，做了很多红蛋和甜糕。女眷们嘻嘻哈哈地逗着小婴孩。男人们拍着吴人的背饮下一杯又一杯烈酒。家中摆下盛宴，接着女人们回到内阁中，她们围着钱宜和小婴孩，交头接耳地说着康熙皇帝首访杭城之行。

"他想给人留下喜好艺文的好印象，但他的南巡花了老百姓多少银两呀。"李淑抱怨道，"他所到之处都铺下黄金大道，他行经的城墙和石栏都雕刻着龙纹。"

"皇帝是在举行盛装庆典，"洪之则补充道，我好高兴看到洪昇的女儿出落成了才貌双全的女诗人，"他策马奔腾穿过田野，骑射间箭箭中靶。即便马儿受惊脱缰了，他还是能射中靶心。这刺激了我的夫君，那晚，他的箭术也变得百发百中了。"

这一席话也启发了其他女子，纷纷承认皇帝的阳刚壮举也改变了她们的夫婿。

"若是今起十个月后没有一大拨满月酒，大家也不必奇怪。"座中一女子说道，其他人纷纷表示赞同。

李淑举起双手示意大家莫再欢笑了。她身子前倾，压低声音，透露道："康熙皇帝说这将开启一个盛世，但我表示担心。他极其反对《牡丹亭》，他说这作品败坏了姑娘家的品性，情被过分强调了。那些卫道士们抓住这点，把街头搞得乌烟瘴气的。"

这些女人们试着互相鼓励道出更大胆的言语，但是她们的声音渐渐不确定地颤抖起来。她们的夫君昔日推崇备至的一部作品如今快要成皇家禁书了。

"我说，没人能阻止我们阅读《牡丹亭》或其他任何读物。"李淑说得振振有词，坚定不移，但却没人相信这点。

"但这时间能有多长呢？"钱宜哀怨地问道，"我都还没读过呢。"

"你会读到的。"吴人站在门口。他大步穿过房间，从妻子手中接过儿子，将他一会儿举高，一会儿又抱回臂弯中。"你花了那么多时间用心阅读学习我所喜欢的东西，"他说，"如今你又给我生了个儿子。我怎能藏起对自己意义非凡的东西不与你分享呢？"

云 厅

　　吴人的话语重新唤起我完成《牡丹亭》评注的心志，但我还没准备好，钱宜也是。我上次观看这出剧至今已过了十五年。这期间，我以为约束住了自己伤人的那股能力，但现在家中有了新生婴孩，我得确保自己有这样的把控力。而且，钱宜须得多多学习才能读懂《牡丹亭》。我让李淑、吴人和吴夫人与我一起来启导我这位共侍一夫的妹妹。接着又过了两年，其间我照顾着吴家，从无出过岔子，最终我才让夫君将我和谈则共同点评过的那册《牡丹亭》交给钱宜。

　　每日清晨，当钱宜梳洗更衣完毕，她会前往花园摘一枝牡丹花。接着她会在厨房驻留片刻，取一颗新鲜的桃子、一碗樱桃，或是一只香瓜。给厨子交待些许事宜后，她会带着供品去祠堂。她先是给吴家先祖上香行礼，接着她将一些水果摆放到谈则的神主牌位前。完成这些仪礼后，她就到安放我那人偶新娘的房内，将那枝牡丹花插入瓶中。她对着我那藏于人偶腹中的神主牌位说话，为儿子的将来和夫婿婆婆的康健祈福。

　　接着我们前往赏月亭，钱宜在那里翻开《牡丹亭》，细阅边页所写的所有关于爱的评注文字。她一直读到傍晚——她的发鬓松软地耷落在后背上，长袍在她周身蹁跹，思忖着各个篇章时，她会微蹙眉头。有时她会因某个句子而停下来沉思，她闭上双眼，静坐在那里一动不动，仿若自己已深陷故事的情境中。记得我当年观看《牡丹亭》时，台上的杜丽娘也做过类似的动作，她静坐在那里，让观众抵达内心以找寻各自最深处的情感。逐梦，逐梦，逐梦——难道不是我们的梦想给予我们力量、希望和渴望吗？

有时我让钱宜将书册和游思搁置一旁，直到她找上吴人、李淑和吴夫人。接着我让她询问他们关于这出戏的想法，她明白自己学得越多，她的思想就越开放。我也让她搜找其他女性的评论文字，但当听闻她们的文字遗失或被毁时，她陷入了忧思。

"为何会这样，"她问李淑，"那么多女性的思想就像风中的花朵，随风飘逝，不留痕迹？"

她的疑问令我惊讶，这表明她已进入更深的思考境界。

钱宜的好奇心从未将她引向傲慢、骄横，或是让她忘却了一个为人妻、为人媳和为人母应守的妇道。她对这出戏充满热情，我看护着她，确保她不会陷入痴迷。我比先前活着和死后指导第一位共侍一夫的妹妹时更懂得生活和爱的真谛。我少女时期关于浪漫的幼稚幻思以及后来关于性爱的念头都褪去了。通过钱宜，我学会品味并感激那种深入内心的爱。

我曾见过这种爱，当钱宜对着吴人发出宽容的微笑，当她怀孕时吴人说出自己不怕鬼，以此抚慰打消她的恐惧时；我见过这种爱，从钱宜望着吴人的样子里，当吴人将他们的儿子抱在膝上，给他制作风筝，教导他等母亲成为寡妇后要孝敬她时；我见过这种爱，每当钱宜夸赞她夫君的诗文技艺，哪怕只是一些小小的成就。他不是我在少女时期所想象的伟大诗人，也不是谈则曾经贬损的中庸之辈。他就是一个人，是人就有优缺点。通过钱宜，我明白了这种深入内心的爱，这意味着爱那个人，尽管他并不完美，也因着他的不完美而爱。

有一天，经过多月阅读思考，钱宜跑了出来，来到我居住的那棵梅树下。她在树根下洒酒祭奠道："梅树啊梅树，你是杜丽娘的化身，我将自己的心交托给你。求你让我更亲近我那两位共侍一夫的姊姊。"

丽娘曾以花瓣雨对这种善意给予回应；我却太过谨慎，以至不敢有任何表示。但钱宜的祭祀向我证实，她已预备好开始书写了。我引领她沿着回廊来到云厅。这是一个精巧的小房间，四壁涂成了天空的颜色，窗户全由蓝色琉璃装饰，案几上放着插有白色鸢尾的青瓷花瓶。钱宜手执我们那册《牡丹亭》坐了下来，磨墨后夹起毛笔。我在她肩后窥看，她翻到丽娘以香魂诱惑柳梦梅的《幽媾》场景，写下评注：

> 丽娘魂遇柳生，不胜悲苦，然未失大家端穆之态。

我发誓这些文字不是我植入她脑海的。她自己写下了这些，但它们确实和我所信的互为映照。不过，她后来所写的内容使我确信，她的理解和我多年前在病榻上所思所想的迥然不同：

> "有女怀春"，尚慎旃哉！

接着她转向自己少女时期的梦想和作为女人所承受的现实压力：

> 丽娘曾言鬼可虚情，人须实礼，她从不苟且，志尚坚贞。

这些话语竟如此吻合我所思所想！我虽早逝，但化为鬼魂飘游的日子里我渐渐明白身为妻子的意义，而非少女独自在闺阁中所做绮梦。

谈则的毛笔字迹与我的如出一辙，也是，怎么说我也手把手教了她这么久了。我曾希望，吴人看了这些如出一辙的字迹，会认为所有文字都是我写下的。如今我不必担心这些了。我希望钱宜会为她所做的感到骄傲。

她又写了更多评注，接着署上她自己的名字。署她自己的名字！我从没这样做过。我也从未让谈则这样做过。

在接下来几个月里，钱宜每日都去云厅，在留白处添加更多的评注文字。渐渐地，有些奇事发生了。我进入与她的某种对话之中。我轻声低语，而她写下文字：

　　虫鸟哀鸣，风雨瑟飒，满纸鬼言鬼语。

我刚理完思绪，她便将笔蘸入墨中，接着补充她自己的评注：

　　幽幽长夜，挑灯独看，读来心惊胆战。

她想起自己的经历，于是写下：

　　今人以选择门第，及聘财嫁妆不备，耽搁良缘者，不知凡几。风移俗易，何时见桃夭之化也？

自己身处其境，她怎会不理解那种爱呢？——无关钱财、地位或家族联结，而是婚姻本该有的样子。

有时，我真觉得她的评注是妙笔生花：

　　柳因梦改名，杜因梦感病，皆以梦为真也。才以为真，便果是真……

当我读到这些文字时，我忘了自己多年来对这出戏的痴迷，而为钱宜的洞见和长年坚持倍感骄傲。

钱宜对我所写的内容给予回应，有时也对谈则的书写加以点评。在这个过程中，我在某些特别的段落中听到了谈则的心声，那声音如此清晰，好像她就在我们中间一样。这么多年来，我发现她所贡献的远比我以为的多。尽管钱宜不像我们那样深陷相思，但她似乎在召唤我们，我们则以纸页上她可以读到的文字来给予回应。

我为钱宜的成就感到高兴，也尽我所能来帮她。深夜，当钱宜还在阅读时，我为她挑亮灯烛，以免她伤了眼睛。当她双眼感到疲惫时，我提醒她沏杯绿茶，放在两眼上分别热敷一下，以缓解血丝红肿。她每理解一个段落，每拆分一出曲集，每一刻深情投入并写下感悟时，我都会奖赏这位共侍一夫的妹妹。我护佑着她的儿子，当他在花园戏耍我会确保他的安全，防止他跌倒在山石上，被昆虫叮咬或跑出吴家大门。我警告水鬼不可将他引入池塘，也警告树怪不可用根枝将他绊倒。

我也开始转变，继而保护起整座吴家大院来。谈则活着时，我熟悉的几乎就是那间卧房。当年，我会拿吴家和我们陈家大院比，不怎么看得上它。但陈家我以之为美的那些特征，其实是财富表象之下的冷漠和疏离——那里住了太多人，没有私人空间，没有安宁，所剩的便是闲言碎语，钩心斗角，只为在家争取更多地位。然而这里却不同，这是真正的书香门第，也是属于一个女作家的家。渐渐地，钱宜将云厅变成了她自己的小天地，在此她得以避开府上各样冗务觅得安宁，静心写作，也可以在宁静的傍晚邀请她的夫君来此共享闲逸。此时，我尽自己所能让房内的气氛更为怡人：我让茉莉花香沁入窗内，它们飘过时使那蓝色琉璃更显清凉，我用手指轻弹园中盛开的繁枝花蕊，花影映在墙上，摇曳生姿。

我让大自然向我敞开并听命于我。春日里，我用情浇灌牡丹，它们在园中盛开时，我愿吴家人因牡丹的娇艳和芳香想起我来；当它们冬日在雪中飘零落于树上时，他们会想起我去世那年的情景；在柳枝轻摆的微风中，我想提醒吴人他永远是我心中的柳梦梅；当沉甸甸的果实悬于梅树时，他们定会感激这一奇迹的发生。这些是我给吴人、钱宜和他们儿子的礼物。钱宜在梅下祭出的那杯酒，理应受到这样的馈赠和尊荣。

一日，钱宜在吴人书房翻找书籍时，其中一册书中掉出几页宣纸。钱宜拾起皱巴巴且极易破损的纸页，朗声读出上面的文字："待嫁女儿心，习绣花与蝶……"

这是我死前写下的诗句，我曾将它夹藏在爹书房里的书册中，后来被宝儿发现了，谈则临死之时，他将这些诗句卖给了吴人。

我那共侍一夫的妹妹又诵读起另几页纸上的诗句，那些纸页随着时间流逝早已发黄发脆。她读着读着哭了起来，我在想自己已去世那么久了。这些发皱的纸页提醒我，我在某处的尸身也早已腐朽。

她将这些诗作带回书桌，在那里一遍又一遍地读着。那晚，她把诗作拿给吴人看。

"我想如今我能理解陈姊姊了。哦，夫君，我读了她的文字，深感与她心有灵犀，可惜她那么多文字都丢失了。"

吴人从我家领养的兄长那里购得这些诗作时正忙于其他事务，如今他终于读到了这些文字。这都是些豆蔻少女的幼稚文字，但当他边读边想起我时，他的双眼满是光亮。

"你会喜欢她的。"他说，这几乎是向人承认了我们曾见过，我为之欢欣雀跃。

第二天，钱宜将我的诗作誊抄到崭新的纸页上，在那些因褪色而难以辨认的地方，她添加了自己臆想的文字，由此我们合二为一了。

她正誊写时，书架上一册书掉落下来，我们俩都被惊着了。这册书摊开在地上，里头散落出几页纸。钱宜将它们拾起。这便是我强令谈则写下的那些评注文字背后"真正"的故事，后来被她撕下并藏了起来，只是被吴人发现后又被他无意中藏了起来。这些纸页不算老旧，也没磨损缺页，看上去依然很新。当钱宜将它们拿给吴人时，他悲恸不已，忘却了我的诗作，满心满眼都是哀伤。

在那一刻，我明白自己须得完成我的评注文字。无论是两千年前人们收集的女性诗作，还是我爹娘在我们家书斋里曾收藏的那些女性作品，还是近年蕉园诗社那些女诗人的作品，当她们的作品被印刷成册，人们便会记得这些女子，她们会得到应有的尊重。我将自己的想法轻声告诉钱宜，接着便静静等待。

几天后，她聚起自己出嫁时戴的首饰，将它们裹入一条丝巾中。随后她去到吴人的书房，将丝巾铺展在桌上，等着他抬起头来。当他抬眼时，他看到她心事重重的样子。他关心地问到出了什么岔子，他该如何施以援手。

"陈姊姊给《牡丹亭》上册写了评注，而谈姊姊给下册写了评注。你因为她们二人的文字颇受赞誉，我知道你尽力否认文字出于己手，但她们的名字一直藏匿起来不为人知，终将被人遗忘。如果我们不揭示这个事实，将我那两位姊姊公之于众，她们在阴间会否心存遗憾呢？"

"你希望我做什么呢？"吴人悉心探问。

"请允准我出版全册书的评注本。"

吴人并非我所希望的那般积极。"那是一笔大花销了。"他说。

"正因如此，我愿拿出自己聘礼中的首饰来支持刊印。"钱宜回复道。她展开那条丝巾，露出她的戒指、项链、耳环和手镯等。

"你打算拿它们做什么呢？"吴人问道。

"将它们拿去当铺。"

跑去那样的地方对她并不合宜，但我会陪着她，指引并保护她。

吴人若有所思地触了触下巴，继续道："但这些钱还是不够。"

"那我打算将人家送我的结婚礼品都拿去当掉。"

他试图说服她放弃这个念头，继而变成了严厉强势的夫君。

"我不要你或是我任何一位妻子被人认作追名逐利之辈，"吴人气急败坏道，"女人的才赋是属于闺阁之内的。"

这样的话不像是他说的，但钱宜和我显得颇为淡定。

"如果他们说我追名逐利，我也不在乎，因为我根本就不是，"她轻松地反击道，"我这么做是为我的姊姊们。她们不该获得承认吗？"

"但她们从不寻求名声！牡丹从未留下什么建议，表示她想让外人读到她的文字。谈则完全不想被人认出来。"他补充道，试着克制自己的情绪，"她知道自己身为妻子的地位。"

"那么她们如今定是后悔了。"

吴人和钱宜你来我往争执不下。钱宜耐心地听他说，但她的心志毫不动摇。她如此坚持，以至于他最后终于说出了自己的顾虑。

"因为这些评注文字，牡丹和谈则都没落得好下场。如果你发生了什么事——"

"你对我太过担忧了。到如今你该晓得我比看上去的要更强。"

"但我确实担心。"

我能体会他的顾虑，也担心钱宜，但我须得完成这项心愿，钱宜也是。凭借这么多年我对她的了解，她从未为自己争取过什么。

"答应我吧，夫君。"

吴人牵起钱宜的双手，盯望着她的双眼。最后，他说："让我同意有两个条件：你得好好吃饭，保证充足睡眠。若是你病了，就必须立刻放弃此事。"

钱宜答应了，且立即就开工了，她将谈则那册苕溪本和她自己的评注文字悉数誊抄到一册全新的《牡丹亭》上，并交与木刻工人刊印。我自身也迂回潜入墨中，以我手指代她毛笔的锋颖，在纸间一页页拂过。

初冬某晚我们完成了评注工作。钱宜邀请吴人来到云厅和她一起庆祝。火盆里生着火，但房内还是溢满寒意。房外竹叶在冷凝的空气中噼啪作响，天上开始飘起雨夹雪。钱宜点燃一支蜡烛，温了温酒。接着他们二人拿着最新这册点评本与原版本进行比照。这是一项严谨的工作，吴人翻看书页，偶尔稍作停留，读着我的评注文字，我怀着敬意、屏息凝神地看着他们。好几次他笑了。他是否记得我们在赏月亭里的对话？不止一次他的双眼湿润起来。他是否想到了当年我独卧病榻、无限渴望的情形？

他深吸一口气，抬了抬下巴，挺了挺胸。他的手指落在我生前最后留下的几个字上——"世境本空，凡事多因爱生，也随爱灭。"——他对钱宜说道："你能完成此项工作，我为你感到骄傲。"当他的手指轻抚我的文字时，我明白他终于听到了我的心声。终于，我感到满心欢喜、兴奋难耐、得意洋洋、几欲销魂。

看着吴人和钱宜，我发现他们和我一样欢心蒙福。

几个时辰后，钱宜说："这天定是下雪了。"她走到窗前。吴人拾起这册新书和她走到一起。他们一起开启窗扉。皑皑白雪覆盖枝头，仿若纯洁的白玉。吴人兴奋地叫了起来，拉着他的妻奔向室外，他们融入纷纷白雪，在那里舞蹈、欢笑，沉浸其中。我加入他们的欢笑中，看见他们无忧无虑的样子，我也为之感到高兴。

屋内似乎发生了什么，我转身时正好发现，蜡烛里有火星子迸出，掉落在原先那册苕溪本《牡丹亭》上。

不！我疾速穿回房内，但还是太晚了。纸页燃着了，烟雾从房内窜出。钱宜和吴人跑了回来。他抓起酒罐往火上倾倒，但酒却是助燃的。情况更糟了。我急得抓狂，惊恐万分，简直不知该如何做才好。钱宜抓起被褥熄灭了火苗。

房内暗了下来。钱宜和吴人跌坐地上，气喘吁吁，还未从惊惶沮丧中缓过来。吴人怀抱着钱宜，他的妻子正在他怀里啜泣。我也瘫倒坐在他们身边，将自己蜷缩在吴人周身，我也需要他的安慰和保护。我们那样相依相偎坐了几分钟。接着，吴人渐渐在房内摸索，找到了蜡烛并将其点燃。那张漆桌几乎烧焦了。酒洒在地上，到处都是。空气里满溢着酒精和烟熏火燎的气味。

"会不会是我那两位姊姊不希望她们的文字留存人世？"钱宜问道，她的声音在发颤，"是不是她们的魂灵招致此祸？是不是嫉妒的邪灵作祟，企图毁了这项书写？"

夫妻俩面面相觑，惊恐沮丧。他们成婚以来，我第一次躲上房椽，悬于梁上的我在悲哀和绝望中瑟瑟发抖。我曾满心期待，如今却心力交瘁。

吴人扶起钱宜，将她安顿到座椅上。

"你在此等候。"他说，继而跑回外头去了。

过了一会儿，他手里拿着些东西回来了。我从房椽上滑下，想看个究竟。他手里拿着钱宜预备交付出版的重新誊抄的评注本。

"当我们看见火苗时，我扔下它往屋里跑。"他说，将它呈给钱宜。她来到他身边，我们几个焦虑地看着他拂去封页上的雪，翻开书发现还未受损时，钱宜和我放松地舒出一口气。太好了。

"或许这场火是祝福，而非厄兆，"他说，"很久前一场大火中，我们丢了牡丹原先的点评本。如今我给谈则买的这版也被毁了。你没发现吗，阿宜，如今你们仨将在同一册书中合体了。"他吸了口气，补充道，"你们都尽心尽力地书写。如今没什么可以阻止它的出版了，我向你保证。"

此时，我这饿鬼感恩的泪水和那共侍一夫的妹妹的泪水融合在了一起。

次日清晨，钱宜让仆从在那棵梅树下挖了个洞。她将苕溪本焚烧后的灰烬和碎片聚拢，将它们裹入真丝锦囊中，埋入树下，它们和我在一起成为一种纪念，提醒着所发生的一切，以及我——我们——如何细心地进行这项书写工作。

我想，在我们这册评注本面向更广阔的读者世界前，最好能让几个人先读一下。我最信赖的读者——而且我只认识的那几位——便是蕉园五子了。我离开吴家院落，下山来到西湖畔，十六年后再次来到她们中间。她们比我当年自我放逐追随她们的时候更有名气了。声名日显，让她们对女性书写的关注也日渐增长。因而，这对我而言并非难事，我只须在她们耳畔低语几句，告诉她们吴山上住着个少妇，正期盼出版一册独特的书籍，她们对此充满热情和好奇。几天后，钱宜就收到加入蕉园五子一次游船活动的邀请。

钱宜从未出去郊游过，也未见过声名如此卓著的女人们。她惴惴不安，吴人对此颇为乐观，我则有些紧张。我尽全力确保钱宜会受到欢迎。我帮她穿衣，打扮得简洁素朴，接着我抚着她的肩穿过吴家院落。

跨入载我们前往西湖的轿子时，吴人说道："别紧张。她们会发现你很有魅力。"

事实确实如此。

钱宜向蕉园五子聊到她的付出和决心，接着她给她们读了我写的诗，呈给她们那册有我们旁注的《牡丹亭》。

"我们感觉似乎认识陈同。"顾玉蕊说。

"就好像我们从前听到过她的心声。"林以宁补充道。

画舫上这些女子甚至为我哭泣，视我为一个不知死期将至的怀春少女。

"你们是否愿意为此写点文字，出版时让我附在书的末尾？"钱宜问道。

顾玉蕊笑了，说道："我很乐意为你写篇跋。"

"我也是。"林以宁附和道。

我欣喜万分。

钱宜和我又去拜访了几次，这样那些女子得以阅读和讨论我和我两位妹妹的评注。我只是旁观，不介入，我期待她们给出纯粹自我的解读。终于那一天到来了，这些女子取出了笔墨纸砚。

顾玉蕊望着画舫窗外，她的视线穿越湖面，那里莲花盛开，继而她写道：

> 百余年来，诵此书者，如俞娘、小青，闺阁中多有解人……惜其评论皆不传于世。今得吴氏三夫人合评，使书中文情毕出，无纤毫遗憾，引而伸之，转在行墨之外，岂非是书之大幸耶？文章有神，其足以传后者，自有后人与之神会，设或陈夫人评本残缺，无谈夫人续之，续矣而秘之篋笥，无钱夫人参评，又废首饰以梓行之，则世之人能诵而不能解，虽再阅百余年，此书犹在尘雾中也。今观刻成，而丽娘见形于梦，我故疑是作者化身矣。

我飘向林以宁，见她写道：

> 今得吴氏三夫人本，读之妙解入神，虽起玉茗主人于九原，不能自写至此。异人异书，使我惊绝！

为回应将丽娘视作不合礼仪、败坏年轻女子思想的那些人，林以宁继而补充道：

> 盖杜丽娘之事凭空结撰，非有所诬，而托于不字之贞，不碍承筐之实；又得三夫人合评表彰之，名教无伤，风雅斯在……

对于那些可能表示反对的人，她用词激烈：

> 或尚有格而不能通者，是真夏虫不可与语冰，井蛙不可与语天，痴人前安可与人喃喃说梦也哉？

对于那些想着将女子赶回闺房，不让她们发声的人，林以宁也颇不客气道：

> 自古才媛不世出，而三夫人以杰出之姿，间钟之英萃于一门，相继成此不朽之大业，自今以往，宇宙虽远，其为文人学士，欲参会禅理，讲求文诀者，竟无以易乎闺阁之三人。

当我读到这些文字，心中的欣喜简直难以形容！

接下来几周，钱宜和我又将这册《牡丹亭》点评本拿给李淑和洪之则等其他女性阅读。她们同样决意铺展笔墨为之写下自己的思考。李淑写到阅读这些文字时她潸然泪下。洪之则记得自己还是个坐在父亲腿上的小女孩时，她就听到吴人承认自己没有写下任何评注，后来是为了保护前两任妻子免受批评而接受了外界的追认。她补充道：

> 惟以生晚不获见两夫人为恨。

直至钱宜和我出了几次远门，我才发现这些女作家为我们的评注本作跋护卫是有多勇敢。时代变了。大多数男人坚决认为写作既是一种威胁，也是一种不属于女人的行为。这些日子以来，很少人家以他们有女性著作出版为荣。但钱宜和我不仅冲出去抢先刊印了，而且鼓舞其他女性来支持我们的写作。

我们找到一位创作木刻插画的艺术家，继而钱宜又请吴人作序，将他所知真相，以及关于这本点评本的来龙去脉悉数写下。从他所写的每个字中，我看出他依然爱着我。接着钱宜将我的诗作誊抄于吴人序文的边上：

这些诗句如此强烈地击中了我，我将之引录于此，唯愿未来的女诗人能从中撷取遗泽与芳馨！

如此，钱宜将我永远放置在夫婿的边上了，这是又一份厚礼，以至于我都不知该如何回报她。

到这时候，吴人完全被我们对这项评注书写的热情所激化了。当我们出去面见不同商人时，他也开始加入我们。我们仨如此同行何等快活，但事实上我们并不需要他的帮助。

"我想要做工精美的木版用来刻字。"钱宜向我们遇见的第五位商人说道。

商人给我们展示了一些上好的木版，但昂贵的代价令我颇感不悦。我在钱宜的耳畔低语，她点点头，继而问道："你有没有旧些的可供我使用？"

那位商人以评估的眼神看了看钱宜，继而将我们带到后面一个房间。"这些木版几乎是新的。"他解释道。

"好，"钱宜检视了一番后说道，"这样我们就不会因为省钱而降低木版质量了。"这是我让她这么说的，但接着她又加了点新的东西，

"我还要考虑耐用性，我想印刻上千份。"

"夫人，"那位商人毫不掩饰他的傲慢道，"你可能一份也卖不出去。"

"我所期待的是一再加印，读者无数。"钱宜辛辣地回击道。

那位商人朝向我们的夫君道："但是，爷，这些木版还可以用于其他重要著作的印刷。是不是留给您用更明智些？"

但是吴人并不考虑他的下一册诗集或是随后即将出版的评论集。"你照做就是了，下次印刷时我们再来，"他说，"如果你不愿意，街上另一家铺子也会帮我们的。"

经过一来一往讨价还价，终于谈拢一个好价钱，接着我们去找印刷商，选择上好的墨，决定刊发了。所有写于边页或字里行间的文字都被置于页眉，剧作文字置于其下。当木版刻制完成后，所有人——包括吴人年轻的儿子——也参与了校对。所有刻版都交付印刷商了，我所需要做的就是等待。

东 风

"东风起，忧心事又添一椿。"丽娘曾吟唱道，如今忧心事也来到了吴家大院。钱宜向来身子虚弱，加上为了评注本数月辛劳。即便我一直看顾着她，吴人也确保她饮食充裕合宜，但疾病还是压垮了她。她退避至自己的闺房，谢绝了访客。她失了胃口，这反过来导致她体重和能量骤减。很快——太快了——她已无力坐在椅子上了；如今她只能躺卧床榻，望去瘦弱憔悴、精疲力尽。那是仲夏，气候炎热异常。

"是相思成疾吗？"赵大夫把脉后，吴人问道。

"她在发烧，咳得厉害，"赵大夫郑重其事道，"可能是肺水病，也可能是血肺病。"

他将干桑椹煮沸熬成中药，让钱宜喝下，但这对抑制她的肺病不起作用。他又将海麻雀粉灌入钱宜的喉咙，试图驱走盘旋在那里的阴毒，但钱宜还是不见好转，日渐衰弱。我催促她提起这么多年来支撑她活下来的坚韧内力，但大夫却把事情搞得愈来愈糟。

"尊夫人遭受着气郁疾患，"他说，"她胸前承受的重压令她呼吸困难且失了胃口。这些必须赶紧调整过来。若是她被激怒，她的气升腾而起，可以破开这种郁结。"

多年前赵大夫曾将此法用在我身上，但并未见效，因而我只能绝望地看着他们将钱宜拖离病榻，在她耳畔责骂，说她不是贤妻良母，说她对仆从尖刻残酷。她躯干下的双腿绵软无力，她的双脚拖在身后的地上，他们对她又推又拉，试着激怒她，期待她怒吼反击让他们停下。但她未能如他们所愿，她做不到，她的内心太善良。当她开始吐血时，他们将她重新安置到床上。

"我不能失去她，"吴人说，"我们说好白头偕老，百年好合，死也要同埋一个墓冢的。"

"你说的这些都很浪漫，但却不太实际。"大夫回应道，"你得记下，吴大人，这世上没什么事是永恒的，唯一不变的道理就是无常。"

"但她才只有二十三岁。"吴人绝望地呻吟道，"我曾期盼我俩能比翼双飞，共度未来的岁月。"

"我听闻尊夫人一直沉迷《牡丹亭》，这可属实？"赵大夫问道。当听到"是"的回答后，他叹了口气道："多年来我遇到太多因这出戏闹出的问题了，这么多年来，我没能救活那些女子，她们都是因读了这些文字而患了病。"

全家人谨遵医嘱，控制饮食。道士前来写下符咒之类的东西，然后将其烧毁。灰烬被聚拢交予柳儿，她拿去烧煮，一半混合甘蓝煮沸用以缓解钱宜的咳嗽，另一半混合象虫咬过的玉米煮沸以用来给钱宜退烧。吴夫人焚烧敬香，摆上供品，为钱宜祈福。如果这是冬天，吴人会去雪里冰冻自己的身子，回到床榻将自己冰冷的身子靠着钱宜给她退烧降温。但这是夏日，所以他只能选疗效略次的方法，他跑到街头牵回一条狗，将它放进钱宜的被窝来吸走所有病痛。但这些都不见效。

奇怪的是，接下去几天，房间变冷了，且变得越来越冷。四围墙上和窗下都积起了薄雾。吴人、吴夫人和仆从们将被褥盖到肩上取暖，火盆也被燃了起来，吴人口中呵出的气息凝成了白雾，钱宜却是气若游丝。她动不了，也睁不开眼，甚至也不咳了。她陷入了昏睡中，呼吸深长而急促，高烧不退，肌肤依然滚烫。

但这是夏天，怎会变得如此寒冷？病榻弥留间，人们都会怀疑鬼魂作祟，但我知道这并非我引起的。自钱宜六岁起我就和她住在一起，除了给她缠足，我从未给她带来任何疼痛、苦楚，甚至不适。相反，我一直在保护她，赐给她力量。如今我信心全无，心痛不已。

"真希望我能说狐仙在保护着尊夫人，"赵大夫无可奈何道，"她需要他们的笑声、温暖和智慧。但鬼魂们已经准备好来带走她了。这些鬼魂满身病痛、忧郁，还有太多的情。尊夫人脉象不稳定，我听得出其中有鬼作祟，那些紊乱的脉象就像绳索纠缠。我从她的高烧中也感觉到这些鬼魂的存在，它们在煮她的血，好似她已跌入某层地狱。她的心跳起伏不定，加之燃起的情，显然都是鬼魂攻击的征兆。"他低头肃穆道，"而今我们可做的就是等待了。"

房内镜子和筛子都挂上了，为了限制我的行动。柳儿和吴夫人多次来回清扫地面，吴人在房内四方舞剑，为了吓走盘桓在屋内等着夺走钱宜性命的恶鬼。他们的行为使得我只能躲回房椽之上，但我四下环顾并未发现任何鬼魂。避开挥舞的剑、清扫地面的女人和镜面折射，我低身径直来到钱宜床边。我将手搭上她的额头，对我而言它比炭火还烫。我在她身边躺下，放下这些年来我修得的护甲，将我体内所有的寒意都释出到身体表面，渗入钱宜体内给她降烧。

我紧紧抱着她，眼中流出的鬼魂之泪给她的面庞降温。我养大了她，为她缠足，她病时照顾着她，将她嫁出去，将她的儿子带到这世上，而她这么多年来都敬着我。我真为她感到骄傲——她是一个甘于献身的妻子，一个爱意满满的母亲，一个……

"我爱你，钱宜，"我在她耳畔低语，"你不仅是我那极好的共侍一夫的妹妹，你还救了我，让我的心声得以被听见。"我的心在发胀，仿佛因着母爱之痛要迸了出来，我犹豫了一下继而道出了真心话，"你一直是我生命中的欢乐。我爱你就好比你是我的女儿。"

"哈！"

那个声音残忍而得意，绝非出自人类。

我盘旋而上，小心避开挥舞中的剑，发现那是谈则。多年在血湖煎熬，她已变得丑陋无形。看见我震惊的神情，她大笑起来，柳儿、吴人和吴母都停下了手中的动作，惊颤起来，而钱宜的身子上下起伏，一阵又一阵剧烈地咳嗽。

我惊得片刻说不出话来，太担心那些我所爱的人，都来不及快速思考。"你怎会在这里？"这真是个蠢问题，但我的思绪紊乱，只是试着找出如何行动的对策。

她没有作答，但她也不必回答。她爹知道那些法事，而且他有钱又有权。他一定雇了道士为她作法祈祷，给了他们几长串铜钱，供给看管血湖的鬼官。一旦获释，她本可以变为先祖，但她显然选择了另一条路。

吴人挥舞着手中的剑，嗖地一下，我稍不留神，长袍被他削下一片。钱宜呻吟了起来。

我怒火中烧。"我一生都受到你的缠累，"我说，"即便我死了，你也不让我安宁。你为何要这么做？为何？"

"我让你不得安宁？"谈则的声音好像生锈的铰链咔咔作响。

"我很抱歉吓着了你，"我承认道，"我很抱歉害了你。我不知道自己做了什么，但这不能全怪我。你嫁给了吴人。你觉得会发生什么呢？"

"他是我的！我观戏那晚就看到了他。我告诉过你我会选他。"她伸出一个手指指向钱宜，"一旦这个走了，我最后会将他夺回我身边。"

听她这么一说，过去几月发生的许多事都变得清晰明了了。谈则来了有段时日了。钱宜发现我的诗作后，定是谈则让那本书掉落书架的，里头夹着她当年从评注本中撕下的几页纸，她想让吴人的注意力转回到她那里，偷走他对我诗作的注意。定是她让钱宜在剧作边页写下对她文字的评注。那个寒日苕溪本突燃也必定是谈则搞的鬼，但我当时并没弄明白眼前所发生的一切，因为我被吴人和钱宜在雪中共舞的景象深深吸引。钱宜卧房内的寒气……钱宜的病……还有很久以前，钱宜儿子出生之时的困难。是不是谈则在钱宜体内，试着用脐带绑住那男孩，当我试着解开时她在那里把它勒得愈来愈紧？

我的目光从谈则身上移开，试着找出她此前这段时间的藏身之处。瓶中，床下，钱宜的肺和她的子宫？在大夫的口袋里，柳儿的某只绣鞋里，还是在端给钱宜为她退烧的象虫咬过的玉米和香灰混合的中药汤里？谈则可能躲进这其中任何一处，我却不得而知，因为我没有在找她。

乘我分心之时，谈则俯冲而下，坐上钱宜的胸前。

"还记得你曾这样对我吗？"她发出痛苦尖叫。

"不！"我惊叫起来。我向下靠近抓住谈则，将她拉回空中。

柳儿丢下扫帚，捂住了她的双耳。吴人转身舞剑，砍下谈则的一条腿。屋内鬼血四溅。

"吴人爱你，"谈则对我斥责道，"你们俩素未谋面，但他还是爱着你。"

我该告诉她真相吗？到如今这还重要吗？

"你一直在他的脑海中，"她无情地继续道，"你是他的梦中情人，因而我不得不变成你。我记起曾听闻你相思成疾，如何拒绝进食——"

"但我不该绝食！那是个可怕的错误。"

但即便我这样说，另一种完全不同的记忆进入我的脑海中。我一直都认为赵大夫愚蠢不堪而将他撵走，但他一直是对的。谈则内心充满嫉妒，他应该逼她喝下疗妒羹。接着我想起戏中那句："唯女子缘嫉致愤，亦藉愤消嫉。"

"我记得，"谈则继续道，"我什么都记得。你教导我绝食的后果，因而我为了变成你而不吃不喝——"

"但为何呢？"

"他是我的！"她挣脱了我，将自己的黑指甲掐进房椽中，悬挂在那儿像个令人憎恶的怪物。她就是个令人痛恶的怪物！"我先看到他的！"

吴人跪在钱宜的床边，握着她的手哭泣。很快她就要升入空中，最后，我完全明白了娘为爹做出的牺牲。为了救我心头的女儿，我什么都愿意做。

"别将惩罚施加在这无辜的妻子身上，"我说，"要罚就罚我。"

我来到谈则身边，希望她忘记钱宜随我而来。她松开紧抓房椽的手，向我脸上呼出一团混着污物的毒气。

"要怎么做才好呢？"从她的声音中我听到了那个自私至极的小姑娘——不，不是自私，而是缺乏安全感，我如今意识到了，但为时已晚——她太缺乏安全感，以至于不能让其他任何人说话，生怕这会夺走人们对她的注意力。

"我很抱歉我忘了让你进食。"我再次尝试道歉，无助又无望。

"你没在听我说的话。你没有害我，"她幸灾乐祸道，"你没有击溃我。你也没有偷走我的气息。我绝食，就这一次我得以完全掌控自己的命运。我想饿死你放进我肚中的那个东西。"

我被她的话语吓得倒退一步。"你害了自己的孩子？"她的脸上掠过一丝满意的微笑，我说，"但他没对你做什么啊。"

"因为自己所做的一切，我被送进了血湖，"她承认道，"但这是值得的。我恨你，也告诉过你什么会伤你最深。你相信了，看看你变成什么样了。弱者！凡人！"

"我没有害死你？"

她试着再次嘲笑我的无知，但她的嘴里却满溢着悲伤："你没有杀害我。对我你根本就没辙。"

多年来悲伤、自责、痛悔席卷而来又退去，最后在环绕我们的冰冷空气中消逝。

"我从没怕过你，"她继续道，似乎并未发觉我突然如释重负，"只是深记着你，你是我夫婿心头萦绕不去的鬼魂。"

这是第一次我看到谈则，自己的某个部分为她感到悲哀。她什么都得到了，又什么都没有。她的空虚让她无力感知任何善意——从她夫婿、她爹娘处，抑或从我这儿。

"但你也成了他心头的鬼魂。"我又一次靠前道。若她如此恨我，她应该最终会朝我过来。"他无法忘记我俩中的任何一个，因为他爱我们俩。他对钱宜的爱只是那种爱的延续。你看他盯望她的神情。他在想象我当年相思成疾卧病在床的样子，也惦记着你临死时的病容。"

但是谈则对这些理由毫无兴致，只要她选择看一眼，她就可以亲眼看到我说的事实，但她对此漠不关心。我俩都死了，因为我们生来是姑娘家，都曾在被估价为无用或有用的危险边缘挣扎。我们都是可怜的鬼魂。我没有杀害谈则——真是一种解脱！——而我相信她也不是真的要害死钱宜。

"看看他，谈则。你真的想再次伤害他吗？"

她双肩下垂。"我将我们批注《牡丹亭》的署名权给了我夫君，"她说，"因为我想他爱我。"

"他确实爱你。你真该看看他当年为你的死悲痛欲绝的样子。"

但她没在听我说话。"我以为我能以死击败你。我夫君和新来的妹妹为我献上供品，但你也知道吴家并不显要。"我等着，知道她接下来要用的词。"这户人家很平庸。幸运的是，我有我爹将我从血湖中赎回，但一旦我成了自由身，我又找到什么？"她拉扯着自己的头发，"一个新妇！"

"看看她为你——为我们俩做了什么。她听到了我们的心声。你在《牡丹亭》上写的旁注和我的一样多。而且你也帮助钱宜完成了下册。

别否认这点。"我又往前靠近谈则道，"我们这位共侍一夫的妹妹帮助吴人认识到他能爱我们仨——尽管爱得不同，但都是全然的爱。我们的评注本就将付梓。难道这不是一个奇迹吗？我们三人都将被人缅怀和崇仰。"

谈则开始扑簌簌掉泪，她在血湖多年备受折磨积下的丑陋也被逐一洗净，随之退去的还有她的愤怒、苦毒、怨恨和自私。这些情感——如此绵延强烈——将她逼入死亡。它们覆盖着她，令她陷入可怕的不悦之中。如今，挫败、悲伤、孤独从她身上释去，好比蚯蚓经春雨的洗涤，谈则真正的本质——那个梦想渴望被爱的美丽的姑娘——显现了。她本来就不是什么邪恶的鬼魔。她一下子从一个心碎的先辈，最后变回了那个恹春少女。

我凝聚起我娘和我祖母的内力，伸出手去，用我的手臂环抱着谈则。我不让她争辩挣脱，只是拉着她，旋转着经过柳儿的扫帚，避开镜子，滑过筛子。谈则和我来到屋外，接着我放开了她。她在上面盘旋了几秒钟，接着向着天空仰起脸，继而慢慢消失了。

我回到屋内，大大欢喜地看着钱宜吐出肺中的积水，正努力喘着气，而一旁的吴人也充满感恩地啜泣起来。

烁 芒

　　《吴吴山三妇合评牡丹亭还魂记》于康熙三十二年暮冬付梓，若我还活着，这将是我在尘世的第四十五个年头。书籍甫一出版，便收获巨大成功。令我讶异又惊喜的是，我的名字——还有我那两位共侍一夫的妹妹的名字——逐渐闻名全国。像我爹那样的收藏家也在搜寻这本书，视其为独一珍本。藏书楼购买这本书，添置进书架中。它进入诸多贵族精英的家，闺中女眷一遍遍地阅读，为我的孤独和见识哭泣，也为她们自己丢失的、被焚的和被遗忘的字句哭泣。她们为自己本想写下的关于思春悲秋的文字慨叹。

　　很快，这些女子的夫婿、兄弟、儿子也拾起这册书来读。他们对它的解读和体认迥然不同。当一个男子得知另一个男子的工作会吸引甚至令女人入迷——不只我们仨，而是所有怀春少女们——以致我们这些人茶饭不思、日渐憔悴，最终死去，还有什么比这更令他觉得像个男子汉呢？这让他们感觉强壮有力、极具权威，帮助他们还原了昔日丢失的男子气概。

　　除夕到来，钱宜和家人一起洒扫庭除，献祭供品，偿还债务，但我发现她心思在别处。料理完家务后，她匆匆穿过院落跑回放置我新娘人偶的房间。她进入房内，犹豫了片刻，接着她伸手探入裙中，取出一把刀——这样东西在新年里可是被禁的——接着在人偶前跪下。当我看到她用刀割开人偶的脸时，我一下被惊到了。她解开人偶的衣服，将它们整齐地堆叠在一旁，继而仔细地刨开人偶的肚子。

　　我的情感陷入一片混乱：我不知道她为何想要伤害我的人偶，若是吴人发现了，他一定怒火中烧；但如果她取出我的神主牌位，她会发现它没有被点主。我盘旋到她身边，内心满怀期盼。钱宜伸手探入人偶里头并取出了我的神主牌。她迅速清理了稻草，带着我的牌位和那张画好的纸脸离开了房间，但她还没有真正仔细地看那个牌位。

她走下回廊进入花园，继而来到我住的那棵梅树旁。她将牌位放在地上，接着又去了她的房间，回来时她带了一张小桌子。她又去了下房间，这次拿来了一册公开印刷出版的《吴吴山三妇合评牡丹亭还魂记》，一只花瓶，还有其他一些器物。她将我的神主牌位和画像安置在桌子上，点燃蜡烛，继而供上书册、水果和酒。随后她将我视作先祖来祭拜。

我的意思是，我觉得她拜祭我时已经视我为先祖了。

吴人从阳台上走出来，看见他的妻子正在祈祷敬拜。

"你在干吗？"他在上面呼唤她。

"今儿是新年，我们给你家其他先祖献供。我想感谢丽娘，想到她是如何启发了我……还有你的另两任妻子。"

他笑她行为幼稚："你不能敬拜一个想象出来的角色。"

她被激怒了："宇宙有灵，居于万物之中。即便一块石头都可能是某个生物的家；即便一棵树都可能是某个神灵的居所。"

"但汤显祖本人就说杜丽娘并不存在，所以你为何给她献供品呢？"

"你或我如何才能论断杜丽娘是否存在呢？"

那是除夕，此时家中不该有争吵，以免惊扰到先祖，所以他让步了。"好吧，你是对的。我错了。现在到我这里来，我们一起喝茶。我想给你读读我今天写的东西。"

他站得太远，看不清那张纸脸上的画像和我牌位上的字，而且他也没问她从哪儿找到这些物件来代替杜丽娘的。

过了一会儿，钱宜回到梅树下收起了刚才她拿来的物件。看到她将我的牌位重新放回人偶肚中，仔细地缝好，我感到无奈又伤心。钱宜为人偶穿上衣裳，将纸脸安回原位，它看上去仿佛从没被动过。我试着抵挡自己的失望，但我又一次……感到崩溃。

是时候让她认识我了，那个帮助过她的人是我，而非丽娘。我想起钱宜在《牡丹亭》边页上的旁注："可知鬼只是梦，亦可知梦即是鬼。"这个感性的认知让我确信，我唯一不会吓到她的方式就是在她梦里和她相见。

那晚，钱宜入睡沉入梦乡后，我步入她梦中的花园，我很快发现那就是丽娘梦里的那座花园。牡丹在我周身盛开。我进入牡丹亭静静等候。当钱宜到来，我向她显示了我自己，她没有尖叫逃跑。在她眼里，我是耀眼而美丽的。

"你是丽娘吗？"她问道。

我朝着她微笑，但在我告诉她实情前另一个新的形象出现了。那是吴人。自我死后那次我再没在梦里见过他。我们互相盯望着对方，情感汹涌，以致说不出话来，时间仿佛也停止了。我对他的爱弥漫在我们周围的空气中，但钱宜在那儿，我不敢说出来。他瞥了眼钱宜，继而转向我。他也犹豫着没说任何话语，但他的眼里满含爱意。

我从梅上折了一根枝条递到他手中。记起丽娘的梦是如何结束的，我在嘶嘶的风中疾速旋转，掀起园中所有的花瓣，继而让它们飘向吴人和钱宜。次日夜晚，我再次进入钱宜的梦乡。我已做好准备，如果那时吴人过来，我会将自己的心声吐露给他……

在阳间的吴人此时醒了过来，他身旁的钱宜呼吸连续岔了两次气。他摇了摇她的肩。

"快醒醒！醒醒！"

钱宜睁开双眼，但就在他开口前她匆忙地和他说了自己的梦。

"我告诉过你丽娘是存在的。"她欣喜道。

"我刚才也做了同样的梦，"他说，"但那不是丽娘。"他握紧她双手急切地问道，"昨儿个献供，你从哪里取来的神主牌位？"

她摇了摇头，试着抽出双手，但他紧紧握着不放。

"我不会生你气的，"他说，"告诉我吧。"

"我不是从你家祠堂的供龛取的，"她温和地承认道，"那不是你的婶婶们或——"

"求求你，阿宜，快告诉我！"

"我想借用一个人的神主牌位，我觉得她最能代表丽娘和她的春情了。"见到吴人着急的模样，钱宜咬了咬嘴唇，最后承认道，"我从你的牡丹那里取了神主牌位，但我将它放回原处了。别生我气。"

"那是牡丹，她现身在你梦里，"他说，很快从床上爬起，穿起衣袍，"你在呼她。"

"夫君——"

"我告诉你就是她了。如果她已是先祖，她不可能以那样的方式和你相见。她一定是……"

钱宜也爬了起来。

"你待在这里。"他命令道。

他没说一句话就离开了卧房，沿着回廊奔向供着我人偶的那个房间。他跪在它旁边，将手放在人偶心房的位置。他那样跪了良久，接着慢慢地——就像新郎洞房花烛夜那样动作轻柔缓慢地——揭开我嫁衣上的盘扣。他的双眼一刻也没离开过人偶的双眼，而我也一直注视着他。他现在比从前老了，两鬓灰白，眼角出现了鱼尾纹，但对我而言他永远英俊而阳刚。他的双手仍是又细又长。他的举止仍是那么舒缓优雅。我爱他，因着我在陈家还是少女时他给我带来的欢欣喜乐，也因着他对谈则和钱宜的爱与忠诚。

当那人偶的棉布身子露出来时，他蹲坐在脚跟上，环顾房间，但没有找到他想要的。他摸了摸口袋也没找到。他吸了口气，往下伸手，撕开了人偶肚腹上的衣片。他取出我的神主牌位，举在眼前看了看，继而用舌头沾湿手指，擦拭掉了表面的尘灰。当他发现我还没被点主，他埋首将我的神主牌位紧紧抱在胸前。我在他面前跪了下来，二十九年来我受尽身为饿鬼的折磨，如今抬眼看他，我发现那些年在他眼前瞬间闪过，他已猜出我这些年所受的煎熬。

他起身，带着我的神主牌位前往书房，唤来柳儿。

"让厨子去杀只公鸡，"他突然下令道，"弄完赶紧将鸡血给我端来。"

柳儿没有多问。当她走出房间经过我时，我开始哭泣，满心释放和感恩。我等了如许之久，才等到我的神主牌位被点主，我几乎都已经放弃了。

十分钟后柳儿回来，端来了一碗温热的鸡血。吴人从她手里接过，让她退下，继而他来到桌前，将碗放下，向我的供桌行礼。当他这样做的时候，有东西在我内里翻腾，房内弥漫起一阵馥郁芬芳。他站起身，将毛笔蘸入鸡血中，眼里满含泪水。取出毛笔时他的手稳稳地点向我的神主牌位，就像柳梦梅为证明他对丽娘的爱所做的那样。

很快，我不再是饿鬼了。居于我鬼体的魂魄一分为二，一条魂魄在神主牌位里找到了合适的居所，在那里我得以近距离地看顾我的家人们。另一条魂魄重获自由，得以继续前往阴间的道路。我得以复活——不是变成活人，而是最后完全成为吴人的第一任妻室。我重新归位，回归至我在社会、家庭以及整个宇宙中那个正确的位置。

我发出了光亮——整个吴家大院也随着我闪烁出喜悦的光亮。随后，我飘离吴家，继续我成为先祖的旅程。我最后回首再看了一眼吴人，离我俊美的诗人来到阴间与我会合还要等好多年，在那之前，我将以写作度日，守候着他。